ज्ञान गरिमा के
70 वर्ष

भारतीय
ज्ञानपीठ

घास का पुल

रवीन्द्र वर्मा

भारतीय ज्ञानपीठ

लोकोदय ग्रन्थमाला : ग्रन्थांक : 1238

ISBN 978-93-263-5289-5

घास का पुल

(उपन्यास)

रवीन्द्र वर्मा

दूसरा संस्करण : 2016

मूल्य : 280 रुपये

प्रकाशक : **भारतीय ज्ञानपीठ**

18, इन्स्टीट्यूशनल एरिया, लोदी रोड, नयी दिल्ली–110 003

मुद्रक : चार दिशाएँ प्रिंटर्स, नोएडा

आवरण चित्र : देवीलाल पाटीदार

आवरण–सज्जा : महेश्वर

GHAAS KA PUL

(Novel)

by Ravindra Verma

Published by

Bharatiya Jnanpith

18, Institutional Area, Lodi Road, New Delhi-110 003

Ph. : 011-24698417, 24626467; 23241619 (Daryaganj)

Mob. : 9350536020; e-mail : bjnanpith@gmail.com

sales@jnanpith.net; website : www.jnanpith.net

Second Edition : 2016

Price : Rs. 280

बाबू की स्मृति को

हम इश्क के बन्दे हैं मज़हब से नहीं वाकिफ़,
गर काबा हुआ तो क्या, बुतख़ाना हुआ तो क्या।

—वाजिद अली शाह

यह तवहहुम का कारखाना है*
याँ वही है जो एतिबार किया

—मीर तक़ी मीर

* भ्रम

अनुक्रम

चौथा धाम

अँधेरा था।

कितनी देर से? अम्मा ने सोचा। कुछ पता नहीं चला। जैसे समय अँधेरे में खो गया हो।

अम्मा पलंग पर बैठी थीं। कमरे में सिर्फ़ अँधेरा था। लगता था दोनों खिड़कियों पर भी अँधेरे का परदा पड़ा हो। जब कमरे के अन्दर उजाला होता, तो कभी-कभी किसी खिड़की में चाँद नज़र आ जाता था। अभी न अन्दर रोशनी थी, न बाहर। ऐसा शक़ होता था कि चाँद तारों-भरा आसमान भी अपने साथ लपेटकर कहीं दूर ले गया है।

एकाएक अम्मा को बहुत गर्मी लगी। देह पर पसीना झिलमिला रहा था।

''नन्दू'', अँधेरे में आवाज़ गूँजी।

''हाँ, अम्मा'', बाल्कनी से दूसरी आवाज़ चलती हुई कमरे में आयी।

''कब रोशनी होगी, बेटा?''

''बिजली आती ही होगी।'' नन्दू ने कहा, ''गोमती नगर में बिजली इतनी देर तक नहीं जाती। यहाँ बड़े-बड़े लोग रहते हैं।''

नन्दू ने अम्मा की तरफ़ देखा। फिर वह मेज़ की ओर बढ़ा और उसने ढाढ़स बँधाते-से स्वर में कहा—''मैं मोमबत्ती जलाता हूँ।''

जब मोमबत्ती जली तो अँधेरे का पता चला। अँधेरे के भी हाथ-पैर, नाक-कान होते हैं! यह सोचकर अपना चश्मा ठीक करते हुए अम्मा मुस्कराईं।

''क्यों हँसीं, अम्मा?''

''बस, प्रिया का और तेरा ब्याह हो जाए तो मुझे रामेश्वरम् ले चलना'', अम्मा ने गहरी साँस ली। ''मेरा चौथा धाम पूरा हो जाएगा।''

''प्रिया की शादी तो हो ही जाएगी, अम्मा'', नन्दू ने मुस्कराते हुए कहा, ''लेकिन मेरी शादी का सवाल कहाँ से आया?''

''क्यों?'' अम्मा की आवाज़ ऊपर उठी।'' क्या तू ज़िन्दगी-भर अकेला

रहेगा?''

''अकेला कहाँ, अम्मा!'' नन्दू हँसा, ''प्रिया अपने घर चली जाएगी। तुम तो रहोगी।''

अँधेरे के हाथ-पाँव, नाक-कान होते हैं, अम्मा ने सोचा, मगर आँखें नहीं होतीं। माँ चाहे भी तो हमेशा बच्चे के साथ नहीं रह सकती।

''क्या मेरी बाई अभी मेरे साथ ज़िन्दा हैं?'' अम्मा हँसीं।

तभी बिजली आ गयी। कमरा रोशनी और हवा से भर गया। अम्मा की देह पर पसीना ठंडा होने लगा। उनके चेहरे पर मुस्कान झिलमिलाई। जैसे नन्दू के चेहरे पर।

''अम्मा!''

''हाँ।''

''तुम कभी नहीं मरोगी।''

अम्मा की मुस्कान हँसी में बिखर गयी।

''जब तू मुझे रामेश्वरम् ले जाएगा'', अम्मा छत की जानिब देख रहीं थीं जहाँ पंखा लटक रहा था, ''तो राम-सेतु ले चलना। मैं उसी पुल से पार चली जाऊँगी।''

अम्मा के चेहरे पर अचानक कोई प्रकाश-पुंज कौंधा।

नन्दू ने मोमबत्ती बुझा दी।

''अम्मा'', प्रिया की गैलरी के अँधेरे से तैरती आवाज़ आयी, ''मैं तुम्हें उस पार नहीं जाने दूँगी।''

प्रिया कमरे के उजाले में खड़ी हँस रही थी। असल में वह बिना अम्मा के घर का तसव्वुर नहीं कर सकती थी। वह अम्मा की गोद में बड़ी हुई थी। उसने अपनी माँ को सिर्फ़ तस्वीर में देखा था। तस्वीर में माँ लड़की लगती थी—उसी की तरह। कभी-कभी उसे माँ की तस्वीर देखते हुए लगता कि वह आईना देख रही है! यह सूचना प्रिया को बचपन में ही मिल गयी थी कि उसकी माँ उसे जन्म देकर अम्मा को सौंप गयी थी और ख़ुद कहीं दूर सितारों की तरफ़ चली गयी थी। प्रिया ने बचपन माँ को सितारों में ढूँढ़ते हुए गुज़ारा था जब तक एक दिन उसकी सहेली ने नहीं बताया कि लोग मरकर आकाश में नहीं आग में जाते हैं और आग में हमेशा के लिए जल जाते हैं...काग़ज़ के टुकड़े की तरह। उसी सहेली ने यह भी बताया था कि हम लोग माँ-बाप के कुछ देर तक एक-दूसरे से सीधे लिपटे रहकर ज़ोर-ज़ोर से साँस लेने से पैदा होते हैं। कुछ दिनों तक प्रिया जन्म-मृत्यु के इस रहस्य के बारे में अचम्भे से सोचती रही। उसे विश्वास बाद में हुआ। अपने विश्वास पर अब वह ख़ुद ही हँसती थी। किसी को क्या

बताए!

"क्या बजा है?" अम्मा ने पूछा।

"पौने नौ", प्रिया ने कहा। वह अम्मा की ओर देख रही थी जहाँ रोशनी में चश्मा और चश्मे के नीचे चेहरे पर दोनों ओर दो अँधेरी रेखाएँ चमक रहीं थीं।

"चलो, खाना खा लें", अम्मा ने कहा, "रामायण का टाइम हो रहा है।"

नन्दू और प्रिया दोनों मुस्कराए। खाने के बाद अम्मा रामायण का पाठ नहीं करेंगीं—पाठ तो वे रोज़ सुबह करती थीं। खाने के बाद टी.वी. पर वे सीरियल देखेंगी। इधर फिर टी.वी. पर रामायण शुरू हुई थी, जिसके बीच-बीच में साबुन, क्रीम और कंडोम आदि के विज्ञापनों की इतनी भरमार थी कि कभी-कभी लगता कि विज्ञापनों का सीरियल चल रहा है और रामायण ब्रेक में दिखा रहे हैं।

उस रात राम के विराट् रूप का प्रसंग था। राम-जन्म में परदे पर चमचमाती स्त्रियों का नाचता घेरा था और परदे के पीछे संगीतमय स्वर गूँज रहे थे...भए प्रगट कृपाला...। यह मौजूँ था। आख़िरकार बम्बइया फ़िल्म की तरह परदे पर कौशल्या की प्रसव-पीड़ा नहीं दिखा सकते थे। उसे दासियों के नृत्य और तुलसी के संगीतमय छन्द से ढँकना ज़रूरी था। मगर जैसे ही "हरषित महतारी...अद्भुत रूप विचारी" के स्वर उठे, परदे पर चारों भुजाओं में अस्त्र लिए पीताम्बरधारी राम अवतरित हुए। वे अपने अस्त्रों से घिरे मुस्करा रहे थे जैसे परदे पर कोई कैलेंडर छप गया हो। फिर कौशल्या कैलेंडर के राम से यह प्रार्थना करती है कि तात, यह रूप छोड़ो और शिशु-लीला करो। शिशु राम एक ही क्षण में एक-साथ पालने में सोते हैं और पूजा में चढ़े नैवेद्य का भोग लगाते हैं! वे अपनी लीला से बाज़ नहीं आते। कौशल्या हैरान है, रोती है। अम्मा के आँसू नहीं रुकते। वह परदे के समक्ष हाथ जोड़ देती है। उसकी बन्द आँखों में कौशल्या की पालने और पूजाघर के बीच भागती तस्वीर है जहाँ वह राम को एक ही क्षण में देखती है।

परदे पर राम का विराट् रूप दिखाना एक चुनौती थी जिसमें 'रोम रोम प्रति लागे कोटि कोटि ब्रह्मांड।' भला रोम-रोम में कोटि-कोटि ब्रह्मांडों को कोई निर्देशक़ कैसे दिखा सकता था जब तक कि पूरी क़ायनात को ही वह राम मानकर परदे पर न उतार दे। उसने परदे पर विराट् रूप देखती कौशल्या को आँखें फाड़े दिखाया जैसे वह समस्त दिक्काल और उसकी गोद में सारे चराचर देख रही हो। कौशल्या अवाक् है। उसके मुँह में शब्द नहीं। वह राम के चरणों में झुक जाती है। राम फिर शिशु हो जाते हैं और माँ से कहते हैं—"जो तुमने अभी देखा, किसी से कहना मत।" कमरे में अकेली परदे के सामने बैठी अम्मा को लगा जैसे रामजी ने उसी के कान में कहा हो—किसी से कहना मत! यह एक

निजी थाती थी। इसे पाकर कुछ और पाने की ज़रूरत नहीं थी।

आईने में एक साँवली लड़की खड़ी थी। प्रिया आँखें फाड़े उसी को देख रही थी : वह सिर्फ़ एक पैना चेहरा नहीं था, चेहरे के नीचे एक निहंग देह थी, चीते की तरह साँस लेती हुई—हर साँस के साथ तना सीना और तन जाता था। प्रिया नंगे सीने को ऐसे घूर रही थी जैसे यह किसी और का सीना हो, उसे पहचानने की कोशिश करती हुई। आईना उसकी गहरी नाभि के नीचे ख़त्म हो जाता था—जिसमें खजुराहो की किसी अप्सरा की नग्न मूर्ति थी। मूर्ति आहिस्ता-आहिस्ता मुस्कराने लगी जैसे पत्थर जागा हो। होंठ दो पत्तियों की तरह काँपे। आँखें अपने पर अचरज करने लगीं।

वह पल-भर फिर पत्थर हो गयी। तब उसने दोनों हाथों से अपने बाल उठाकर आईने में फैला दिए।

जब वह बाथ-रूम से नाईटी पहिनकर बाहर आयी तो उसके मोबाइल की घंटी बजी।

"हलो।"

"क्या हो रहा है?" असलम की आवाज़ थी।

"तुम्हारे फ़ोन का इन्तज़ार", वह फुसफुसाई।

प्रिया ने चारों ओर कमरे में देखा—जहाँ कोई नहीं था। वह बेकार फुसफुसाई थी। वह हँसी।

"क्यों हँस रही हो?" असलम की हँसती हुई आवाज़ थी। इस भारी आवाज़ को छूकर अपनी मुट्ठी में बन्द कर लेने का मन होता था।

प्रिया का हाथ काँपा।

"हलो।" दूसरी तरफ़ से आवाज़ आयी।

"हाँ।"

"चुप क्यों हो गयी?"

"सोच रही थी।"

"क्या?"

"अब सिर्फ़ सोना बचा है।"

"क्यों?"

"क्योंकि कुछ और नहीं बचा", वह मुस्कराई।

असलम ने सिर्फ़ समतल आवाज़ सुनी। उसने कहा— "कल मिलेंगे।"

"मैं कोई सपना नहीं देखूँगी", वह हँसी।

दूसरी तरफ़ से हँसी की आवाज़ आयी। जब हँसी ख़त्म हुई तो प्रिया ने फ़ोन बन्द कर दिया। उसे लगा, दिन अच्छा बीता। कल सुबह फिर असलम

'फ़न रिपब्लिक' में मिलेगा जहाँ वे दोनों काम करते थे। मॉल में काम करने की बात असलम के दिमाग़ में ही आयी थी जब उसने एक विज्ञापन देखकर प्रिया को फ़ोन किया। उसने कहा था कि घर में बेकार बैठने से मॉल में काम करना बेहतर है। दोनों ने इसी साल लखनऊ यूनिवर्सिटी से एम.बी.ए. किया था। उसने बाद में बताया था कि यह सिर्फ़ प्रिया से रोज़ मिलने का बहाना था। यह बताते हुए वह हँस रहा था। हँसी में वही वज़न था जिसे छूने को और छूकर मुट्ठी में बन्द कर लेने को प्रिया का मन करता था।

प्रिया को पता नहीं था कि बाल्कनी में पापा खड़े हैं। पहले वह ज़रूर फुसफुसाई थी। लेकिन फिर खुला दरवाज़ा ख़ाली देखकर निश्चिन्त हो गयी थी। वह भूल गयी थी कि खिड़की पर पर्दा पड़ा है जिसके पीछे नन्दू खड़ा था। नन्दू ने प्रिया के फुसफुसाते स्वर को मुक्त होते हुए सुना था, फिर चहकते हुए। अलबत्ता उसने फोन-संवाद का प्रिया का अंश ही सुना था जिससे यह नतीजा निकलना मुश्किल था कि दूसरी ओर लड़का है या लड़की। नन्दू को खुफियागिरी करने से चिढ़ थी। लेकिन कौतूहल कान खड़े कर देता था। यों अरसे से प्रिया के लिए लड़कों के भी फ़ोन आते थे। लेकिन ऐसा फ़ोन अकसर रात के इसी वक़्त आता था जब प्रिया ऐसा ही कुछ बोलती थी जैसा आज बोली थी। यह सोचते हुए नन्दू ऊपर आसमान की तरफ़ देख रहा था। जिसमें कुछ तारे इधर-उधर टिमटिमा रहे थे। नन्दू ने आकाश में हर तरफ़ ढूँढ़ा, मगर चाँद कहीं नज़र नहीं आया। ऊपर देखते हुए उसकी नज़र बाल्कनी की ओर गयी। फिर उसने ऊपर कान लगाए। कोई आवाज़ नहीं थी। सन्नाटा था। आसमान की तरह। कभी-कभी जैसे आसमान में बिजली या पानी या धूप की हवा में घूमती आवाज़ें पैदा हो जाती थीं, उसी तरह ऊपर के फ़्लैट से हँसते या रोने की आवाज़ें आती थीं। उन आवाज़ों से कभी-कभी यह भ्रम होता था कि ऊपर एक नहीं दो लोग रहते हैं जो आपस में हँसते या रोते हैं। मगर नन्दू जानता था कि ऊपर सन्त-नुमा मेहताजी अकेले रहते हैं जिनके यहाँ मेहमान दिन में ही आकर लौट जाते हैं। कोई रात में नहीं रुकता था। इसीलिए ऊपर सन्नाटा छाया रहता जैसे अभी कहीं कोई आवाज़ नहीं थी।

तभी नीचे सड़क पर एक गाड़ी के रुकने और गेट के खुलने की आवाज़ हुई। फिर गाड़ी अन्दर घुसी। उसकी रोशनियाँ बन्द होने के बाद अँधेरी गाड़ी से दो युवा पैर बाहर आये और नीचे के फ़्लैट की घंटी बजी। दरवाज़ा खुलने और दरवाज़ा बन्द होने की आवाज़ आयी। और कोई आवाज़ नहीं आयी। इसका मतलब था कि लड़के की माँ ने दरवाज़ा खोला था। यदि कुँवर राजेन्द्रसिंह खुद दरवाज़ा खोलते तो बेटे का कुछ सस्वर स्वागत करते जो आस-पास गूँज जाता। उस रात इमारत में सन्नाटा छाया रहा।

ऐसी इमारत विश्वास खंड में दूसरी नहीं थी जिसमें तीनों मंजिलें एक-जैसी हों जैसे तीन सरकारी एम.आई.जी. एक-पर-एक जबरन रख दिये गये हों। इसके मालिक विशाल खंड में रहते थे। उनका नाम कर्नल के. राठौर था। जिस कोठी में वे अभी रहते थे, वह उनके पिता की बनवाई हुई थी जो अब इस दुनिया में नहीं थे। इस दुनिया में अब कर्नल की पत्नी भी नहीं थी। उनका बेटा कैप्टन राठौर कश्मीर में कहीं तैनात था। कर्नल अकेले रहते थे। पिछले जाड़ों में एक शाम नन्दू कर्नल से मिलने गया था जब उसे पता चला कि यह फ़्लैट खाली है—वह इन्दिरानगर का अपना ग्राउंड फ़्लोर का फ़्लैट छोड़ना चाहता था क्योंकि उस गली में बाज़ार घुसा आ रहा था। कर्नल राठौर हॉल में बैठे थे और उनके सामने रम का गिलास था। परिचय के बाद कर्नल ने पूछा—"पिएँगे, मिस्टर नन्दलाल?"

कर्नल राठौर जनरल मानिकशॉ की तरह मूँछें रखते थे। उनका स्वर विनम्र था। लेकिन वह कुछ सख़्त अन्दाज़ में मूँछों के साथ ऊपर उठता था, एक चुनौती की तरह। नन्दू के मुँह से निकला, "नहीं, शुक्रिया।"

जब नन्दू ने अपने आने का मक़सद बताया, तो कर्नल गिलास उठाते हुए हँसे। उन्होंने एक घूँट लेकर कहा, "ऐसे ही अँधेरे का वक़्त था और मैं इसी तरह गिलास लिए बैठा था जब उस रात ठेकेदार मेरे पास आया और मैंने पूछा कि विश्वास खंड के मकान पर कितने ऐसे ही मकान और बन सकते हैं। उसने कहा, दो। मैंने कहा, बना दो।"

नन्दू ने कुछ हैरत से कर्नल की ओर देखा।

"पहले मेहता जी नीचे रहते थे।" कर्नल बता रहे थे, "जब इमारत पूरी हो गयी तो मैंने उनसे पूछा, कहाँ रहेंगे? वे बोले, ऊपर। वे मेरे मरहूम पिता के दोस्त हैं। मैं उनकी बहुत इज़्ज़त करता हूँ।"

पहली मंजिल का फ़्लैट ख़ाली था। उसमें किसी किराएदार को आना था। जब कर्नल राज़ी हो गये तो नन्दू ने किराए के बाबत पूछा। कर्नल ने दूसरे पैग में पानी डालते हुए कहा, "पाँच हज़ार मिस्टर लाल।"

नन्दू ने कुछ हिचकते हुए कहा, "विश्वास खंड में एम.आई.जी. का रेट चार हज़ार है।"

"क्या विश्वास खंड में कोई और तिमंजिला एम.आई.जी. है?" कर्नल ने नज़रें ऊपर उठाईं।

"नहीं।"

कर्नल राठौर हँसे। फिर उन्होंने रम का एक घूँट लेकर कहा—"सारे विश्वास खंड में रेट बढ़नेवाले हैं।"

''क्यों? नन्दू ने भोलेपन से पूछा।

''क्या लखनऊ में कोई और ऐसी कॉलोनी है?'' कर्नल की मूँछ के साथ आँखें भी ऊपर उठीं।

''कैसी?'' नन्दू विस्मित था।

''जिसके बाएँ हाथ पर 'वेव' हो और दाएँ हाथ पर 'फ़न रिपब्लिक'। दो-दो माल! एक सड़क पर दो मॉल।''

''सुनते हैं'', नन्दू का स्वर ठंडा था, ''तीसरा बन रहा है।''

''फ़न रिपब्लिक के सामने : इनौक्स।''

कर्नल ठहाका मारकर हँसे। शायद उनके चेहरे पर अब शराब भी हँसने लगी थी।

''हुजूर!''

नन्दू को लगा जैसे कर्नल की आवाज़ ने कोई पलटी खायी हो। उसने कर्नल के चेहरे को ग़ौर से देखा।

''हुज़ूर!'' कर्नल राठौर बोल रहे थे, ''यह नया लखनऊ है। इक्कीसवीं सदी का लखनऊ! जैसे उन्नीसवीं सदी में वाजिद अली शाह ने क़ैसरबाग़ बनवाया था।''

''मगर कैसरबाग़ में तो लड़कियाँ नाचती थीं'', नन्दू ने कहा।

कर्नल फिर हँसे। हँसकर बोले, ''मॉल में भी लड़कियाँ नाचती हैं।''

नन्दलाल का माथा सिकुड़ गया जैसे पूछ रहा हो, कहाँ? कहाँ नाचती हैं लड़कियाँ?

''दुकानों में चारों ओर...लकदक रोशनी में...जहाँ कभी रात नहीं होती'', कर्नल ने कहा।

फिर कर्नल चुप हो गये।

शायद इसीलिए नन्दलाल को प्रिया का मॉल में नौकरी करना अच्छा नहीं लगा था। मगर कामवाली कमला को प्रिया का मॉल में नौकरी करना बहुत अच्छा लगता था। वह कभी प्रिया से पाउडर मँगवाती, कभी क्रीम-'फ़ेयर ऐंड लवली'। 'फ़ेयर ऐंड लवली', उसने सुबह-सुबह फिर दुहराया जब प्रिया ने उससे कहा कि आज तुमने फिर देर कर दी। जब प्रिया ने अपना सवाल दुहराया तो कमला ने सिंक के बर्तन एक ओर हटाते हुए कहा, ''नीचे सिंह भाभी के यहाँ देर हो गयी।''

''क्यों?''

''उनके यहाँ रात को मेहमान आये थे। बर्तन दुगने थे।''

प्रिया के मुँह तक फिर पुरानी बात आ गयी कि तुम पहले मेरा काम कर

दिया करो। लेकिन यह बेकार था। कमला वही पुराना जवाब देती कि पिछली बार जब वह सीधी ऊपर आ रही थी तो बरामदे में टहलते सिंह सा'ब ने उसे बीच में ही रोककर कहा था कि भीतर सारे कप गन्दे पड़े हैं, साफ़ कर दो, मुझे चाय पीना है। यह बताते हुए कमला ख़ुद हँसने लगी थी। उसने कहा कि जब वह अन्दर घुसी तो सिंह भाभी कप साफ़ करके उनमें चाय डाल रही थीं। असल में सिंह सा'ब को यह गवारा न था कि कमला उनके घर के बर्तन गन्दे छोड़कर ऊपर बर्तन साफ़ करने जाए।

कुँवर राजेन्द्रसिंह ने पिछली साल इन्हीं दिनों पंजाब नेशनल बैंक से वी.आर. एस. लिया था। दो-तीन महीने तो बैंक न जाना और दोपहर में सो जाना अच्छा लगा। लेकिन फिर दिन बोतल के जिन्न की तरह निकलने लगा, कुँवर से पूछता हुआ, 'बोलो आका, मेरे लिए क्या काम है?' दन्तकथा में ज़मीन पर एक लम्बा लट्ठ गाड़कर जिन्न को उसी पर चढ़ने-उतरने का स्थाई काम दे दिया गया था। कुँवर यहीं काम अपने दिन को कैसे दे सकते थे? पिछली गर्मियों में वे यह कहते सुने गये:

"जिन्दगी टूथ-पेस्ट है।"

"क्यों?" कोई पूछता।

"जैसे ट्यूब से निकला टूथ-पेस्ट वापिस ट्यूब में नहीं जा सकता", वे कहते, "उसी तरह मैं बैंक में वापिस नहीं जा सकता।"

नन्दलाल का एकाउंट भी पी.एन.बी. की विवेक खंड शाखा में था जहाँ कुँवर काम करते थे। उसने यह भी सुना कि इस शाखा में कोई घोटाला हुआ था जिसमें कुँवर का नाम भी था। इसीलिए कुँवर ने वी.आर.एस. ले लिया था। लेकिन अब कुँवर की ज़िन्दगी टूथ-पेस्ट हो गयी थी। वे कमला के ऊपर जाने पर ही नज़र नहीं रखते थे, बल्कि वे अपने आस-पास हर चीज़ पर नज़र रखते थे। उन्होंने एक बार नन्दलाल से बिना प्रिया का नाम लिए यह शिक़ायत की थी कि आजकल लड़कियाँ जीन्स पहनें यह तो ठीक है, मगर जीन्स कमर पर इतनी नीची नहीं होनी चाहिए— और चलो, जीन्स नीची हो भी जाए तो नंगी कमर को टॉप से ढँका होना चाहिए। फिर उन्होंने चिढ़कर आँखें घुमाते हुए कहा था, भला जीन्स कमर से उतरकर कहाँ तक जाएगी?

कुँवर राजेन्द्र सिंह दिन में दो-तीन बार अपना स्कूटर बाहर निकालते और छोकरों की तरह रेशम भवन के सामने पान की दुकान पर चले जाते। वे स्कूटर खड़ा करते, एक सिगरेट जलाते और सूँटा मारते हुए यह मुआइना करते कि आस-पास गुज़रती लड़कियों की जीन्स कितनी नीची है। कभी लड़की की नंगी कमर नीचे की ओर डूबने लगती, तो उनका जी करता कि जीन्स को दोनों हाथों से

थामकर ऊपर खिसका दें। जब सिगरेट ख़त्म हो जाती तो वे पान लगवाते, तम्बाकू की चुटकी के साथ। फिर पान चबाते हुए स्कूटर में 'किक' मारते जैसे समय के जिन्न के चूतड़ पर लात लगा रहे हों।

एक शाम कामवाली कमला जब रेशम भवन के सामने पानवाले की नुक्कड़ की दुकान से बायीं ओर विश्वास खंड जाने के लिए मुड़ी तो उसे लगा कि कोई उसकी नंगी कमर को घूर रहा है। उसने धोती पीछे खिसकाते हुए पीछे मुड़कर देखा : जब देखनेवाले की आँखों से आँखें मिलीं तो दोनों तरफ़ अचम्भा बराबर था। कमला ने हँसते हुए प्रिया को बताया कि घूरने वाली आँखें सिंह सा'ब की थीं और मिलते ही दोनों ओर दोनों आँखें नीची हो गईं थीं। चाहे जो उम्र हो, हर मर्द पहले मर्द होता है—कमला ने कहा। और औरत पहले औरत, प्रिया ने जोड़ा। वे दोनों देर तक सहेलियों की तरह हँसती रहीं। बातें करते-करते ऐसा अकसर हो जाता था। बातें करने का वक़्त शाम को ज़्यादा मिलता था यदि प्रिया मॉल से जल्दी आ जाए। प्रिया मॉल से जल्दी तभी आती थी जब असलम की शाम की ड्यूटी हो। शाम को भी कामवाली कमला नीचे की मंज़िल से काम करती हुई ऊपर चढ़ती थी। जब वह सबसे ऊपर पहुँचती तो कुछ झुटपुटा हो जाता। वह घंटी बजाती। कभी दरवाज़ा खुलता, कभी नहीं खुलता। जब दरवाज़ा खुलता तो सफ़ेद बालों और दाढ़ी से घिरी ऋषि-आँखें बाहर झाँकतीं : "कौन?"

"कमला।"

"क्या काम है?"

कभी कमला हँस पड़ती और कभी खीझकर माथा ठोक लेती। तब मेहताजी झेंपकर दरवाज़े में एक तरफ़ हो जाते और कमला अन्दर किचन में चली जाती। वह खाना भी बनाती थी।

मेहताजी दिन में सिर्फ़ एक बार शाम को नीचे उतरते देखे जाते थे। वे अकसर लोहिया पार्क की तरफ़ जाते या वहाँ से लौटते नज़र आते। जब उनके फ़्लैट में रोशनी हो तो यह ज़रूरी नहीं था कि वे भी घर के अन्दर हों जैसे घर में अँधेरा होना घर में उनके न होने की गारन्टी नहीं थी। वे अपने घर में इस तरह रहते थे जैसे कोई होटल में रहता है। यह नन्दू ने उनसे कहा था जब वह एक शाम उनके घर में घुसा। उन्होंने हँसकर कहा—"मैं तो अपने शरीर में भी किरायेदार की तरह रहता हूँ।" वे घर के एक कमरे में रहते थे, दूसरे कमरे में उनकी किताबें रहती थीं। नन्दू उनसे कोई किताब माँगकर ले जाता और जब उसे वापिस करता तो कोई दूसरी ले जाता।

नन्दलाल दिन में हगने-मूतने के बर्तन बेचता था और शाम को कोई किताब पढ़ता था। वह सीताराम सेनिटरीवेयर में सेल्स ऑफ़िसर था। जब उसने तीन साल

पहले नौकरी बदली तो अम्मा ने पूछा था, 'यह कम्पनी क्या बनाती है?', "हगने-मूतने के बासन", नन्दू ने कहा। फिर उसने बताया कि भारत में ही नहीं, दुनिया-भर में हगने-मूतने का बहुत बड़ा व्यापार है। अम्मा आँखें फैलाए रह गयी थीं। कभी-कभी दोपहर में जब वे घर में अकेली होतीं तो उन्हें अपने बेटे के अकेलेपन का ख़्याल आता था जो हगने-मूतने के बासन बेचते हुए जिन्दगी गुज़ार रहा था। जब वे प्रिया की उम्र की थीं तो उनका ब्याह हो गया था। उन्होंने हॉल के सोफ़े पर पंखे के नीचे बैठते हुए अपनी उँगलियों पर हिसाब लगाया। नहीं, ब्याह नहीं, नन्दू पेट में आ गया था। और प्रिया इस वक़्त मॉल के बाज़ार में दुकानदार की नौकरानी की तरह खड़ी होगी! उन्हें यह भी मालूम था कि प्रिया जब घर में होती थी तो कई बार उसके फ़ोन की घंटी बजती थी और वह फ़ोन हाथ में लिए अकेले कमरे में चली जाती थी। अम्मा किसी बहाने से उस कमरे में जातीं तो उसे फ़ोन पर हँसती हुई पातीं और कभी-कभी कुछ शर्माती हुई। पता नहीं दूसरी तरफ़ लड़की होती या लड़का—एक ही लड़का या अलग-अलग लड़के। अम्मा के बस में होता तो वे तुरन्त कोई अच्छा-सा लड़का देखकर प्रिया का ब्याह रचा देतीं। उन्होंने एक-दो बार नन्दू से मेट्रीमोनियल निकलवाने को कहा भी। मगर प्रिया ने मना कर दिया। जब नन्दू ने एक रात अकेले कमरे में उसकी आँखों में देखते हुए पूछा", क्या कोई है?" उसने आँखें नीचे करते हुए कहा, "वक़्त आने पर बता दूँगी, पापा।"

नन्दू ने अपने भीतर टटोला तो पाया कि उसके मन में अब प्रिया की चिन्ता नहीं थी। वह ख़ुश था कि प्रिया बड़ी हो गयी है। उसने अपनी ख़ुशी अम्मा को बताई। अम्मा के माथे पर कई लकीरें एक-साथ उभर आयीं। उन्होंने एक-साथ कई सवाल पूछे; लड़का कौन है? तुमने उसका नाम क्यों नहीं पूछा? हम उसे एक बार देख तो लेते।"

"देख लेंगे, अम्मा", नन्दू ने साँस छोड़ते हुए कहा, "जब वक़्त आयेगा।"

"वक़्त क्या प्रिया ही लाएगी?" अम्मा की आँखें चढ़ गयीं।

"हाँ, अम्मा।" मुस्कराते हुए नन्दू कमरे से निकल गया।

अम्मा घिरते अँधेरे में देर तक बिना बत्ती जलाये पलँग पर बैठी रहीं। उन्हें ताज्जुब था कि बेटी के बाप ने बेटी को अपने हाल पर छोड़ दिया है। तभी उन्हें तीखा अहसास हुआ कि वे बाप की माँ थीं, बेटी की नहीं—हालाँकि बेटी उनकी गोद में बड़ी हुई थी। समय कभी-कभी इसी तरह अपनी सिलवटों में उलझ जाता था। तब अम्मा और भी अकेली हो जाती थीं। उन्हें लगता कि घर में नन्दू और प्रिया—दोनों बड़े हो गये हैं। वे अपनी ही गोद में फिर बच्ची हो गयी थीं! समय कोई छल कर रहा था।

उन्हें अपना बचपन किसी पुराने सपने की तरह याद था। यह सपना एक बार फिर जागा था। जब प्रिया पहली बार हँसी, घुटनों पर चली, फिर दोनों पैरों पर डगमगाते हुए फ़र्श नापने लगी। उसकी किलकारियों से घर भर जाता था। अम्मा को प्रिया का बचपन एक किताब की तरह याद था। जैसे किताब पृष्ठ-दर-पृष्ठ आगे बढ़ती है, प्रिया उसी तरह साल-दर-साल बड़ी हुई थी। फिर किताब ख़त्म हो गयी। अम्मा को किसी अकूत ख़ालीपन ने घेर लिया। उन्हें वह सुबह याद आयी जब उन्होंने अस्पताल के कमरे में एक मरी माँ की बच्ची को अपनी गोद में उठाया था और उनकी दोनों छातियों से दूध झरने लगा था क्योंकि बच्ची भूख से चीख रही थी। स्तन बच्ची के मुँह में देते हुए अम्मा हैरान थीं। क्योंकि उनके भीतर जो घट रहा था उन्हें ख़ुद उसका पता नहीं था। एक विधवा अचानक माँ बन गयी थी। यह बीस साल पहले की बात है जब अम्मा के न बाल सफ़ेद हुए थे, न उनके चेहरे पर झुर्रियाँ आयी थीं। अम्मा ने हरी साड़ी पहिनकर आईने में अपना चेहरा देखा था। यह साड़ी नन्दू के बाबू ने उन्हें नन्दू के पहले जन्म-दिन पर दी थी। तब किसी को पता नहीं था कि वे अपने बेटे का दूसरा जन्म-दिन नहीं देखेंगे। जब प्रिया एक साल की हो गयी तो अम्मा एक साल नन्दू की छींक और सिर-दर्द पर घर-भर में दौड़तीं फिरीं। वे बार-बार बेटे का चेहरा देखतीं जिस पर बाप के चेहरे की छाया थी। जब प्रिया दो साल की हो गयी तो अम्मा ने राम-जानकी के मन्दिर में सवा किलो कलाकन्द का परसाद चढ़ाया और घर में सत्यनारयण की कथा करवाई जिसमें लीलावती-कलावती को अन्त में उनके पति प्राप्त हो जाते हैं।

अम्मा को बरसों बाद फिर नन्दू के बाबू के सपने आने लगे थे, वे उनका युवा चेहरा हाथों में लेकर कहते, "तू बहुत सुन्दर है।" फिर वे अम्मा की आँखों में ऐसे देखते रहते जैसे कोई हिमालय या समुद्र देख रहा हो। अम्मा भी उनकी आँखों में उसी तरह झाँकती रहतीं जैसे हिमालय या समुद्र दर्शक की आँखों से बँध जाते हैं। उनकी तन्द्रा तब टूटती जब वे आँखें उनकी आँखों में और उनका शरीर अम्मा के शरीर में समा जाता। इस उम्र में समागम का सपना उन्हें बेचैन कर देता और वे हड़बड़ा कर उठतीं और बिस्तर पर बैठ जातीं। वे अँधेरे में बैठे हुए नन्दू के बाबू की मृत्यु के बारे में सोचने लगतीं जिसका कारण पता नहीं चला था। वे लोग जाड़े के दिनों में गाँव गये थे। उन्हें तेज़ बुखार आया था। तीन दिन तक वैद्यजी की दवा का कोई असर नहीं हुआ। चौथे दिन उन्हें जीप में डालकर झाँसी ले गये। वे रास्ते में ही चुपचाप चल बसे। किसी को पता नहीं चला। रात हो गयी थी। झाँसी पहुँचकर डॉक्टर ने ही बताया।

"क्यों?" अम्मा घूँघट पीछे फेंककर चीख़ी।

डॉक्टर चन्द्रा हतप्रभ उन्हें देखता रहा।

"क्यों? क्यों?" अम्मा फिर दुगने वेग से चीखीं।

"मौत का कोई कारण नहीं होता", डॉक्टर चन्द्रा ने मुँह खोला, "जैसे बिल्ली कभी-कभी दबे पाँव कमरे में आ जाती है।"

जब अम्मा दहाड़ मारकर रोई तो डॉक्टर ने फिर कहा :

"क्या कभी किसी ने बिल्ली से पूछा कि तुम इसी वक़्त कमरे में क्यों आयीं?"

जवानी में सुना डॉक्टर चन्द्रा का यहीं संवाद शायद अम्मा का बिल्लियों से चिढ़ का सबब था। इन्दिरा नगर के निचले तल से गोमती नगर के पहले तल पर वे इसीलिए आये थे यद्यपि अम्मा सफ़ाई का बहाना बताती थीं। पहले तल पर बिल्ली नहीं आती थी। यह बात दूसरी है कि नीचे सिंह सा'ब के घर में बिल्ली बोलती तो अम्मा के कान खड़े हो जाते और उनके मुँह से निकलता, 'हट-हट।' 'हट-हट' बोलते हए नन्दू के बाबू की सूरत आँखों में झूल जाती। फिर वे ख़ुद पर ही खीझतीं—भला बिल्ली और नन्दू के बाबू का क्या रिश्ता था? बिल्ली का उनसे क्या रिश्ता था जो वह जवानी से अम्मा के पीछे लग गयी थी? और अब अम्मा का नन्दू और प्रिया से क्या रिश्ता था—जो बड़े हो गये थे?

एक रात पलंग पर बैठे हुए अम्मा को लगा कि अँधेरे दरवाज़े पर बिल्ली की आँखें चमक रही हैं। फ़ीरोज़ी गोलियों-सी चमकती आँखें उन्हीं को घूर रही थीं। वे न आगे आती थीं, न पीछे पलटती थीं। अपनी जगह खड़ी वे सामने अम्मा को ताक रही थीं। किसी तिलिस्मी सम्मोहन का तार अँधेरे में दोनों ओर दोनों जोड़ी आँखों से बँधा था।

"हट, हट", अम्मा एकाएक चिल्लाईं।

कमरे में दूसरी ओर पलँग पर नन्दू हड़बड़ाकर उठा।

"क्या हुआ?" उसने आँखें मलते हुए कहा, "क्या हुआ, अम्मा?"

"बिल्ली", अम्मा के मुँह से निकला, "दरवाज़े पर बिल्ली है।"

"कहाँ है बिल्ली?" दरवाज़े की ओर देखते हुए नन्दू बोला, "अम्मा, कहीं कोई बिल्ली नहीं है।"

जब वे लेट गये तो नन्दू ने पूछा, "अम्मा, क्या कोई सपना देखा था?"

"हाँ", अम्मा की आवाज़ अँधेरे में गूँजी।

"क्या?"

"मैं चौथा धाम कर रही हूँ।" अँधेरे में फिर स्वर गूँजे, "पहले रामेश्वरम् के मन्दिर में माथा नवाती हूँ...फिर समुद्र में तैरते राम-सेतु को प्रणाम करती हूँ।"

''अभी सो जाओ, अम्मा।'' नन्दू ने कहा, ''मैं तुम्हें चौथा धाम ज़रूर करा दूँगा।''

शायद यहीं रिश्ते की आख़िरी डोर है, अम्मा ने सोचा।

अगली सुबह जब नन्दू और प्रिया काम पर जा चुके थे और अम्मा पाठ के बाद रेहल पर रामायण बन्द कर रहीं थीं तो फ़्लैट की घंटी बजी। अम्मा ने दरवाज़ा खोला। दरवाज़े पर तीन लड़के खड़े थे। एक ने कहा—''अम्मा, प्रणाम।''

''क्या तुम नन्दू के दोस्त हो?''

''हो जाएँगे, अम्मा।''

''क्या काम है?''

''हम एक अभियान चला रहे हैं, अम्मा'', दूसरा बोला, ''उसमें आपकी मदद और आशीर्वाद चाहिए।''

दूसरे की मूँछें ऊपर उठी थीं। जब वह बोलता था तो मूँछें ऊपर नीचे होती थीं।

''कैसा अभियान?'' अम्मा ने पूछा।

''राम-सेतु को बचाने के लिए।''

''क्या हुआ रामसेतु को?'' अम्मा को अपना पिछली रात का सपना याद आया, 'क्या रावण फिर पैदा हो गया?'

''हाँ, अम्मा'', तीसरा बोला, जो बहुत भोला लगता था। ''सरक़ारी रावण कहता है कि राम तो कभी पैदा नहीं हुए। रामायण गप्प है। रामसेतु तोड़कर समुद्र में जहाज चलाएँगे।''

अम्मा सन्न थीं।

पहले ने रसीद-बुक उनकी आँखों के आगे बढ़ा दी, जिस पर मोटे अक्षरों में लिखा था : रामसेतु बचाओ अभियान समिति।

अम्मा ने अपनी धोती के छोर की गाँठ खोलकर पचास का नोट निकाला और रसीद-बुक पर रख दिया।

जनतन्त्र का षड्यन्त्र

दो सदी पूर्व नवाबों की बनवाई शहर की जिस मुख्य सड़क पर नन्दलाल रोज़ अपनी हीरो होंडा पर धड़धड़ाता हुआ निकलता था, उसी सड़क पर एक जलती दोपहर वह हाथ में एक सफ़ेद काग़ज़ से लिपटा डिब्बा लिए दुकान–दुकान घूम रहा था। डिब्बे पर लिखा था : बुन्देलखंड सूखा राहत अभियान। बुन्देलखंड में पिछले चार साल से लगातार सूखा पड़ रहा था। मऊरानीपुर तहसील का इलाक़ा सबसे ज्यादा प्रभावित क्षेत्रों में से था। इसी इलाके में नन्दलाल के पुरखों का गाँव पठा था जहाँ वह बचपन में जाया करता था। फिर उसने सुना था कि गाँव की ज़मीन अम्मा ने बेच दी थी। ताकि वे झाँसी में ही रह सकें और नन्दू की पढ़ाई में कोई बाधा न हो। नन्दू के मन में बचपन के गाँव की यादें थीं। उन यादों में गाँव के पीछे विन्ध्याचल की पहाड़ियाँ थीं और गंगू के साथ उन पहाड़ियों पर चढ़ना था। गंगू के पिता उसके खेतों में हल चलाते थे। जब वह अख़बार में सूखे की ख़बरें पढ़ता तो उसे विन्ध्याचल की छाया में पठा के लहलहाते खेत याद आते जो अब सूख रहे थे। इधर बुन्देलखंड से कुछ आत्महत्या की ख़बरें भी आयी थीं। इन ख़बरों ने नन्दू को हिला दिया था। यह विदर्भ या आन्ध्र प्रदेश में किसान की आत्महत्या की अख़बार की ख़बर नहीं थी। यह अपने बचपन की आत्महत्या का सन्देसा था।

नन्दलाल हज़रतगंज की एक दुकान से दूसरी दुकान पर हाथ में डिब्बा लिए घूम रहा था। टोली के कुछ लोग सड़क पर एक बड़ी पट्टिका के पीछे खड़े थे; कुछ लोग दुकानों में डिब्बे लिए फैल गये थे। दो लड़कों के हाथों में डंडों पर फैली पट्टिका पर ये लाल शब्द धूप में चमक रहे थे :

जो हाथ इमारतें बनाते हैं, वे बेघर हैं
जो हाथ अन्न उगाते हैं, वे भूखे हैं।

सड़क पर खड़ी टोली के पीछे भी एक बैनर था, जिस पर लिखा था :

बुन्देली धरती भूखी है
अँगरेज़ी अभिशाप जारी है

हज़रतगंज की दुकानों से होते हुए टोली थाने के सामने कार पार्किंग स्टैंड पर पहुँचीं। एक मोटा अधेड़ सिगार पीता हुआ एक वातानुकूलित गाड़ी से निकला। नन्दलाल ने डिब्बा उसके सामने बजाया। उसने ग़ौर से डिब्बे की इबारत पढ़ी, पर्स निकाला और पचास पैसे का सिक्का डिब्बे में डाल दिया। पास ही बूटपालिशवाला लड़का खड़ा था। उसने हँसते हुए डिब्बे में दो रुपए का नोट डाला और कहा :

"पचास पैसे तो आजकल भिखारी भी लौटा देता है।"

उसी क्षण अधेड़ आगे बढ़ा था। पता नहीं उसने सुना या नहीं। उसके पलटने का सवाल नहीं था। हज़रतगंज के गलियारों में कुछ चश्मा या पेन बेचनेवाले पलटे थे और उन्होंने पलटकर डिब्बों में कुछ सिक्के डाले थे। शायद भूखों की मदद के जज़्बे के लिए भूख का तजुर्बा ज़रूरी था। दुकानों पर दान मिलता था।

दो बैनरों के बीच दूसरों के लिए भीख माँगती टोली के साथ हाथ में डिब्बा लिए नन्दलाल को उसकी कम्पनी के डिस्ट्रीब्यूटर चड्ढा ने सड़क पर दौड़ती गाड़ी में बैठे हुए देखा। मगर जब तक उसे अपनी नज़र पर यकीन होता, उसकी गाड़ी आगे बढ़ गयी थी। नन्दलाल को इस वक़्त गाड़ियों को देखने की फ़ुर्सत नहीं थी। वह सामने देख रहा था जहाँ बायीं ओर सड़क के किनारे छोटा-सा मन्दिर था जिसमें हनुमान गेरूए रंग में खड़े थे।

वह सुबह के अँधेरे का सपना था जिसके बाद उजाला हो जाता है। नन्दू अचानक चीख़कर बिस्तर पर बैठ गया था। उसे पूरा सपना याद था। वह सूखे खेतों में गंगू के साथ दौड़ रहा था। दोनों लड़के जाँघिया और बनियान पहने थे—गंगू के कपड़े गन्दे थे। तीन ओर सामने विन्ध्याचल की पहाड़ियाँ थीं जो दूर नहीं लगती थीं। गंगू ने उससे कहा था कि पहाड़ियाँ इतनी पास नहीं हैं जितनी तुम समझते हो। नन्दू माना नहीं था। वह पहाड़ी छूने के लिए दौड़ने लगा था। कुछ देर बाद वे हाँफने लगे। फिर उन्होंने रुककर चलना शुरू कर दिया। चारों ओर खेत सूखे थे जैसे वे उजड़ी फ़सल के ऐतिहासिक नमूने हों। कहीं कोई अन्न का दाना नहीं था। इसीलिए कोई चिड़िया नहीं थी। एक सूना समतल विराट् चिलचिलाता आसमान था जैसे पथरीली पहाड़ियों की किस्मत हो। पहाड़ियाँ टुकुर-टुकुर आसमान देखती हुई बादलों को भूल गयी थीं। जब वे एक पहाड़ी के नीचे पहुँचे तो गंगू एक चट्टान पर बैठ गया। चट्टान बड़ी थी, नन्दू के लिए जगह थी—मगर नन्दू नहीं बैठा। कुछ देर बाद उसने कहा, "चलें!" "कहाँ?" गंगू ने नज़र ऊपर उठाई।

"चोटी पर", नन्दू ने ऊपर देखते हुए कहा।

''क्यों?''

''मैं चिड़िया देखना चाहता हूँ।''

गंगू हँसा। ''घर चलो'', उसने कहा, ''मैं तुम्हें आँगन में चिड़िया दिखा दूँगा।''

''आँगन में नहीं।'' नन्दू खीझ गया, ''मैं आसमान में चिड़िया देखना चाहता हूँ।''

गंगू चट्टान से उठा। वे चट्टानों के बीच सूखी घास पर पैर रखते हुए ऊपर चढ़ने लगे। घास पर पौधों के सूखे डंठलों से बचते हुए वे चल रहे थे। नन्दू का गला सूखने लगा। सूखा गला प्यास में बदले इसके पहले ही उसने अपने को रोक लिया। यदि वह अपनी प्यास की बात गंगू को बताता तो गंगू को भी प्यास लग आती और वह नन्दू को लौटने के लिए कहता। रास्ते में एक मँझोला पेड़ मिला। नन्दू ने उसे उम्मीद से देखा। लेकिन उसकी शाखों पर कोई पत्ती नहीं थी जिसके पास कोई चिड़िया बैठे। वह पेड़ नहीं, पेड़ का कंकाल था जिसकी नंगी शाखें बाँहों की तरह आकाश की ओर उठी थीं। वे हाँफने लगे। हाँफते हुए वे चोटी पर पहुँचे। नन्दू ने चिलचिलाते आसमान में हर तरफ़ चिड़िया को ढूँढ़ा। तभी वह सपने में चीख़ा था और हड़बड़ाकर बिस्तर पर बैठ गया था।

सुबह ऑफ़िस में हाजिरी लगाकर वह सीधा हज़रतगंज रेलवे बुकिंग ऑफिस गया और उसने साबरमती एक्सप्रेस का झाँसी के लिए तत्काल टिकट लिया। फिर उसने झाँसी रमेश को फ़ोन करके कहा कि मैं कल सुबह झाँसी पहुँचूँगा—वह कस्तूरी होटल में कमरा बुक कर दे और पठा जाने के लिए एक टैक्सी। शाम को घर पहुँचकर जब उसने अम्मा को अपना कार्यक्रम बताया तो अम्मा ने पूछा :

''यह एकदम कैसे प्रोग्राम बना?''

''मैंने रात को पठा का सपना देखा था, अम्मा।''

''मैंने भी रामेश्वरम् का सपना देखा था।'' अम्मा ने कहा, ''क्या तुम मुझे राम-सेतु ले गये?''

नन्दू हँसा, ''राम-सेतु पठा की तरह पास नहीं है, अम्मा। एक दिन तुम्हें ज़रूर वहाँ ले जाऊँगा।''

प्रिया वहीं खड़ी थी। उसने हँसकर कहा—''पापा, तुम सपने बहुत देखते हो।''

सुबह कस्तूरी होटल पहुँचकर वह तैयार हुआ। जब वह दही-पराठा खा रहा था तो रमेश आ गया। उसने आज कॉलेज से छुट्टी ले ली थी जहाँ वह इतिहास पढ़ाता था। दोनों गले मिले और दोनों ने एक-दूसरे से कहा कि वे बिलकुल

नहीं बदले। यह झूठ था। दोनों के बाल सफ़ेद होने लगे थे। रमेश के कुछ ज़्यादा। या शायद काले चश्मे की वजह से यह लगता था। एक फ़र्क और था। रमेश सिन्हा दाढ़ी रखता था जिसके बाल ज़्यादा सफ़ेद थे। उसका चेहरा सदा इतना गुरु-गम्भीर रहता था कि लगता था जैसे वह इसी दाढ़ी के साथ पैदा हुआ हो।

जब मारूति पुल पर पहुँची तो नन्दू ने दोनों ओर बहती नदी को देखा। पत्थरों से खेलती हुई नदी धूप में खिलखिला रही थी। किनारों पर पानी के बीच चट्टानें थीं। कहीं-कहीं नंगे, गोल पत्थर पड़े थे जिनसे पानी उतर चुका था। चार साल के सूखे ने नदी को भी इनसानों की तरह ख़ाली कर दिया था। दूर से आती दूर जाती नदी सूनी लग रही थी। उसके किनारों पर वनस्पतियों का अँधेरा था। पुल पर सपाट आसमान की धूप थी। कहीं कोई आदमी नज़र नहीं आता था। जब गाड़ी पुल पार करके नदी के जंगल में घुसी तो नन्दू ने आँखें अन्दर घूमाकर कहा—''नदी के पत्थर नंगे हैं।''

''नदी हाँफ़कर रूक जाएगी'', रमेश बोला, ''यदि वह प्यासी रही।''

नदी के जंगल की छायाओं से निकलते ही वे चुप हो गये। सिर्फ़ सड़क पर गाड़ी के चलने की आवाज़ होती रही। रास्ता और सूखते हुए पेड़ लगातार अपने को दोहराते रहे। एकाएक सड़क पर एक ओर उन्हें एक टेंकर खड़ा नज़र आया। सड़क से लगे गाँव के लोग हाथों में गागर और बाल्टियाँ लिए टैंकर के पीछे कतार में पानी लेने खड़े थे। ''गाँव के कुएँ सूख गये हैं'', रमेश ने कहा, ''पानी पाताल की तरफ़ जा रहा है।'' मऊरानी पुर तहसील का इलाका शुरू हो गया था।

गाड़ी बायीं ओर मुड़ी। सड़क और धूप फिर अपने को दुहराने लगे। नन्दू सड़क पहचानने लगा जिस पर वह लड़कपन में बस से गुज़रता था। एक यात्रा वह कभी नहीं भूल सकता। बस में उसे एक घूँघट काढ़े नवोढ़ा के बगल में जगह मिली थी। उसने एक-दो बार उसके चेहरे की तरफ़ झाँका था जिस पर घूँघट का परदा पड़ा था। बस में भीड़ थी। बस में बैठने का मतलब एक-दूसरे से सट कर बैठना था। आहिस्ता-आहिस्ता लड़के की बायीं जाँघ में कुछ झुरझुरी-सी होने लगी जो तिलिस्मी थी। झुरझुरी का उत्स नवोढ़ा की दायीं जाँघ थी जो लगातार चलती बस में लड़के की बायीं जाँघ को रगड़ रही थी। गुदाज़ जाँघ शायद साड़ी और लड़के की निकर फाड़कर उसकी जाँघ से आन मिली थी। लड़के ने चौंककर बायीं ओर देखा था : उसका निकर साबुत था, अलबत्ता निकर के नीचे उसकी बायीं जाँघ नंगी थी। उसके होश गुम होने लगे थे।

बाहर कड़ी धूप थी।

सड़क पर पठा गाँव शुरू हो गया था। दोनों ओर घर थे या दुकानें थीं।

नन्दू ने उतरकर गंगू के बारे में पूछा। गाँववाले ने गंगू की जात पूछी। जब नन्दू ने 'कोरी' कहा तो उसे बताया गया कि कोरियाना गाँव के दूसरे छोर पर है, वह सड़क पर सीधा चला जाए। तब नन्दू को याद आया कि तीन दशक़ पहले वह कई बार उसी ओर गंगू के घर गया था। रास्ते में बहुत-से घरों के दरवाज़ों पर कुंडी चढ़ी थी और कुंडी पर ताला जड़ा था। एक दुकान पर रमेश जब सिगरेट लेने गया तो नन्दू ने पानवाले से इतने तालों का राज़ पूछा। पानवाले ने उदास स्वर में कहा—"जिस घर में खाने को कुछ न हो, वह बन्द तो होगा ही।"

गंगू का घर बन्द नहीं था। दोनों किवाड़ खुले थे। दरवाज़े के सामने एक अरथी रखी थी जिसके बगल में छोटी-सी हंडिया में आग जल रही थी और आग से धुआँ उठ रहा था। जब नन्दू ने अरथी को घेरे खड़े लोगों से गंगू के बारे में पूछा तो एक ने मुँह मोड़कर लाश की तरफ़ इशारा करते हुए कहा, "यह गंगू की बाई है। गंगू का पता नहीं है कि उसे आग देने को बुला लें।"

"कहाँ गया गंगू?" नन्दू ने पूछा।

"पता नहीं। तीन दिन पहले गाँव छोड़कर भाग गया। तीन दिन से उसके घर में चूल्हा नहीं जला था।"

"उसकी बाई कैसे मरी?"

"दवा से", वह आदमी बेआवाज़ हँसा।

"दवा से कैसे?" नन्दू ने आँखें फाड़ीं।

"बुढ़िया सुबह-सुबह पड़ोस में गयी और बोली कि घर में चूहे बहुत हैं। चूहे मारने की दवा चाहिए।" उस आदमी ने थोड़ा रुककर कहा, "वह रोटी नहीं माँग सकती थी।"

गाँव उसे रोटी न दे सका। अरथी दे रहा था। आग देनेवाले की कमी थी। नन्दू ने कहा, "मैं आग दूँगा। मैं गंगू का दूर का भाई हूँ।"

लोगों ने सशंक उसकी ओर देखा। वह कुरता-पायजामा पहने था। यह भी था कि गंगू के घर में कुछ हथियाने को नहीं बचा था।

जब वे मरघट से गंगू की बाई को फूँककर लौटे तो गंगू के घर के सामने तहसीलदार की जीप खड़ी थी। तहसीलदार पीली टी-शर्ट और नीली जीन्स पहने था जैसे लखनऊ में नौजवान पहनते थे।

"वह कैसे मरी?" तहसीलदार ने काले धूप के चश्मे से ही भीड़ को देखते हुए पूछा।

"चूहे मारने की दवा खाकर", किसी ने कहा।

"उसने दवा इसलिए खायी कि उसके पास खाने को रोटी नहीं थी।" नन्दू ने आगे बढ़कर जोड़ा।

"यह मुमकिन नहीं है", तहसीलदार ने सख़्त आवाज़ में कहा।

"क्यों?"

"क्योंकि उसका लाल कार्ड* आफिस में बना रखा था। उसे सूचित किया गया। वह कार्ड लेने नहीं आयी।"

"क्या सबूत है कि उसे सूचित किया गया?" नन्दू ने ठंडी आवाज़ में पूछा।

"सबूत तहसील में है" तहसीलदार ने आँखें तरेरीं।" आना, देख लेना।"

तहसीलदार अब मुस्करा रहा था, "वह भूख से नहीं मरी। वह धोखे से दवा खाकर मर गयी।"

जनतन्त्र का धोखा! रमेश गाड़ी के पास खड़ा बुदबुदाया। नन्दू बौराया-सा उसके पास खड़ा था। उसके मन में अपना सपना चल रहा था जिसे उसने कुछ देर पहले साकार श्मशान के पीछे देखा था : वहाँ खेतों के परे सुदूर विन्ध्याचल की खाली पहाड़ियाँ थीं। खेत सूखे थे। पानी का कहीं नाम नहीं था। एक कुआँ ज़रूर था। मगर उस पर न रस्सी थी, न डोल था, न कहीं कोई पानी का निशान था। ऐसा लगता था जैसे यह कोई प्रागैतिहासिक नमूना है। नन्दू का एक बार ज़रूर मन हुआ था कि वह सामने की पहाड़ी की चोटी तक दौड़ जाए जहाँ शायद गंगू खड़ा हो। फिर वह सिहर गया था : कहीं कोई चिड़िया नहीं थी!

क्या सपने इस तरह सच होते हैं?

लौटते हुए रमेश ने बताया कि पिछले चार साल में बुन्देलखंड के सात जिलों में लगभग दो सौ लोग आत्महत्या कर चुके हैं। आत्महत्या की कहानी काफ़ी-कुछ एक जैसी थी। पहले साल फ़सली ऋण। फ़सल का सूख जाना। ऋण न चुका पाना। फिर साहूकार से सवाया गेहूँ—जो प्रेमचन्द की कहानी 'सवा सेर गेहूँ' की तरह कभी चुकाया नहीं जा सकता। इसी में ब्याह और बीमारी का जुड़ता ऋण। कहानी का निश्चित अन्त : आत्महत्या। डेढ़ सदी बाद ऐसा अकाल फिर पड़ा था। एक फ़र्क ज़रूर था। अँग्रेजों की प्रतिशोधी नीति के चलते पचीसा (1868-69) अकाल में भी किसान ने आत्महत्या नहीं की थी। किसान की बलि लेते मौजूदा अकाल के पीछे आज़ाद देश का सठियाता विकास था जो भूमंडलीकरण के कुएँ में डूब गया था।

"विदर्भ की किसान आत्महत्या", रमेश ने उसकी तरफ़ देखा, "सीधी भूमंडलीकरण से जुड़ती है: कपास के बेंट कॉटन बीज, नकद फ़सल, जर्सी गाएँ। यहाँ कुछ ऐसा नहीं है।"

---

*अन्त्योदय कार्ड जिससे मुफ्त अनाज मिलता है।

''तो!''

''यह जनतन्त्र का षड्यन्त्र है।''

नन्दू की नज़र गाड़ी के बाहर थी। उसने तुरन्त नज़र मोड़कर रमेश के चेहरे पर जमा दी।

''अगर पानी न बरसे'', नन्दू ने कहा, ''तो सरकार क्या कर लेगी?''

''किसान पानी न बरसने से नहीं मरता'', रमेश बोला, ''वह इसलिए मरता है कि उसकी जेब ख़ाली है। मंडी में अन्न की कमी नहीं।''

गाड़ी में चुप्पी छा गयी। हवा दिन-भर धूप में तपती हुई गर्म हो गयी थी। गाड़ी में भीतर-बाहर कोई फ़र्क नहीं था।

''तुमने लाल कार्ड का मज़ाक तो देख ही लिया'', रमेश ने सामने ख़ाली सड़क को देखते हुए कहा, ''नरेगा और पी.डी.एस. का भी यहाँ यहीं हाल है। जैसे ये योजनाएँ सरकारी तन्त्र के बिचौलियों के लिए बनी हैं।''

रमेश आहिस्ता-आहिस्ता पीछे झुका और उसने सीट की पीठ से अपनी पीठ टिका दी जैसे नन्दू पीठ टिकाए बैठा था। उन्हें पता नहीं चला। रफ़्ता-रफ़्ता दोनों की आँखें बन्द हो गयीं।

एक ओर से ख़रामा-ख़रामा चलती हुई एक भैंस सड़क के ऐन बीच में रुककर खड़ी हो गयी। ड्राइवर को ब्रेक लगाना पड़ा। झटके से नन्दू और रमेश की आँखें खुल गयीं।

''यह सब मध्य-वर्ग की लीला है'', रमेश ने मुस्कराते हुए कहा।

''क्या?'' नन्दू ने चौंककर कहा, ''भैंस!''

''भैंस नहीं'', रमेश हँसा, ''भ्रष्टाचार! यह पानी में डूबी भैंस है।''

नन्दू रमेश की ओर देख रहा था।

वह शाम को अकेला कस्तूरी होटल से निकला और पीछे गली में घूम गया। सामने से एक लड़की जीन्स और टॉप पहने स्कूटी पर बैठी आयी। जब वह दाईं और दूसरी गली में मुड़ा तो एक लड़का बरमूडा और टी-शर्ट पहिने हीरो होंडा पर धड़धड़ाता हुआ आया। नन्दू को लगा कि वे गलियाँ पुराने लखनऊ में भी हो सकती थीं जहाँ पुराने नवाब रहते थे। मोहल्लों की गलियों के सिरे बाज़ार होकर सड़क के बाजार में समा गये थे। बाज़ार मोहल्लों में घुसा आ रहा था। यहाँ सूखा नहीं था। पैसा था। दुकानों पर ग्राहकों की भीड़ थी। शंकर हलवाई की दुकान और सज गयी थी। लोग उसे मक्खियों की तरह घेरे थे। नन्दू ने मानिक चौक के बाज़ार का भी एक चक्कर लगाया। यहाँ चलना मुश्किल था। यह पुराना ज़माना नहीं था कि ताँगे और लोग टहलते हुए बाज़ार से गुज़र जाते। फ़ोर्ड आइकॉन और वेगन-आर गाड़ियाँ विपरीत दिशाओं से आ रही थीं। भीड़ें मेले

की तरह थीं। यह बाज़ार का मेला था। इस मेले से गुज़रते हुए ऐसा नहीं लगता था कि शहर भूखे गाँवों से घिरा है।

अनजाने ही नन्दू के पैर खत्रयाने की सड़क पर मुड़ गये। उसने कुछ पुराने घरों को पहचाना जो दुकान बन गये थे : कोई कपड़े की दुकान, कोई बिजली की दुकान, कोई संगीत की दुकान। लेकिन घरों के लोग कहाँ गये? क्या मेरी तरह कहीं और चले गये? उसने अपने पुराने घर के सामने सड़क पर खड़े हुए सोचा। उसके घर का अब कोई नामोनिशान नहीं था। घर की जगह छोटी-छोटी दुकानों का घेरा था जैसे घर बाज़ार हो गया हो।

पर घर उसके भीतर था जिसे लिए हुए वह होटल लौट गया। अन्दर अपना घर लिए जब नन्दू अपने शहर से जुदा हुआ तो रमेश उसे छोड़ने आया। रात हो गयी थी। शहर अपनी रोशनियों में कसमसा रहा था। ऑटो शहर की चढ़ाईयाँ और ढलानें नाप रहा था। नन्दू और रमेश एक-दूसरे के परिवारों के बारे में पूछ रहे थे। नन्दू ने प्रिया के मॉल में काम करने के बारे में बताया और अम्मा की अन्तिम इच्छा रामसेतु के दर्शन के बारे में। रमेश ऑटो के अँधेरे में मुस्कराता रहा। फिर उसने अपने इकलौते बेटे अविनाश के आई.आई.टी. खड़गपुर से सीधे स्टेट्स चले जाने की ख़बर देकर उत्फुल्ल स्वर में कहा कि हमारी दुनिया कितनी बड़ी हो गयी है!

"और परिवार छोटा हो गया है", नन्दू बोला। "पठा में जब मैंने अपने को गंगू का भाई कहा तो वह मेरे बचपन का परिवार था।"

ऑटो स्टेशन पर रुका। वे उतरे। स्टेशन में घुसने के बजाय रमेश ने उससे आगे चलने को कहा। नन्दू के कन्धे पर एक बैग था। वे आगे बढ़े। कुछ दूरी पर एक मैदान में अपनी पोटलियाँ और प्लास्टिक के बोरे लिए बहुत-से लोग नीम अँधेरे में नज़र आये। वे अपना सामान और परिवार बटोरे गुम-सुम बैठे थे जैसे अचानक धरती के अँधेरे में फँस गये हों। हर पोटली या बोरे के पास एक आदमी और एक औरत थे—बच्चा औरत की गोद में था या उसके आस-पास। अँधेरे में आदमी की बीड़ी सुलग रही थी: बीड़ी में आग की चिंगारी थी।

"इस भीड़ में", रमेश ने भीड़ के किनारे खड़े हुए नन्दू से कहा, "तुम गंगू को ढूँढ़ सकते हो।"

नन्दू भीड़ में घुस गया। वह हर आदमी के चेहरे को आईने की तरह देखने लगा। सब चेहरे बन्द थे। कोई चेहरा खुलता तो वह उसे पहचानने की कोशिश करता। सिर्फ़ बीड़ी के सिरे और औरतों की आँखें चमक रही थीं। नन्दू एक चक्कर लगाकर हताश लौट आया जहाँ रमेश खड़ा सिगरेट पी रहा था। एकाएक वह चिल्लाया :

"भाइयो, मैं अपने भाई गंगू को ढूँढ़ रहा हूँ। वह पठा का रहनेवाला है। यदि आप में से कोई गंगू है तो, हाथ उठा दे।"

दो हाथ उठे। नन्दू उधर बढ़ा। एक ने कहा कि वह पठा का नहीं, पचवारा का गंगू है। दूसरा बोला कि वह पठा का पल्टू है। फिर दोनों ने बेचैनी से एक-साथ पूछा:

"क्या आप अपने भाई को कोई काम देना चहते हैं?"

नन्दलाल के पास कोई जवाब नहीं था। उसने पीठ मोड़ दी और भारी क़दमों से रमेश के साथ प्लेटफ़ार्म की ओर बढ़ा। रमेश की सिगरेट ख़त्म हो गयी थी। उसने सिगरेट की चिंगारी को अपने जूते से रगड़ दिया।

अगले दिन घर पहुँचकर नन्दलाल जल्दी-जल्दी तैयार हुआ और अपनी हीरो होंडा पर धड़धड़ाता हुआ ऑफिस पहुँचा। उसे देर नहीं हुई। दोपहर में उसे अमीनाबाद अपने वितरक चड्ढा की दुकान पर जाना था। जब वह दुकान में घुसा तो चड्ढा अपने वातानुकूलित केबिन में सोफ़े पर सो रहा था। जब वह केबिन में घुसा तो मोटे चड्ढा की आँख खुल गयी। उसने बैठते हुए कहा—"दोपहर में खाना खाते ही मुझे कोई ख़ुमारी घेर लेती है ओर मेरी आँख लग जाती है।"

"दुकान में आपको नींद आ जाती है?" नन्दलाल ने मुस्कराते हुए पूछा।

"अजी लाल सा'ब, अन्न के बराबर कोई नशा नहीं", चड्ढा ने जमुहाई ली।

यह उसी अन्न-नशे के सिक्के का एक पहलू था, जिसका दूसरा पहलू नन्दू ने कल रात झाँसी स्टेशन के बाहर अँधेरे में देखा था। उसकी आँखों में साँवले मैदान में फैला काले चेहरों का हुजूम तैर गया।

जब नन्दलाल सामने सोफ़े पर बैठ गया तो चड्ढा ने पूछा, "लाल सा'ब, एक बात बताओ!"

"क्या?"

"उस दिन हज़रतगंज की धूप में हाथ में चन्दे का डिब्बा लिए आप किस जुलूस में घूम रहे थे?"

नन्दलाल हँसा, "मैं नहीं था। कोई और होगा?"

चड्ढा और ज़ोर से हँसा," ज़रूर कोई और होगा।"

जब ठंडे केबिन में एक घंटा गुज़ारकर नन्दलाल बाहर लू में निकला तो उसे पठा याद आया। उसने पैर आगे बढ़ाकर मोटर-साइकिल में किक मारी। सड़क पर जाते हुए उसे फिर यह अफ़सोस हुआ कि उसके पास गंगू की कोई तस्वीर नहीं है। पठा में उसके दिमाग़ में यह बात आयी थी। मगर जिसके पास गंगू

की तस्वीर हो सकती थी, वह ख़ुद अपने घर के सामने एक तस्वीर की तरह पड़ी थी। मरघट से लौटकर यदि वह कटोरीबाई की झोंपड़ी टटोलता, तो पड़ोसी उसे चोर समझ लेते जो चोरी के लिए सफ़ेद कुर्त्ता-पायजामा पहिनकर गाँव आया था और गंगू का भाई बन गया था। सिर्फ़ एक तर्क बचता था। जिस तरह नन्दू का अपना चेहरा उसकी बचपन की तस्वीर से मिलता था, उसी तरह गंगू का चेहरा उसके बचपन की तस्वीर से मिल जाएगा जो नन्दू की आँखों में बसी थी। गंगू की तस्वीर के पीछे विन्ध्याचल पर छाया जलता हुआ आसमान था।

कोप-भवन में गंगू को पहचानने में ज़्यादा दिक्कत नहीं हुई। वह पाँच किसानों की क़तार के सिरे पर खड़ा था जो पाँच बजे आत्म-दाह करने जा रहे थे। यह विधान सभा के सामने सड़क के पास खुले कोप-भवन का दृश्य था। पाँच किसानों की क़तार मंच पर खड़ी थी जहाँ से लगातार आत्म-दाह के कार्यक्रम का ऐलान हो रहा था। नन्दलाल ने विधान सभा मार्ग पर जाते हुए यहीं ऐलान सुना था और वह गाड़ी मोड़ कर बायीं ओर आ गया था। मंच को घेरे लोग खड़े थे। वह इसी घेरे में सामने खड़ा हो गया और मंच की तरफ़ देखने लगा। पाँचों चेहरे बारी-बारी से देखते हुए उसकी नज़र आख़िरी चेहरे पर टिकी रह गयी थी; इस चेहरे की जड़ें पठा की पहाड़ी पर हवा में टँगे चेहरे में थीं जिन्हें वक़्त की मिट्टी हटाकर साफ़ किया जा सकता था। सिर्फ़ ऊबड़-खाबड़ दाढ़ी को हटाना था...और नीचे बच्चे-सा चेहरा निकल आता जो असमय बुढ़ा गया था।

पाँचों बुन्देलखंड के भूखे किसान थे जो रोटी ढूँढ़ते हुए राजधानी आ गये थे और अब हताश रोटी को आग में ढूँढ़ना चाहते थे। उन्होंने विधान-सभा को अपनी बलि-वेदी घोषित किया था। पाँचों चेहरे सूखे झाड़-झंखाड़ की तरह थे जिनमें सिर्फ़ आँखें जीवन्त लग रही थीं। उसी ओर देखते हुए नन्दू को लगा जैसे पाँच किसानों की कतार के पीछे मेहता जी सफ़ेद दाढ़ी और कुर्ता-पायजामा पहने खड़े हैं। वह चौंका। घेरे के पीछे निकलकर वह घेरे के दूसरी ओर गया और उसने हर चेहरा ग़ौर से देखा। कोई दाढ़ी इतनी उज्ज्वल नज़र नहीं आयी, न मेहताजी की ऊँची उठी नाक नज़र आयी। या तो मेहताजी थे ही नहीं, या इसी बीच चुपचाप चले गये थे। पहले उनका शक़ था जो बाद में कौतूहल होकर बना रहा।

कौतूहल मन में लिए नन्दू गंगू की ओर बढ़ा और उसकी आँखों में देखकर बोला—"गंगू!"

"नन्दू भैया," एक कराह की तरह गंगू के मुँह से निकला और वह नन्दू से लिपट गया।

क़तार में खड़े चारों किसान यह भरत-मिलाप देखते हुए आदमी की तरह मुस्कराए।

तभी दस पुलिसवाले घेरा तोड़कर अन्दर घुसे और दो-दो सिपाहियों ने एक-एक किसान को पकड़ लिया। वे किसानों को घसीटकर सड़क पर खड़ी पुलिसवैन की ओर ले चले। जब पुलिस वैन सड़क पर आगे बढ़ी तो नन्दू उसके पीछे था। वैन हज़रतगंज थाने के सामने जाकर रुक गयी। किसानों को अन्दर ले जाया गया। उन्हे सी.आर.पी.सी. 151 के तहत धर लिया गया और कहा गया कि उन्हें निजी मुचल्का देना होगा कि वे कभी फिर ऐसी हरकत नहीं करेंगे।

नन्दलाल थानेदार के सामने मेज़ के दूसरी ओर बैठा था। उसने कहा:

"मुचल्का तो सरकार को देना चाहिए।"

"क्या?" थानेदार अपनी वर्दी में चिल्लाया।

"जी!"

"कैसा मुचल्का?"

"यहीं कि आगे कभी सूखा पड़ेगा तो सरकार उसे अकाल मे नहीं पनपने देगी।"

"सरकार की पहुँच इन्द्रदेव तक नहीं है", थानेदार अचानक मुस्कराने लगा।

"सरकार की पहुँच अन्न तक तो है।" नन्दलाल भी मुस्कराया।

थानेदार इस बकवास का आदी नहीं था। वह खीझकर खड़ा हो गया। उसकी आँखों में अंगारे थे।

"आप किसलिए आये हैं?" उसका स्वर बर्फ़-सा ठंडा था।

"मैं गंगू को छुड़ाने आया हूँ", नन्दलाल सहम गया।

"तो कार्रवाई पूरी करिए", थानेदार ने उसी धारदार आवाज़ में कहा, "और बाहर जाइए। नहीं तो मैं अन्दर कर दूँगा।"

जब नन्दलाल मुचल्के पर हस्ताक्षर कर रहा था तो थानेदार ने उसे घूरते हुए कहा-"मुझे बहस करने की कोई तनख़्वाह नहीं मिलती।"

गंगू को हीरो होंडा पर पीछे बिठाए जब नन्दू घर पहुँचा तो सूरज डूब रहा था। अम्मा गंगू को देखती रह गयीं।

"पहचानो, अम्मा", नन्दू ने मुस्कराते हुए कहा।

अम्मा ने चश्मा नाक पर ऊपर उठाया, फिर गँगू को ग़ौर से देखा। वे वक़्त और भूख को भेद नहीं सकीं। उनकी नज़र हताश लौटकर नन्दू के चेहरे पर टिक गयी।

"यह गंगू है, अम्मा", नन्दू ने कहा।

"मैकू का बेटा!" अम्मा हैरान थीं।

"हाँ।" अम्मा को मैकू की शक्ल याद थी जा उनके खेतों मे हल चलाता था जब गाँव में उनके खेत थे।

"अम्मा", नन्दू कह रहा था", बहुत दिनों से खीर-पूड़ी नहीं खाई।"

"आलू-मटर की सब्ज़ी", अम्मा मुस्कराई "और रायता।"

"बूँदी का।" नन्दू चहका।

"अच्छा"

अम्मा प्रसन्न रसोई में चली गयीं।

नन्दू तब गंगू को बाथ-रूम में ले गया। उसने उसे साबुन बताया और एक तौलिया रख दिया। गंगू ने बाथ-रूम बन्द करके जब मैले पाजामा-कमीज़ उतारे तो उसे ताज्जुब हुआ कि वह कपड़े भी पहने था।

रात में खाना खाते हुए गंगू को लगा कि वह पूड़ी-सब्जी-रायता-खीर-सबका स्वाद भूल गया था।

उस रात सोने से पहले नन्दू ने सोचा कि वह ऊपर जाकर मेहताजी से पूछे कि क्या वे सचमुच कोप-भवन में आत्म-दाह के लिए खड़े पाँच किसानों के पीछे खड़े थे? उसने सामने गैलरी और पीछे बाल्कनी से ऊपर झाँका। ऊपर आगे-पीछे अँधेरा था। हालाँकि अँधेरे का होना मेहताजी के न होने की कोई पुष्टि नहीं थी जैसे कि उजाला उनकी उपस्थिति की कोई शर्त नहीं थी। यह भी सम्भव था कि वे सो गये हों। पर अकसर देर रात तक जलती रोशनी इस बात का सबूत थी कि वे जल्दी नहीं सोते थे। ऊपर कोई आवाज़ भी नहीं थी। नन्दू ने एक बार बाल्कनी में सितारों से जड़ा आसमान देखा और अन्दर चला गया।

जब सुबह गंगू की आँख खुली तो खिड़की के बाहर धूप फैली थी। वह आँखें खोले बिटर-बिटर चारों तरफ़ देख रहा था। सबसे पहले तो उसने अपनी देह पर पड़े झक्क पाजामा-कुर्ते को देखा था जो न मैले थे न फटे थे। बिस्तर पर चादर बगुले की तरह सफ़ेद थी। गद्दा और तकिया नर्म थे जिन पर से वह अभी उठा था। देह में अभी भी बिस्तर की नर्मी की स्मृति थी। वह खिड़की पर खड़ा मकानों और पेड़ों और आसमानों पर फैली धूप देख रहा था जब उसके कानों में एक महीन स्वर गूँजा—"अंकल, चाय लेंगे?"

उसने सिर घुमाया। एक लड़की नीली पेंट और सफ़ेद बिना बाँह का सलूका पहने खड़ी थी। वह उसे जवाब देने के बजाय उसे देखता रहा। तब वह मुस्कराई और बोली", पापा ऑफ़िस चले गये हैं।"

"रात को तुम कहाँ थीं?" गंगू ने पूछा।

"मैं नौकरी से देर से लौटी। तब आप सो गये थे। चाय लाऊँ?"

"पहले मैं नहाने के कमरे में जाऊँगा", उसने कहा।

वह अन्दर की तरफ़ कमरे के अन्दर कमरे में घुसा जिसमें नहाने और टट्टी जाने का इन्तज़ाम था। पिछली शाम नन्दू ने उसे सब समझा दिया था। वह पाजामा उतारकर गोल कुर्सी के दोनों ओर पैर डालकर नंगा बैठ गया। उसके दिमाग़ में यह बात ज़रूर आयी कि शहर में टट्टी के लिए कमरा है और गाँव में सोने के लिए कमरा नहीं है और यदि सोने के लिए कमरा है तो खाने के लिए रोटी नहीं है। एकाएक उसे बाई की याद आयी और वह गोल कुर्सी पर नंगा बैठा हुआ धार-धार आँसुओं से रोने लगा जैसे रात को बिस्तर के अँधेरे में वह टुक रोते-रोते सो गया था और रात-भर बाई का सपना देखता रहा था जिसमें कभी वह छोटा हो जाता और बाई बड़ी और कभी बाई छोटी हो जातीं और वह बड़ा।

जब वह नहा-धोकर बाहर आया तो मेज़ पर नाश्ता लगा था।

"अंकल, आप अंडा खाते हैं न?" प्रिया ने पूछा।

"जब मिल जाता है", गंगू हँसा, "तो खा लेता हूँ।"

गंगू कुर्सी पर बैठ गया। प्रिया सामने बैठ गयी। उसने एक टोस्ट पर मक्खन लगाकर गंगू की प्लेट में रखा ओर ऑमलेट की ओर इशारा करते हुए कहा : "इसके साथ खाइए, अंकल।"

पीछे से लगातार अम्मा के रामायण-पाठ के स्वर आ रहे थे जिनके बीच में गंगू के टोस्ट-अंडे खाने की चपर-चपर की आवाज़ें थीं। प्रिया उसे कनखियों से देख रही थी जैसे उसकी नज़र अपने टोस्ट-अंडे पर हो।

खिड़की के बाहर धूप और तेज़ हो गयी थी।

जहाँ नाल गड़ी है

पिछली शाम जब नन्दू गंगू को मोटर-साइकिल पर पीछे बिठाए गेट के अन्दर घुसा तो कुँवर राजेन्द्रसिंह अपने बरामदे में टहल रहे थे। नन्दू पर तो उनकी सरसरी नज़र फिसल गयी, पर गंगू पर टिकी रह गयी हालांकि मोटर-साइकिल आगे बढ़ रही थी। घूमती आँखों से उन्होंने देखा कि पीछे बैठनेवाले के कपड़े सिर्फ़ गन्दे नहीं थे, कुछ फटे भी थे। अगर कपड़े फटे न होते तो उसे प्लम्बर या बिजलीवाला समझ लेते। इसी समझने की कोशिश में वे बरामदे से नीचे उतर आये और दोनों को ज़ीने के ऊपर जाता हुआ देखते रहे। वे दोनों को देख रहे थे, मगर दोनों ज़ीने पर कुँवर से बेख़बर आपस में बातें कर रहे थे। दोनों का आपस में बातें करना भी हैरतनाक था। आख़िरकार मैले-फटे कपड़े पहिने, ऊबड़-खाबड़ बाल चेहरे और सिर पर उगाए आदमी से नन्दलाल का क्या रिश्ता हो सकता था?

उस शाम कुँवर बरामदे में ही टहलते रहे। वे दो बार अन्दर पानी पीने गये और एक बार पेशाब करने। उनके कान लगातार ज़ीने पर ही लगे रहे। न ज़ीने पर कोई आवाज़ हुई, न फटफटिया बोली। क्या नन्दलाल उस मैले-कुचैले आदमी को अपने घर में ही सुला लेगा? ज़माने को क्या हो गया था? वे आज दोपहर से ही बेचैन थे जब उन्हें आगरा से अपने दोस्त राजकुमार की चिट्ठी मिली। राजकुमार ने लिखा था कि मालिक-मकान सेठ खूबचन्द ने कुँवर पर दीवानी में मुकदमा ठोंक दिया है कि किरायेदार मकान में नहीं रहता और उसने छः महीने से किराया नहीं दिया है— इसलिए अदालत मकान का कब्ज़ा वापिस सेठ खूबचन्द को दिलवाए। कोई काग़ज अदालत ने भेजा था जो मकान पर ताले की ख़बर के साथ वापिस चला गया है। कुँवर राजेन्द्र सिह का पुश्तैनी मकान हींग की मंडी में था। इसी मकान में उनके माता-पिता मरे थे और वे खुद पैदा हुए थे। और तो और इसी मकान में उनका बेटा मन्नू पैदा हुआ था जब वे लखनऊ तबादले से पहले आगरा में ही थे। चाहे मकान में रहें या न रहें, वे हस्बे-मामूल किराया

देते थे। आज़ादी के पहले का पच्चीस रुपया किराया इक्कीसवीं सदी में भी चल रहा था। वे जनवरी में ही पूरे साल के किराए की चेक भेज देते थे। इस साल भी भेजी थी। पिछले माह सेठ खूबचन्द का बेटा हरीचन्द पेठे का डिब्बा लेकर उनसे मिलने आया था—हरीचन्द हर दूसरे माह लखनऊ आता था और हमेशा पेठे के डिब्बे के साथ उनसे मिलता था। पेठे का टुकड़ा मुँह में डालते हुए कुँवर ने उससे चेक के बारे में पूछा था। दरअसल वह चेक उनके बैंक स्टेटमेंट में अभी तक नहीं आयी थी। हरी ने हँसते हुए बताया कि चेक एक बही में पड़ी रह गयी थी। इसीलिए न वह बैंक में जमा हुई, न उसकी रसीद बनी। हरी ने वादा किया कि वह लौटते ही दोनों काम कर देगा। यह कहते हुए उसने पेठे का डिब्बा कुँवर की ओर बढ़ाया: ''अंकल, और लीजिए। ताज़ा है।''

एक महीना गुज़र गया। रसीद नहीं आयी। न पिछले माह के बैंक स्टेटमेंट में चेक दर्ज हुई। कुँवर भूल गये थे। वे समझते थे कि हींग की मंडी में जिस मकान पर ताला पड़ा है और जिसमें उनके माता-पिता मरे थे और वे और उनका बेटा पैदा हुए थे—वह उनका ही है। ये चेक और रसीद औपचारिकता थी। सेठ खूबचन्द जब मिलते यहीं कहते—''सिंह सा'ब, घर की बात है।'' असली बात घर की ही थी। सेठ खूबचन्द कहते हैं कि वे अपना मकान वापिस लेकर रहेंगे।

सेठ खूबचन्द कुँवर से कहता था कि घर की बात है। और अब घर के लिए ही उसने दावा ठोक दिया था! कुँवर जितना सोचते उतनी ही उनकी झुँझलाहट बढ़ती जाती। उनके क़दम बरामदे के आर-पार उतने ही तेज़ हो जाते। वे इसी तरह भीतर-बाहर घूमते रहे जब तक रात के नौ बजे मन्नू की कार गेट के अन्दर नहीं घुसी। समय का उनका अन्दाज़ा था। उन्होंने घड़ी नहीं देखी थी। इस बीच काला कौआ भी घर में नहीं घुसा था। ज़ीने पर नन्दलाल के पैरों की कोई आहट नहीं थी। न मेहताजी कहीं ज़ीने और गेट के बीच नज़र आये थे। वे होते तो नज़र आते—अँधेरा जितना गाढ़ा होता, उनकी श्वेत-धवल दाढ़ी उतनी ही चमकती।

मन्नू गाड़ी से उतरकर हैरान था। उसने अपने पिता को बरामदे में इतना तेज़ चलते कभी नहीं देखा था। उन्होंने बरामदे की बत्ती भी नहीं जलाई थी। उसने स्विच दबाते हुए कहा : ''क्या हुआ, पापाजी?''

''धोखा हो गया, मन्नू!'' कुँवर बोले : ''मेरे साथ धोखा हो गया।''

यह दुहरा धोखा था। एक तो सेठ खूबचन्द ने झूठ बोला कि यह घर की बात है। दूसरे, उसने चेक दबाकर छल किया। कुँवर राजेन्द्रसिंह की तकलीफ़ इसलिए भी गहरी थी कि वहाँ गहराई में वे अपने को आगरा का ही नहीं, लखनऊ का भी सबसे सच्चा आदमी समझते थे।

"क्या हो गया?" मन्नू सवाल दागकर अन्दर बढ़ गया। उसने हॉल की बत्ती और पंखे के स्विच दबाए ओर सोफ़े पर बैठ गया।

सामने बैठकर कुँवर ने बेटे को सारी दास्तान सुना दी। इसी बीच बेटे के लम्बे सोफ़े पर उसकी माँ भी आकर बैठ गयी थी।

"इसमें इतनी फ़िकर की क्या बात है?" मन्नू मुस्कराया।

"क्यों?" कुँवर की आवाज़ तेज़ हो गयी; "हमारा पुश्तैनी मकान जा रहा है और तुम कहते हो कि फ़िकर की कोई बात नहीं है।"

"पापाजी", मन्नू ने अपनी फुसलाती-सी आवाज़ दबाकर कहा, "यह पुश्तैनी नहीं, किराए का मकान है। फिर कोई वहाँ रहता नहीं। आप साल में दो तीन-बार जाते हैं जैसे किसी होटल में जाते हों।"

"मन्नू ठीक तो कह रहा है", मन्नू की माँ ने कहा।

"सोभा, तुम बीच में न बोलो", कुँवर ने उसे तिरछी नज़र से देखते हुए कहा। वे पिछली रात से ही उसे "सोभा" कहते थे यद्यपि उसका नाम शोभा था। 'श' उच्चारने के लिए जो थोड़ी ज़्यादा चेष्टा की दरकार थी उसे वे अपनी औरत के लिए ज़रूरी नहीं समझते थे।

वह सहम गयी।

"मानसिंह", कुँवर जब ख़फा होते तो बेटे को उसके पूरे नाम से पुकारते थे, "तुम उसे होटल कहते हो। तुम हींग की मंडी के मकान की कीमत क्या जानो। न तुमने मेरे माता-पिता का मरना देखा, न अपना पैदा होना।"

चुप्पी छा गयी। अकेली मद्धिम रोशनी बची।

आहिस्ता-आहिस्ता कुँवर फिर बोले, "मैं उसे ख़रीदने की सोच रहा था।"

"वह तो आप अभी भी कर सकते है", मन्नू ने कहा।

"अभी वह दाम दुगने कर देगा।" कुँवर का स्वर हताश था।

मन्नू मन-ही-मन मुस्कराया। वह जानता था कि कुँवर कंजूस हैं। वे हींग की मंडी की गली का दुमंजिला मकान भी उसी किफ़ायती कीमत पर ख़रीदना चाहेंगे जैसे पच्चीस रुपये अभी तक उसका किराया देते थे जबकि बाज़ार-भाव अभी पाँच हज़ार होगा। बरसों खूबचन्द ने उनसे किराया बढ़ाने को कहा था। वे टाल जाते थे। फिर सेठ ने किराये के बारे में बात करना छोड़ दिया था और बात-बात में यहीं बात कहता कि कोई बात नहीं, यह घर की बात है। उसने चेक बहीं में छिपाकर व्यूह रचा था। मन्नू जानता था कि उसने चेक फाड़ दिया होगा।

कुँवर राजेन्द्रसिंह सचमुच कुछ महीनों से हींग की मंडी का मकान ख़रीदने की सोच रहे थे। उनका गोमती नगर में मन नहीं लगता था। जब तक नौकरी

में थे, पड़ोस के लिए वक़्त ही नहीं था। अब वक़्त था, मगर पड़ोस नहीं था। आस-पास अवकाश-प्राप्त आई.ए.एस. थे या बड़े व्यापारी जो जब तक घर में रहते अपनी कोठियों में बन्द रहते थे। पड़ोस की कोठी के बाहर एक केबिन में एक सुरक्षाकर्मी बन्दूक लिए बैठा रहता था। दूसरी तरफ़ नुक्कड़ पर किसी मन्त्री की कोठी थी जिसके सामने सड़क के पार पार्क में एक तम्बू के अन्दर आधा दर्जन सिपाही खाते-पीते-सोते नज़र आते थे जैसे यह कोई थाना हो। गोमती नगर में दिन-दहाड़े चोरियों की ख़बर आये दिन अख़बार में छपती थी। कुँवर राजेन्द्र सिंह पान की दुकान पर आते-जाते इन चोरियों की चर्चा तम्बू के पुलिसकर्मियों से करते थे जो ख़बर सुनकर हँसने लगते।

हींग की मंडी में पड़ोसी राजकुमार था जिसके साथ शतरंज की लम्बी पारियाँ होती थीं। दूसरी ओर पुराने पहलवान नत्थूसिंह थे जिनके साथ कभी-कभी भाँग छन जाती थी। कभी-कभी वे किसी बगिया में दाल-बाटी के लिए भी चले जाते। कभी राजकुमार की मारूति में ताज या सिकन्दरा या फ़तेहपुर-सीकरी भी। जब वे आगरा जाते तो झाडू देने और बर्तन माँजने मेहरी रामकली आ जाती। एक बार जब वह दोपहर में आयी तो सीधी अन्दर चली आयी। वे सो रहे थे। दरवाज़ा खुला था। वह कमरे में झाडू देते हुए पलँग के पास आ गयी। कुँवर ने सपने में हाथ बढ़ाकर रामकली को पलँग पर खींच लिया। वह खिलखिलाती हुई सपने में आ गयी। सपने में उसकी चीकट गन्ध नहीं थी।

जब कुँवर अकेले हींग की मंडी में रहते तो नाश्ता मक्खन हलवाई की दुकान पर दही-जलेबी और समोसे का होता। दोपहर-शाम खाना राज होटल से आ जाता या वे खुद होटल चले जाते। हर दोपहर रामकली आती और अन्दर से किवाड़ों पर साँकल चढ़ा देती। कुँवर ख़िज़ाब लगाते थे। वे दाढ़ी-मूँछ नहीं रखते थे। जवानी में ठाकुरों जैसी मूँछों में सफ़ेदी आने लगी थी। अर्से से उनका चेहरा सफ़ाचट था जैसे जवान होते-होते मन्नू का हो गया था। मन्नू ने न मूँछें रखीं थीं न दाढ़ी। सो कुँवर और मन्नू बड़े भाई और छोटे भाई ज़्यादा लगते थे। अनजान लोग यह ज़रूर कहते कि ये कैसे भाई हैं कि बड़ा गहरा साँवला है और छोट झक गोरा! असल में मन्नू अपनी माँ पर गया था जो ब्याह के वक़्त सोने जैसी गोरी थी। ओर उसकी आँखें इतनी बड़ी थीं कि कान तक खिचीं लगती थीं। हींग की मंडी में शोर हो गया था। मोहल्ले में इतनी सुन्दर बहू पहले नहीं आयी थी। शोहदे यह ज़रूर कहते सुने गये थे कि बन्दर के हाथ में अप्सरा आ गयी।

अप्सरा अब बूढ़ी हो रही थी। उसके चेहरे पर महीन झुर्रियों की परछाईयाँ थीं जो गोरे रंग पर बार-बार घूम जाती थीं। आँखों के नीचे कुछ अँधेरा-सा नज़र

आता। बदन पर मास जगह-जगह ढीला हो रहा था। कुँवर के साँवले चेहरे पर कोई झुर्री है भी तो साँवलेपन के धुँधलके में छिप जाती होगी। उन्हें सिर्फ़ पढ़ते वक़्त ही चश्मा लगाना पड़ता था। लेकिन वे सुबह आधे घंटे अख़बार के अलावा कुछ नहीं पढ़ते थे। रँगीन टी.वी. हींग की मंडी के घर में भी था। जितनी देर वे घर में रहते टी.वी. चलता रहता था। इसका एक और फ़ायदा था। बिस्तर पर रामकली की खिलखिलाहट इस शोर में छिप जाती थी।

जब सुबह बरामदे में टहलते हुए कुँवर आगरा का तत्काल टिकट लेने का कार्यक्रम बना रहे थे तो नन्दलाल ज़ीने से उतरकर अपनी हीरो होंडा की ओर जाने लगा। जाते हुए नन्दलाल ने बरामदे में सिंह सा'ब को देखकर कहा—"नमस्कार"।

"नमस्कार", कुँवर बोले, "कैसे हैं?"

"अच्छा हूँ।"

दोनों की आँखें मिलीं।

"शाम को आपके साथ कौन आया था?" कुँवर ने आँखें सिकोड़ीं जैसे सूरज एकाएक सामने आ गया हो।

"वह...", नन्दू बोला, "वह मेरा दूर का भाई है।"

"कितनी दूर का?"

"करीब ढाई सौ किलोमीटर।" नन्दू मुस्कराया।

कुँवर चकरा गये।

"मऊरानीपुर तहसील में हमारा पुश्तैनी गाँव है।" नन्दू ने कहा, "भाई वहीं से आया है।"

"लगता है, पैदल ही आ रहा था। आप उसे रास्ते से पकड़ लाए।"

कुँवर के चेहरे पर टेढ़ी मुस्कान थी।

"हाँ।"

जब नन्दू ने मोटर-साइकिल में किक मारी तो कुँवर ने कहा—"लाल जी, मैं आज रात कुछ दिनों के लिए आगरा जा रहा हूँ। ज़रा, नीचे का भी ख़्याल रखिए। मन्नू अकसर रात को देर से लौटता है।"

फटफटिया की फट-फट की पृष्ठभूमि में नन्दू कुछ ऊँची आवाज़ में बोला—"आप फ़िक्र न करें। मगर ऐसी गर्मी में आगरा कैसे?"

"कुछ न पूछिये", कुँवर बोले; "अन्धेर है। कोई मेरे घर पर कब्ज़ा करना चाहता है।"

"आप बेफ़िक्र जाइए", यह बोलते हुए नन्दू की हीरो-होंडा गेट से बाहर हो गयी।

रात को मन्नू पिता को छोड़ने चारबाग़ गया। जब कुँवर उसके साथ आगे गाड़ी में बैठे तो उन्हें शराब की गन्ध आयी।

''आज भी नहीं छोड़ी?'' कुँवर के स्वर में चिड़चिड़ाहट थी।

''क्या?'' गाड़ी स्टार्ट करते हुए मन्नू ने पूछा।

''दारू।''

''पापाजी'', मन्नू हँसा, ''आप भी। अरे, सिर्फ़ एक पैग लेनी पड़ी। ऑफ़िस के दोस्त नहीं माने।''

''एक बात बताओ।'' कुँवर ने उसकी ओर मुँह मोड़ा।

''क्या?'' मन्नू गाड़ी चला रहा था। उसे मुँह न मोड़ने की सुविधा थी।

''तुम ऑफ़िस काम करने जाते हो या दारू पीने?''

दोनों, मन्नू के होंठों तक आ गया। पर इस जवाब में एक जोखिम था। कुँवर डाँटकर गाड़ी रूकवा सकते थे और आपना बैग लेकर किसी ऑटो में बैठ सकते थे। उनके गुस्से का रंग ऐसा ही चटक था। मन्नू चुप रहा। उसका ध्यान चौराहे पर गाड़ी दाईं ओर मोड़ने पर था। जब गाड़ी चौड़ी सड़क पर मुड़ गयी तो उसने एक नज़र बाईं तरफ़ देखा : कुँवर का चेहरा मुट्ठी की तरह कसा था और चेहरे के परे लोहिया पार्क की रूपहली रोशनियाँ झिलमिला रहीं थीं। रोशनियों पर घना अँधेरा घेरा डाले था।

जब गाड़ी गोमती का पुल पार कर चुकी जिसके दाईं ओर नदी के किनारे एक जलती चिता झंडी की तरह फहरा रही थी, तो मन्नू ने कहा, ''आप बेकार परेशान हो रहे हैं, पापाजी।''

''क्यों?''

''अरे, आप यहीं मेरे साथ रहिए।''

कुँवर हँसे।

''तेरे साथ रहकर क्या करूँ?'' वे बोले।

गाड़ी के बाहर चारों ओर अँधेरा था। केवल सड़क पर गाड़ी के आगे दौड़ता प्रकाश-पुंज था।

''क्यों?'' मन्नू सामने देख रहा था।

''तू शादी नहीं करता।'' कुँवर ने कहा, ''शादी हो तो पोता हो जिसे मैं दिन-भर खिलाऊँ और ख़ुद खेलूँ।''

मन्नू चुप था।

''तेरी माँ ने तुझे कितनी तस्वीरें दिखाईं। तुझे कोई जँचती ही नहीं।''

''जँचेगी तो बताऊँगा, पापाजी।''

फिर गाड़ी में चुप्पी छा गयी जैसे सड़क पर थी।

"एक बात मेरी समझ में नहीं आती, मन्नू", कुँवर ने सहसा कहा।

"क्या?"

"आख़िर दो लड़कियों में फ़र्क क्या होता है जो तू इतना बावेला मचाए है?"

यह प्रश्न देर तक गाड़ी के अँधेरे में टँगा रहा।

जब गाड़ी सड़क पर बाईं और मुड़ी तो चारबाग़ स्टेशन की इमारत अँधेरे के बीच रोशनियों तले चमकी। एकबारगी ऐसा लगा जैसे वाजिद अली शाह ने ही यह इमारत बनवाई थी जिसके आगे अँग्रेज़ों ने बाद में रेल की पटरियाँ बिछा दीं। कुँवर आगरा की मुग़लिया इमारतों के गुम्बदों के बीच बड़े हुए थे। जब वे पहले-पहल लखनऊ स्टेशन पर उतरे तो उन्हें चारबाग़ के गुम्बदों को देखकर तसल्ली हुई थी। गाड़ी पार्क करते हुए मन्नू ने कुली बुला लिया था। क्योंकि वह कुँवर का बैग प्लेटफ़ार्म नं. पाँच या सात तक नहीं ढोना चाहता था। बैग भारी था जैसे कुँवर पाँच-सात दिन को नहीं, पाँच-सात महीनों के लिए जा रहे हों।

प्लेटफ़ार्म पर जितनी भीड़ थी उतनी ही गर्मी थी। मन्नू को भीड़ और गर्मी दोनों से चिढ़ थी। उसकी गाड़ी ए.सी. थी, सोने के कमरे में ए.सी. था और वह दिन-भर जिस ऑफिस में रहता था, उसके गलियारे तक ए.सी. थे। उसका बस चलता तो वह अपने शरीर में भी ए.सी. लगवा लेता! तब दुनिया को ए. सी. करने की ज़रूरत नहीं रहती जैसे जूतों के ईजाद हो जाने के बाद पृथ्वी को चमड़े से ढँकने की ज़रूरत ख़त्म हो गयी थी। प्लेटफ़ार्म पर ए.सी. नही था। लोग थे...तमाम..मार तमाम लोग...पूरे प्लेटफ़ार्म पर बिखरे हुए। गर्मी उन्हीं की वजह से बढ़ गयी थी। मन्नू जब बाहर जाता, हवाई जहाज से जाता था। न हवाई अड्डे पर इतनी भीड़ होती, न हवाई जहाज के अन्दर। इस बार अरसे बाद उसे स्टेशन आना पड़ा था। वह प्लेटफ़ार्म पर कुँवर ओर कुली के बीच खड़ा भीतर-ही-भीतर झुँझला रहा था।

"आप राजकुमार अंकल को पावर ऑफ़ एटोर्नी भी भेज सकते थे, पापाजी", उसने कुँवर की ओर मुँह मोड़कर कहा।

"बेटा", कुँवर ने उसकी आँखों में आँखें डाल दीं। "बिना ख़ुद मरे स्वर्ग नहीं मिलता।"

जब मन्नू कुछ नहीं बोला तो कुँवर ने फिर कहा—"पावर ऑफ़ एटोर्नी इस बात का एक और सबूत हो जाता कि मैं हींग की मंडी में नहीं रहता।"

"सच तो यहीं है", मन्नू के मुँह से निकला।

"पर इससे भी बड़ा एक सच और है।" कुँवर मुस्कुराए।

"क्या?"

"हींग की मंडी के घर के पिछले कमरे में मेरा नरा गड़ा है", उनकी आवाज़ भीड़ के शोर पर प्रसन्न तैरी।

मन्नू चुप उनके चेहरे को निहार रहा था।

"और तुम्हारा भी।" वे हँसे।

मन्नू अकबका गया। उससे रहा न गया। उसके मुँह से ये शब्द अपने-आप झरे :

"गड़ी नाल लिए मैं दुनिया-भर में कैसे घूमूँगा?"

गाड़ी की धमक प्लेटफ़ार्म पर आ गयी थी। फिर गाड़ी आयी।

काँपते प्लेटफ़ार्म पर मन्नू के शब्द बिखर गये। लोग गाड़ी की ओर दौड़े। कुँवर को उनकी बर्थ पर बिठाकर मन्नू ने घड़ी देखी। 'जाओ', कुँवर ने कहा, "काफ़ी रात हो गयी।" मन्नू ने उनके पैर छुए और गाड़ी से नीचे उतर आया। उसने मुँह नहीं मोड़ा। प्लेटफ़ार्म से बाहर आकर वह सीधा अपनी गाड़ी की ओर बढ़ा। दरवाज़ा खोलकर वह अन्दर घुसा और उसने गाड़ी और ए.सी. चला दिये।

गाड़ी 'फ़न रिपब्लिक' के मोड़ पर बाएँ मुड़कर मुख्य द्वार के सामने खड़ी हो गयी। मन्नू ने गाड़ी के अन्दर रोशनी जलाकर फिर घड़ी देखी। दस बजे थे। कंचन पाँच-दस मिनट में बाहर आ जाएगी। उसे उसके घर नेहरू एनक्लेव छोड़ना था। मन्नू ने गाड़ी की बत्ती बुझा दी और स्टीयरिंग पर दोनों हाथ रखे मुख्य द्वार की ओर देखने लगा। सहसा उसने देखा कि मुख्य द्वार से गोरी कंचन की जगह साँवली प्रिया बाहर आ रही थी। सड़क पर गाड़ी के पास आकर प्रिया ने गाड़ी की ओर देखा। मन्नू सड़क पर सामने अँधेरे में देख रहा था जहाँ गोमती के कछार का बियावान था। वह बाईं ओर मुड़कर सड़क पर चल दी।

मन्नू ने कंचन का पूरे पन्द्रह मिनट इन्तज़ार किया। फिर उसने गाड़ी स्टार्ट करके पीछे मोड़ दी। जब गाड़ी बाईं ओर लोहिया मार्ग पर मुड़ी तो उसने देखा कि प्रिया सड़क पर खड़ी ऑटो की प्रतीक्षा कर रही थी। गोरी कंचन न सही, साँवली प्रिया सही। उसने गाड़ी खोली, फिर दरवाजा खोलकर कहा:

"आइए, मैं घर जा रहा हूँ। हमें एक ही घर में जाना है।"

"पर अलग-अलग मँज़िलों पर", कहती हुई प्रिया मुस्कराई और आगे बढ़कर गाड़ी में बैठ गयी।

गाड़ी चल दी।

"बहुत गर्मी है", मन्नू ने कहा।

"बाहर", प्रिया बोली, "तुम किसी और का इन्तज़ार कर रहे थे जब मैं मॉल से बाहर आयी।"

मन्नू को अँधेरे में पकड़े जाने की उम्मीद नहीं थी। उसने दाईं ओर लोहिया पार्क की रोशनियाँ देखते हुए कहा, "लोहिया पार्क दस बजे बन्द हो जाता है न?"

"क्यों?" प्रिया ने गर्दन मोड़ी।

"घड़ी कुछ पीछे होती", मन्नू ने एक पल उसी ओर देखा, "तो हम अन्दर चलते।"

"तुम्हारी घड़ी बहुत आगे है, मन्नू", प्रिया हँसी।

"उसकी सुइयाँ पीछे मोड़ दो।" मन्नू ने अपना बायाँ हाथ प्रिया की दाईं हथेली पर रख दिया।

प्रिया ने मुस्कराते हुए अपना हाथ अपने पास खींचकर कहा—

"सुइयाँ टूट जाएँगी।"

मन्नू कुछ नहीं बोला। गेट के अन्दर रुकी गाड़ी से जब प्रिया बाहर आयी तो शोभा ने खिड़की से बाहर देखा। वह खिड़की के पास खड़ी थीं। उसे नींद नहीं आ रही थी। फिर गाड़ी के दूसरी तरफ़ से मन्नू बाहर आया। शोभा ने एक नज़र से दोनों को एक-साथ देखा और मुस्कराई। तब प्रिया की ऊपर जाने की आवाज़ हुई। शोभा क़दमों की आवाज़ से उन क़दमों पर जाते व्यक्ति को पहचान लेती थी।

जब मन्नू भीतर आया तो शोभा ने मुस्कराते हुए कहा, "जोड़ी अच्छी है।"

मन्नू ने ठहाका लगाया, "कौन-सी जोड़ी, मम्मी?"

"जो अभी गाड़ी से उतरी।" शोभा की आँखें चमक रहीं थीं, "क्या अम्मा से बात छेड़ूँ?"

"कौन-सी बात?"

"तेरी और प्रिया की शादी की बात।"

"मम्मी", मन्नू की हँसी अभी रुकी नहीं थी। "रोज़ दो-तीन लड़कियाँ मेरी गाड़ी में बैठतीं हैं। क्या में सबसे शादी करूँगा?"

"इतनी लड़कियाँ तेरी गाड़ी में क्यों बैठती हैं?" शोभा की त्योरियाँ चढ़ गयीं। "क्या तू कृष्ण कन्हैया है?"

"अरे मम्मी", मन्नू ने शोभा के दोनों कन्धों पर हाथ रखकर कहा, "मेरे ऑफ़िस में बहुत लड़कियाँ हैं। हम साथ-साथ काम से बाहर जाते हैं।"

शोभा चिढ़ गयी। उसने मन्नू के दोनों हाथ अपने कन्धों से हटाते हुए कहा, "तूने फिर शराब पी है?"

"थोड़ी-सी, मम्मी। अच्छा, खाना दो।"

डाइनिंग टेबिल पर सामने बैठे हुए वह बेटे को खाना खाते देख रही थी।

मन्नू माँ पर गया था। गोरा रंग। तेज़ नाक-नक़्श। पिता की तरह मज़बूत काठी। काले, कुछ घुँघराले-से बाल-कुछ लम्बे, जो आजकल युवा फ़ैशन था। शोभा बेटे को देखती तो देखती रह जाती।

कोई मुस्कान अनजाने उसके चेहरे पर आ जाती थी। बेटे को देखते हुए वह मुस्कराती, मगर उसे पता नहीं चलता था। मन्नू की नज़र थाली से ऊपर उठी तो मुस्कराती माँ को देखकर वह भी मुस्कराने लगा। उसे यह याद आ गया था कि पिछले क्षण वह गुस्सा थी। माँ ऐसी ही थी। वह उसे बहुत चाहता था। उसे दिल की हर बात बता देता।

''क्यों मुस्करा रही हो, मम्मी?''

''सोच रही थी,'' शोभा ने कहा, ''तुम्हारी शादी हो। पोता हो। और मैं दिन-रात उसे खिलाऊँ।''

''एक दिन ऐसा ज़रूर आयेगा।'' वह हँसा।

''मैं उस दिन को कल लाना चाहती हूँ।''

''क्यों?''

''बेटा'', शोभा का स्वर उदास हो गया, ''तेरे पापा आगरा गये हैं। उनका कोई भरोसा नहीं। वे घर ख़रीदकर उसमें रहने भी जा सकते हैं।''

''तुम्हारे बिना पूछे?''

''हाँ'', शोभा की आवाज़ और नज़र नीची हो गयी, ''ओर मुझे उनके साथ जाना होगा।''

मन्नू डाइनिंग टेबिल से उठकर हाथ धोने बाथ-रूम में चला गया। शोभा हॉल में अकेली रह गयीं। उसे लगा कि हॉल में अँधेरा है—हालाँकि पीछे रौशनी जल रही थी। ऐसा उसे ससुराल में पहली रात को भी लगा था जब कुँवर ने उसे पुकारा : ''सोभा''। वह उसी दिन कुँवर से ''शरबत'' ओर ''शरारत'' में कई बार ''श'' का उच्चारण सुन चुकी थी। जब वह बाद में कुँवर से इसका कारण पूछेगी तो वे कहेंगे कि तुम मेरी औरत हो, तुम्हारे लिए जीभ को पलटने की क्या ज़रूरत है? वे उसकी सुन्दरता की चर्चा सुनकर खुश होते थे, मगर ख़ुद इसे तस्लीम करना ज़रूरी नहीं समझते थे। आख़िरकार सोभा उनकी औरत थी। कुँवर राजेन्द्र सिंह की बात घर में हुक्म थी—और उनका हुक्म जहाँपनाह अकबर का हुक्म था, जिसकी उदूली की सज़ा हाथी के पैर का साया था जो अभी तक फ़तेहपुर सीकरी के क़िले में मौजूद है। शोभा कुँवर की क्रुद्ध दहाड़ से उसी तरह काँपती थी जैसे जंगल में शेर की दहाड़ से हिरणी काँपती है।

मन्नू बाथ-रूम से लौटकर लम्बे सोफ़े पर माँ के साथ बैठ गया जहाँ वह अँधेरे में सहारे के लिए आ गयी थी—उसे रोशनी दिखती नहीं थी। वह खिड़की

की तरफ़ सामने देख रही थी। खिड़की के बाहर बियाबान अँधेरा था। मन्नू कुछ देर किंकर्तव्यविमूढ़ बैठा रहा। फिर उसने पास की टेबल से टी.वी. का रिमोट उठाया और बटन दबा दिया। टी.वी. का पर्दा हड़बड़ाकर जागा। पर्दे पर रेगिस्तान का कोई टुकड़ा झपटकर उभर गया। रेगिस्तान नंगा था। पर्दे पर रेत के सिवा कुछ नहीं था अलबत्ता रेत में हवा की कुछ अदृश्य लहरें थीं। हवा दीखती नहीं थी। रेत पर उसके निशान बनते-बिगड़ते थे। उसकी आवाज़ जरूर सुनाई देती थी जैसे कोई दूर से पुकार रहा हो। आहिस्ता-आहिस्ता रेत पर कोई आकृति उभरी। पहले लगा कि यह रेत की ही कोई आकृति है...फिर जैसे रेत झरने लगी और कोई स्त्री रेत से उभरने लगी। वह परदे की ओर पीठ पीछे किये विपरीत दिशा में दौड़ रही थी जहाँ रेत आसमान में डूब रही थी। आसमान सपाट था। मन्नू ने कुछ देर औरत के पलटने का इन्तजार किया, फिर रिमोट हाथ में ले लिया।

''बदलना मत'', शोभा ने बरजा।

वह परदे पर आँखें गड़ाए थी। वह असमंजस में थी। वह समझ नही पा रही थी कि औरत रेत पर भाग रही है या कुछ खोज रही है। यह भी मुमकिन था कि हवाओं की पुकार पर वह उन्हीं की ओर दौड़ रही हो। शोभा को कभी-कभी अनायास मन्नू की उमर की वह रात याद आती थी जब मुच्छड़ कुँवर राजेन्द्रसिंह कानपुर के दौरे से लौटे थे और पलँग पर पस्त लेटी शोभा की रजाई में घुस आये थे। शोभा उसी दिन बुखार से उठी थी और उसे शायद थोड़ी हरारत भी थी। उसने कुँवर से मनुहार की थी, ''नहीं, आज नहीं।'' कुँवर पिए थे। नहीं माने थे। उस रात शोभा ने जाना कि बलात्कार की क्या परिभाषा है!

उसी रात उसका पेट रह गया था।

''बदल लो'', शोभा ने कहा।

जब उसने मुँह मोड़ा तो उसने देखा कि मन्नू की जगह ख़ाली थी। उसे लगा कि शायद सोने चला गया है। टी.वी. के परदे पर अभी रेत चमक रही थी। सूर्य जो पहले नहीं था-अब आसमान की सीढ़ियाँ चढ़ रहा था। औरत परदे की ओर पीठ किये और तेज़ भागने लगी थी। क्या उसे कुछ मिल गया था? या वह अब बिलकुल हताश थी? या सूर्य ने हवाओं को बहुत गर्म कर दिया था? यदि परदे पर औरत मुँह मोड़ती तो शोभा उससे पूछती। क्या शोभा इतनी देर से उसके चेहरे के घूमने का इन्तज़ार कर रही थी? एकाएक उसकी गोद में कोई सिर आ गया। परदे की औरत बाहर निकलकर उसकी गोद में नहीं लेट सकती थी। उसने निगाहें नीची कीं। मन्नू गोद में लेटा ऊपर देखता हुआ मुस्करा रहा था।

शोभा ने रिमोट से परदा बन्द कर दिया।

“मुझे लगा”, शोभा ने कहा, “तू सोने चला गया है।”

मन्नू विस्मित था। वह अरसे बाद माँ की गोद में लेटा था। उसे लगा कि ऐसा सुकून दुनिया में कहीं नहीं है। वह लोहिया पार्क के विस्तार में किसी अँधेरे पेड़ के नीचे घास पर कंचन की गोद में अकसर लेट जाता था। मगर कंचन की गोद में रफ़्ता-रफ़्ता उसका जिस्म कसने लगता और वह अँधेरे का इन्तज़ार करने लगता कि जल्दी अँधेरा हो और वह कंचन की गर्दन में हाथ डालकर उसके होठों को नीचे झुका ले। यह देह की कोई कशमकश थी। जिससे वह कभी पान-मसाले से, कभी सिगरेट से और कभी दारू दे निजात पाने की कोशिश करता। कुछ देर लगता भी कि उलझन परे चली गयी है। लेकिन फिर-फिर लौट आती जैसे कहीं गयी ही न हो, बल्कि सिगरेट के धुएँ या शराब के झाग में कुछ देर को छिप गयी हो।

“क्या कोई है?” शोभा ने पूछा।

“कहाँ, मम्मी?”

मन्नू ने ऊपर माँ की आँखों में देखाः आँखें खाली थीं।

“तेरे दिल में”, शोभा हँसी।

यहीं मुश्किल थी। दो साल में चार लड़कियों से वह ऊब चुका था। कंचन पाँचवीं थी। उसके मन में गाँठ थी कि वह उससे भी ऊब सकता है! एक और मुश्किल थी। वह अपने आस-पास जिस लड़की पर फ़िदा होता, वह भी उसकी तरफ़ कच्चे धागे से बँधी चली आती। यह ऐश्वर्या राय और कैटरीना कैफ़ की ख़ुशकिस्मती थी कि उन्हें कभी उसके आस-पास आने का मौक़ा नहीं मिला था! वह मन-ही-मन हँसता। आज प्रिया का गाड़ी में उसके हाथ के नीचे से हाथ हटाना तो ठीक था—सभी लड़कियाँ पहले-पहल हाथ हटाती हैं—पर उसकी बातों का तेवर खटकनेवाला था। उसका जी खट्टा हो गया था।

“कोई होगी तो बताऊँगा”, वह बोला।

एक कोने में पेडेस्टल लैंप जल रहा था। हाल में अँधेरा और उजाला घुल-मिल गये थे। कोई साँवला रंग चहुँ ओर तैर रहा था। उसी झुटपुटे में मन्नू माँ की गोद में लेटा था। इन दिनों वह अगले प्रमोशन का इन्तज़ार कर रहा था जिससे वह मारूति से मुक्ति पाए और कोई बड़ी गाड़ी ले जैसी उसके घर के आस-पास कोठियों के सामने खड़ी होती थीं। वातानुकूलित बड़ी गाड़ी की पिछली सीट पर बैठने की बात ही कुछ और थी—जिसे ड्राइवर चला रहा हो। सौभाग्यवश विश्वास खंड की सड़कें चौड़ी थीं। बाहर गैलरी भी चौड़ी थी। शायद गेट की चौड़ाई कुछ बढ़ाना पड़े।

“जब गाड़ी बड़ी होगी”, वह बुदबुदाया, “तो गेट भी बड़ा हो जाएगा।”

''क्या?'' शोभा हँसी, ''क्या बड़ी होगी तो क्या बड़ा हो जाएगा?

''गेट, मम्मी'', मन्नू ने कहा, ''कम्पनी मुझे जल्दी बड़ी गाड़ी देगी।''

''बड़ी गाड़ी का क्या करेगा, बेटा?'' शोभा ने आँखें झुकाई, ''क्या मोहल्ले को गाड़ी में बिठाएगा?''

''यहाँ तो कोई मोहल्ला ही नहीं है'', मन्नू हँसा।'' हम बड़ी गाड़ी से ताजमहल देखने जाएँगे।''

शोभा कुछ देर तक उसे घूरती रही। फिर उसने कहा:

''तुझे बड़ी गाड़ी ताजमहल पर ही छोड़नी होगी।''

''क्यों?''

''हींग की मंडी की गली में बड़ी गाड़ी नहीं घुस पाएगी।''

मन्नू तब अपने दोस्तों से कुँवर के दोस्तों तक के घरों के बारे में सोचने लगा जिनके यहाँ आगरा में बड़ी गाड़ी खड़ी हो सकती थी। शोभा को पिछली आगरा-यात्रा याद आ रही थी जब मारूति में आगे बाप-बेटे बैठे थे और पीछे वह अकेली थी—पिछली सीट पर बहू की जगह ख़ाली थी। मारूति हींग की मंडी की गली में चबूतरे से सटी खड़ी हो गयी थी! अगली शाम ताजमहल जाते हुए वह बेटे के साथ आगे मारूति में बैठी थी और पीछे कुँवर और पड़ोसी राजकुमार थे।

बेमौसम बरसात

गंगू बाल्कनी में खड़ा क्षितिज की ओर निहार रहा था जहाँ कुछ बादल परछाइयों की तरह घूम रहे थे।

इन दिनों गंगू विस्मित अवस्था में जी रहा था। उसने कभी कल्पना नहीं की थी कि उसके जीवन में ऐसे दिन भी आयेंगे जब वह झक्क सफ़ेद कपड़े पहनेगा, सुबह-शाम राजाओं की तरह भर-पेट स्वादिष्ट भोजन खाएगा और रात को स्वच्छ-उज्ज्वल बिस्तर पर सपने देखेगा। अब उसकी रातों में दुख और भूख के ही सपने बचे थे, तो इसके लिए कोई क्या कर सकता था? वह तो ख़ुद ही अपनी देह को आग देने जा रहा था। नन्दू भैया अचानक देव-दूत की तरह आ गये थे और उसे इस राज-महल में ले आये थे। गाँव के प्रधान के घर टी.वी. पर उसने ऐसी ही छवियाँ देखी थीं। एक दिन वह खुद इन छवियों में एक छवि बनेगा, उसने ऐसा नहीं सोचा था।

वह कुछ देर पहले अम्मा के साथ टी. बी. पर रामायण सीरियल देखकर कमरे से बाहर आया था। अम्मा उसे रोज़ बुला लेती थीं। असल में पहले एक-दो दिन गाँव-परिवार की बातों के बाद यहीं एक साझा कार्यक्रम दोनों के बीच बचा था—चाहे दिन हो या रात। आज सीरियल रावण के विमान पर आकाश में विलाप करती सीता के बिम्ब पर ख़त्म हुआ था जब अम्मा के आँसू बहने लगे जैसे वे पहली बार सीता-हरण देख रही हों। अम्मा के आँसू देखकर गंगू के आँसू भी निकल आये थे जैसे आँसूओं का कोई चक्र हो। अम्मा ने रोते-रोते कहा—"न सीता सोने के हिरन का लोभ करतीं, न हरी जातीं।" सीरियल के पहले ब्रेक में गोदावरी के किनारे पंचवटी में राम की सुन्दर झोंपड़ी देखकर गंगू ने अम्मा से पूछा था :

"अम्मा, जंगल में राम-लक्ष्मण खाते क्या थे और सीता को क्या खिलाते थे?"

"कन्द-मूल-फल-फूल।" अम्मा मुस्कराईं।

अपने अन्तिम दिनों में लक्ष्मी—गंगू की बाई ने अपनी बहू का यहीं नाम रखा था—गंगू और बाई को घास मिली रोटी खिलाती थी और ख़ुद शुद्ध घास की रोटी खाती थी। वह घास पचा न सकी थी। एक सुबह धरती पर बिना साँस के पायी गयी। गंगू को उसकी मौत से ज़्यादा इस बात का अफ़सोस था कि लक्ष्मी ने उसे रोटी देकर ख़ुद घास खायी। राम सीता को कन्द-मूल-फल-फूल खिलाते थे। उसे भी लक्ष्मी को यहीं खिलाना चाहिए था—मगर गाँव के आस-पास कन्द-मूल-फल-फूल कुछ भी नहीं बचा था। यहीं सोचकर उसकी आँखों मे आँसू आ गये थे जब उसने अम्मा की आँखों में आँसू देखे और वह भी रोने लगा। इस रोने में उसके घर छोड़ने की तकलीफ़ भी शामिल थी। वह नहीं चाहता था कि बाई भी लक्ष्मी की तरह घास खाकर मरे!

बाल्कनी पर आँसू पोंछकर खड़े हुए उसे लगा था कि उसने अपने घर की दोनों औरतों को मार डाला जब उसकी नज़र क्षितिज पर घूमते बादलों पर पड़ी। तभी हॉल से नन्दू के जूतों की आवाज़ आयी, फिर नन्दू आया। गंगू ने मुस्कराते हुए क्षितिज की ओर एक हाथ उठाया और कहा—''देखो, नन्दू भैया।''

नन्दू ने एक नज़र उधर देखा और कहा, ''मैं अभी आया।''

वह बाथ-रूम की तरफ़ गया था। कुछ क्षण बाद बाथ-रूम से फ़्लश की गुर्राहट की आवाज़ आयी, फिर नन्दू ख़रामा-ख़रामा बाल्कनी पर आ गया ।

''नन्दू भैया, एक बात पूछूँ'' गंगू बोला।

''पूछो।''

''राजधानी के आदमी का मूत बहाने के लिए क्या हर बार इतना पानी लगता है?''

''हाँ।''

''क्या यह पानी और पीने का पानी एक ही हैं?''

''हाँ।''

''इतने पानी से तो पता नहीं कितने खेतों की सिंचाई हो जाए!''

''पता नहीं।''

''नन्दू भैया, यहीं पानी यदि मेरे गाँव में पहुँचता तो बाई और लक्ष्मी न मरतीं।''

गंगू की आँखें खुली थीं। नन्दू पलक झपकना भूल गया था।

''न मैं गाँव छोड़ता, नन्दू भैया।''

नन्दू के पास कोई जवाब नहीं था। उसने इस तरह कभी सोचा नहीं था। इसी में पोल थी। नन्दू हैरान था। पोल खुल गयी थी। वह बाल्कनी में खड़ा क्षितिज की तरफ़ देख रहा था जहाँ बादल उतरा रहे थे। गहराते बादल अपने

आप कुछ घुमड़ते-से लगते। नन्दू की नज़र का पीछा करते हुए गंगू भी बादलों की ओर देखने लगा। दरअसल उसे अचानक लगा था कि वह ग़लत दुनिया में आ गया है। यह कुछ पराये ग्रह में पहुँच जाने की तरह था। उस रात उसे रोटियाँ कुछ जली हुई लगीं गो कि वे जली हुई नहीं थीं। करेले की सूखी सब्ज़ी कड़वी थी। रसीले आलू में नमक नहीं था। खीर में शक्कर भरी थी। इस घर में पहली बार था जब वह टेबिल से उठते हुए भूखा महसूस कर रहा था।

वे हाथ धोकर बाहर बाल्कनी में निकल आये। नन्दू की नज़र फिर बादलों की जानिब घूम गयी जो शहर की सरहद पर मँडरा रहे थे। शहर के ऊपर आसमान में तारे झिलमिला रहे थे जैसे उन्हें सरहद की हलचल का कोई पता न हो।

''बादल काले हैं'', गँगू ने कहा। ''लगता है, कहीं पानी गिर रहा है।''

''मई के बीच में'', नन्दू हँसा। ''यह लू का मौसम है।''

''मौसम अब अपने कहाँ रहे, नन्दू भैया?''

''इस बार लू कहाँ चली?''

''जब मैंने गाँव छोड़ा, मुझे दिन-भर लू लगती रही।''

उनकी नज़रें अब हँसते हुए तारों पर थीं। तारों के नीचे कुछ दूर गोमती थी जिसमें पानी भरा था। पुल के आर-पार गुज़रते हुए गंगू ने सोचा था कि नदी राजधानी में है, इसीलिए उसमें पानी है। गोमती को देखते हुए उसे बेतवा याद आयी थी जो जगह-जगह पथरीला नाला हो गयी थी। नन्दू उसे एक शाम लोहिया पार्क और दूसरी शाम अम्बेडकर पार्क ले गया था जहाँ अम्बेडकर की मूर्ति के सामने उसने हाथ जोड़ दिए थे।

बादल शहर की ओर बढ़ रहे थे। गंगू के चेहरे पर कुछ रोशनी-सी उभरने लगी। तभी अम्मा की आवाज़ आयी, ''गंगू रामायण का वक़्त हो गया।'' कोई और दिन होता तो गंगू अम्मा के कमरे में चला जाता और नन्दू हॉल में जाकर अख़बार या कोई किताब खोल लेता। उस रात दोनों बाल्कनी में ही खड़े रहे जैसे अम्मा ने कोई आवाज़ न दी हो या रामायण कोई मनोरंजन का कपोल-कल्पित सीरियल हो। वे दोनों आसमान में ताक रहे थे। सहसा बादल पार्क तक आ गया और दोनों ने सड़क की रोशनी में पार्क की घास पर पानी की लड़ियाँ गिरती देखीं। पानी मोतियों की तरह चमक रहा था।

मोतियों को बाल्कनी तक आने में देर नहीं लगी। गंगू पानी को मोतियों की तरह ही निहार रहा था और मोतियों की तरह ही उसने पानी को अपने दोनों हाथों में ले लिया।

''क्या पता मोती राजधानी में ही गिरे हों?'' गंगू ने चिन्तित स्वर में कहा।

''मोती!'' नन्दू ने हैरानी से उसकी ओर देखा।

''मेरा मतलब पानी के मोती!'' वह हँसा।

कुछ देर गंगू आकाश से धरती पर गिरता पानी देखता रहा जैसे यह पहली बार हो रहा हो। नन्दू कभी पानी को देखता कभी गंगू को। धरती पर पानी के गिरने की झमाझम आवाज़ हो रही थी जिसमें अम्मा के कमरे से आती टी.वी. की आवाज़ें दब गयी थीं। जब वे बाल्कनी में खड़े भीगने लगे तो अन्दर हॉल में आ गये।

हॉल में नन्दू ने झाँसी रमेश को फ़ोन लगाया।

''यार, आज शाम से ही ख़ूब बारिश हो रही है।'' रमेश फ़ोन पर बरसते पानी की तरह हँसा।

''क्या पानी झाँसी में ही है?'' नन्दू ने पूछा।

''नहीं'', रमेश बोला, ''आसपास पानी है। मऊरानीपुर में भी।''

नन्दू रमेश को गंगू की ख़बर दे चुका था।

''चार साल का पानी का बनवास ख़त्म हुआ'', नन्दू ने गहरी साँस ली, साँस फोन पर बजी।

''बनवास नहीं'', रमेश की आवाज़ आयी'', स्वर्गवास।''

दोनों एक-साथ हँसे ओर दोनों फ़ोन बन्द हो गये।

जब गंगू ने बताया कि ऊपरवाले सन्त ने कहा था कि आज पानी गिरेगा, तो नन्दू ने आँखें फैलाकर पूछा कि वे तुम्हें कहाँ मिले?

''दोपहर में मैं ज़ीने पर खड़ा था। उन्होंने मुझे ऊपर बुला लिया।''

''वे तुम्हें सन्त लगे?''

''हाँ'', गंगू ने कहा, ''वे भीतर-बाहर सन्त ही हैं।''

''बाहर-भीतर?''

''वे ज़ीने के ऊपर खड़े सफ़ेद दाढ़ी में सन्त लग रहे थे।'' गंगू ने साँस लेकर कहा, ''और घर के भीतर तख़्त पर बैठे भी सन्त लग रहे थे। बस, कपड़े गेरूए नहीं थे।''

नन्दू ने सोफ़े पर पसरते हुए कहा, ''क्या कोई तख़्त पर बैठने से सन्त हो जाता है?'' वह मुस्कराया।

''नहीं'', गंगू सामने बैठ गया। ''वे सन्तों जैसी ही बातें करते हैं।''

''क्या?''

''मैंने उनकी आँखों में अपने आँसू देखे।''

नन्दू चुप था। वह टकटकी लगाए गंगू को देख रहा था।

''उन्होंने मुझे पहचान लिया था,'' गंगू ने कहा। ''उस दोपहर उन्होंने मुझे विधान-सभा के सामने आत्म-दाह की कतार में देखा था।''

तख़्त पर बैठे हुए उन्होंने उससे बाई और लक्ष्मी के बारे में पूछा था जैसे उन्हें सब कुछ पता हो। जब गंगू उन्हें अपने गाँव के बारे में बता रहा था तो उनकी आँखों में आँसू देखकर वह पहले चकित हुआ, फिर सहम गया था। आँसू उनकी आँखों में चमककर डूब गये थे। वे किसी सबूत की तरह बाहर नहीं निकले। एक छोटे-से मौन के बाद वे तख़्त से उठे ओर उन्होंने गंगू से पूछा, ''पानी पिओगे?''

''जी।''

''पूरा गिलास या आधा?''

यह सवाल अनोखा था जो गंगू ने पहले कभी नहीं सुना था। वह बोला—

''आधा।''

वे घड़े से दो आधे भरे गिलाए लाए और उन्होंने गंगू को थमा दिया। गिलास खाली करके वे बोले :

''हमारे यहाँ ही नहीं, दुनियाभर में पानी का टोटा है। गोकि तीन-चौथाई धरती पर पानी झिलमिला रहा है।''

''जी,'' गंगू ने कुछ भी कहने को कहा।

''मैं दिन में एक बार सुबह फ्लश चलाता हूँ जब टट्टी जाता हूँ।''

''लेकिन सामने पार्क में सिपाहियों का नल दिन-रात खुला रहता है,'' गंगू से रहा न गया।

''मैंने उन्हें कई बार टोका'', उन्होंने कहा, ''मैं अपना काम करता हूँ।''

फिर कुछ रूककर वे बोले, ''तुम अपना काम करो। आज पानी बरसेगा। तुम अपने खेत पर जाओ।''

नन्दू गंगू की आख़िरी बात सुनकर हँसा ओर बोला, ''उन्होंने सुबह टी.वी. पर मौसम का पूर्वानुमान देख लिया होगा जो सच निकला।''

बाहर पानी की पड़-पड़ आवाज़ थी। भीतर मद्धिम रोशनी थी। नन्दू और गंगू आमने-सामने बैठे थे। गंगू की नज़रें खिड़की पर थीं जहाँ अन्दर की रोशनी बाहर जा रही थी और पानी की धारें चमक-चमक जातीं।

''नन्दू भैया'', गंगू ने अचानक कहा।

''हाँ।''

''मैं घर जाना चाहता हूँ।''

''चले जाना'', नन्दू ने लापरवाही से पूछा, ''जल्दी क्या है?''

''जल्दी-से-जल्दी जाना चाहता हूँ, भैया,'' गंगू ने आजिज़ी से कहा।

''क्यों?''

''कोई मेरे घर में घुसकर मेरा खेत जोत देगा!''

चुप्पी छा गयी। पानी की आवाज़ कुछ और तेज़ हो गयी।

''क्या मुझे पाँच हज़ार कर्ज़ देंगे, भैया?''

''कल सुबह दे दूँगा'', नन्दू ने कहा। ''वहाँ पहुँच कर कुछ और ज़रूरत हो तो बताना।''

निगाहें खिड़की की तरफ़ घुमाते हुए गंगू ने कहा, ''पानी के आसार अच्छे हैं। सोयाबीन बोऊँगा। नगदी फ़सल है। रामजी चाहेंगे तो आपका कर्ज़ चुका दूँगा।''

''पहले साहूकार का कर्ज़ चुकाना, गंगू,'' नन्दू ने कहा।

''हाँ'', गंगू ने नज़रें भीतर खींच लीं।

सुबह पानी थम गया। नन्दू नीचे उतरा और कुछ देर में ए.टी.एम. से रुपये और दुकान से दो जोड़ी कुर्ता-पाजामा लेकर आ गया। रुपए और कपड़े उसने गंगू को देकर कहा—''आफ़िस पहुँचकर मैं साबरमती से तुम्हारा आरक्षण करा दूँगा।''

''आरक्षण!'' वह मुस्कराया। आरक्षित डिब्बे उसने बाहर से देखे थे जैसे कोई धरती से चाँद देखता है।

''हाँ'', नन्दू ने कहा, ''बहुत जल्दी हो तो आज तत्काल से करा दूँ।''

गंगू ने हँसकर कहा—''मैं शाम को बताऊँगा।''

शाम को जब नन्दू आफ़िस से लौटा तो गंगू हॉल में नहीं था। नन्दू ने बाल्कनी में झाँका : बाल्कनी ख़ाली थी। अन्दर कमरे में अम्मा अकेली बैठी माला फेर रही थीं।

''गंगू कहा है, अम्मा?'' नन्दू का स्वर कुछ बेचैन था।

''चला गया'', अम्मा का हाथ माला पर रुक गया।

''कहाँ?''

''गाँव।''

''अरे'', नन्दू अचकचा गया, ''क्या पैदल चला गया? गाड़ी तो रात को जाती है।''

''वह कहता था, दिन-भर गाड़ियाँ जाती हैं।''

''तुमने रोका नहीं, अम्मा?''

''बहुत रोका। नहीं माना।''

जब नन्दू दूसरे कमरे में गया तो उसने देखा कि दोनों जोड़ी कपड़े जो वह सुबह लाया था, उसी तरह बैग में रखे थे। बैग के पास नन्दू की कुर्ते-पाजामें की वह तह की हुई जोड़ी थी जो गंगू सुबह पहने था। वह फिर अम्मा के कमरे की तरफ़ पलटा।

"अम्मा", नन्दू ने पूछा, "वह क्या पहिनकर गया? अपने कपड़े तो यहीं छोड़ गया?"

"वह अपने कपड़े पहिनकर गया, बेटा", अम्मा ने गहरी साँस ली, "जिन्हें पहने वह तुम्हें मिला था।"

जो कमीज़ और पैजामा वह आत्म-दाह के दिन पहने था, वे फटे थे।

"तुमने उसे कपड़े बदलने को नहीं कहा, अम्मा?"

"वह कहता था-मेरे कपड़े मेरी खाल की तरह हैं।"

इसका क्या मतलब था? यहीं सोचते हुए नन्दू ने कपड़े बदले। जो नये जोड़े वह गंगू के लिए लाया था, उन्हीं में से एक जोड़ी कुर्ता-पाजामा उसने पहिने और चप्पलें डालकर वह ज़ीने से नीचे उतरा। जब चीज़ें उसकी पहुँच से बाहर हो जाती थीं, तो कभी-कभी उसे सिगरेट पीने की हुड़क उठती थी। वह गेट खोलकर बाहर सड़क पर आ गया। सड़क गीली थी। पानी थम गया था। क्या उस वक़्त पानी बरस रहा था जब गंगू घर से बाहर निकला? वह अम्मा से पूछना भूल गया था। और उस वक़्त पानी रुका भी हो तो गंगू के स्टेशन पहुँचने तक न बरसा हो और गंगू न भीगा हो— इसका क्या पता? पता तो इसका भी नहीं कि गंगू घर से निकलकर सीधा स्टेशन गया। सड़क पर इधर-उधर पानी के चहबच्चे थे। अचानक नन्दू का दायाँ पैर पानी में पड़ा...छपाक्। चप्पल और एड़ी-पंजा भीग गये थे। पाजामे के पाँयचे की कोर भी भीग गयी थी। उसने दायीं ओर पार्क में देखा जहाँ लड़के क्रिकेट खेल रहे थे। एकाएक गेंद हवा में घूमती हुई पार्क के बाहर सड़क पर आयी। नन्दू रुका। उसने गेंद दोनों हाथों से लपकी और उसे वापिस पार्क में फेंक दिया। उसके हाथ गीले हो गये। गेंद भीगी थी।

वह भीगे हाथ-पैर लिए सड़क पर चल रहा था। गंगू के आख़िरी शब्द गीली गेंद की तरह उसके दिमाग़ में घूम रहे थे : मेरे कपड़े मेरी खाल की तरह हैं! क्या गंगू को लगा था कि वह कभी अपने कपड़े नहीं बदल सकेगा? जैसे कोई अपनी खाल नहीं बदल सकता? क्या उसे लगा था की जो पखवाड़ा उसने नन्दू के घर गुज़ारा, वह सिर्फ़ कुछ दिनों का स्वाँग था? और क्या नन्दू उस स्वाँग का सूत्रधार था? वह भूल गया था कि उसके हाथ-पैर गीले हैं और उसके पायजामे का एक पाँयचा भीग गया है। आसमान में बादल पहरूओं की तरह घूम रहे थे। शाम गहरी हो गयी थी। लगता था, अँधेरे का पर्दा गिरनेवाला है।

जब वह दो कोठियों में भौंकते कुत्तों को पारकर रेशम भवन के सामने पान की गुमटी पर पहुँचा तो पानवाले ने दुकान में बत्ती जला ली थी। नन्दू ने एक विल्स फ़िल्टर सिगरेट ली और उसे जलाकर मुँह में लगा लिया। जैसे ही वह पलटा, उसने देखा कि सामने सिंह सा'ब अपने स्कूटर के पास खड़े हाथ में सिगरेट

लिए मुँह से धुआँ निकाल रहे थे। वे उसे देखकर मुस्कराए। वह उनकी ओर बढ़ा।

"सुना था, आप आगरा गये हैं", नन्दू ने पूछा।" कब आये?

"आज सुबह।"

"इस बार आप जल्दी लौट आये?"

"अब जल्दी-जल्दी जाना होगा।" वे हँसे। इस हँसी में खुशी नहीं थी।

"क्यों?"

"जो घर साठ साल से हमारे पास है", कुँवर ठंडे स्वर में बोले, "मकान-मालिक उसे छीनना चाहता है।"

"यह कैसे हो सकता है?" नन्दू ने नकली ताज्जुब में आँखें फैला दीं।

कुँवर हँसे। फिर उन्होंने कहा, "धोखे से।"

"क्या?"

"उसने मेरी किराए की चेक फाड़ दी और कचहरी में दावा ठोक दिया।"

कुँवर ऐसे हँसे जैसे खुद उन्होंने दावा दायर किया हो। नन्दू उन्हें ताज्जुब से देख रहा था।

"क्या आपके पास कोई सबूत नहीं?"

"फटी चेक के टुकड़े उसी के पास हैं।" कुँवर अब संजीदा थे।

सड़क की बत्तियाँ सहसा जल गयीं। ऐसा लगा जैसे रौशनी से सड़क पर कुछ अँधेरा उग आया हो। गाड़ियाँ दोनों तरफ़ अपनी रोशनियों के पीछे भाग रही थीं। जहाँ वे खड़े थे ऊपर पेड़ था। हवा चली। कुछ बूँदें उनके सिर पर गिरीं।

"आपके दूर के भाई आज दूर चले गये?" कुँवर ने सहसा नन्दू की जानिब पैनी नज़र से देखा।

"जब वह गया तो क्या पानी बरस रहा था?" नन्दू ने पूछा।

"धूप थी।" कुँवर मुस्कुराए। "तब भी धूप थी जब आप उन्हें अपनी हीरो होंडा पर लाए", वे बोले। "वेश-भूषा भी दोनों बार एक-सी थी।"

नन्दू चुप था।

कुँवर की सिगरेट ख़त्म हो गयी थी। उँगलियों के बीच टोंटा फँसा था। उन्होंने उसे एक ओर फेंका और एक पैर से स्कूटर को किक मारते हुए नन्दू से कहा, "बैठिए।" वह बोला, "आप चलिए मैं एक सिगरेट और पिऊँगा।" कारें दोनों तरफ़ दौड़ रहीं थीं। उनके आगे-पीछे कुछ मोटरसाइकिलें थीं। भव्य सड़क पर कहीं-कहीं कोई पैदल भी नज़र आ जाता था जैसे किसी खोई सभ्यता का अवशेष हो। एकाएक कोई मोटर-साइकिल जुगोली क्रासिंग से बहुत तेज़ हाय-

हाय करती हुई आयी और सीधी चौराहे की तरफ़ भागी जैसे कहीं आग लगी हो। नन्दू एकटक उसी ओर देख रहा था। सिगरेट उसके होंठों के बीच फँसी थी। कुँवर जब घर में दाखिल हुए तो मन्नू टी.वी. के सामने सोफ़े पर पसरा था। उसने कपड़े नहीं बदले थे। मगर कमीज़ पैंट के बाहर थी और उसके सारे बटन खुले थे: छाती पर बनियान के ऊपर काले बाल झाँक रहे थे। उसके जूते फर्श पर पड़े थे और पैर मेज़ पर फैले थे। वह एकटक टी.वी. के परदे को निहार रहा था जैसे सुबह से इसी तरह बैठा हो।

''आज जल्दी आ गये?'' कुँवर ने मन्नू से पूछा।

''पापाजी'', मन्नू ने मुँह मोड़कर पिता को पहचाना। ''आज बड़े काँटे का मैच चल रहा है। इंडिया की इज़्ज़त दाँव पर है।''

कुँवर सोफ़े पर मन्नू के साथ बैठ गये थे और टी.वी. के परदे की ओर देख रहे थे।

''इज़्ज़त!'' कुँवर ने हैरत से बेटे की ओर देखा, ''देश की इज़्ज़त क्या गेंद और बल्ले के बीच खिलवाड़ है?''

''आस्ट्रेलिया क्रिकेट की दुनिया का बादशाह है, पापाजी'', मन्नू ने कहा। ''अभी तक इंडिया और आस्ट्रेलिया एक-एक मैच जीत चुके हैं। यह आख़िरी है। अगर इंडिया ने आस्ट्रेलिया को उसी की ज़मीन पर हरा दिया, तो हम बादशाह हो जाएँगे।''

कुँवर हँसे, ''अब क्या बादशाह का फैसला गेंद और बल्ला करेंगे?''

''अहा'', मन्नू परदे की ओर देखते हुए सहसा चिल्लाया, ''जिओ युवराज। क्या छक्का मारा है!''

कुँवर ने तुरन्त अपनी नज़र परदे की ओर घुमाई : परदे पर युवराज दाढ़ी बना रहा था और उस ब्लेड के गुण गा रहा था जिससे वह दाढ़ी बना रहा था। युवराज ने दाढ़ी बनाते हुए छक्का कैसे मारा?

''पापाजी,'' मन्नू ने गर्दन कुँवर की ओर मोड़ी, ''यह बल्ले की बात नहीं है। यह युवराज के हाथों में समायी नयी पीढ़ी के हाथों की बात है जो इंडिया को रोज़ आगे ढकेल रहे हैं।''

''मन्नू'', कुँवर फिर हँसे। ''इंडिया क्या पत्थर है?''

''नहीं, पापाजी, इंडिया पिछड़ा है।'' उसने एक नज़र परदे पर मारकर कहा, ''पिछले दशक़ में हमने एक दशक़ का फ़ासला तय किया। अगले दशक़ में हमें एक सदी और आगे जाना है। तब हम सबसे आगे होंगे।''

परदे पर खेल के मैदान की तस्वीर के नीचे जो इबारत छपी, उसका मतलब यह था कि अब पचास गेंदें बची थीं और इंडिया को जीत के लिए पैंसठ रन

बनाने थे। युवराज और धोनी खेल रहे थे। चार विकेट बाकी थे। क्या लक्ष्य मुश्किल है? टिप्पणीकार बार-बार टी.वी. पर यहीं सवाल पूछ रहे थे।

कुँवर एकाएक सोफ़े से उठे और बाहर आ गये। सड़क सूनी थी। पार्क में कोई नहीं था। पानी भी नहीं बरस रहा था कि लोग घरों के भीतर छिप जाएँ। क्या लोग घरों के भीतर छिपे टी.वी. के परदे के सामने ध्यानमग्न हाथ बाँधे बैठे थे? क्या वे प्रार्थना कर रहे थे? कुँवर कुछ देर बाहर खड़े सड़क और पार्क को घूरते रहे। कहीं कोई हलचल नहीं थी।

वे अन्दर आ गये। उन्होंने पत्नी से चाय बनाने को कहा और फिर बेटे के साथ सोफ़े पद बैठ गये। अब तीस गेंदें और चालीस रन बचे थे। मन्नू ने कमीज़ उतार दी थी। वह सोफ़े के हत्थे पर मरी हुई पड़ी थी। शायद मन्नू को गर्मी लग रही थी। कुँवर को गर्मी नहीं लग रही थी। बारिश का दिन था। बाहर ठंडी हवा थी। अन्दर पंखा चल रहा था।

मन्नू एकटक परदे पर आँखें गड़ाए था। जब शोभा ने उसके हाथों में चाय का कप दिया तो उसने कप मेज़ पर रख दिया। कुँवर बगल में बैठे चाय सुड़सुड़ाते रहे। मन्नू ने एक बार उनके कप की ओर देखा जैसे वह शोर मचा रहा हो। अब छः गेंदें और दस रन बचे थे। पाँच गेंदों पर एक-एक रन ही बना। आख़िर गेंद पर छक्का ज़रूरी था। बल्ला धोनी के हाथ में था।

छक्का पड़ते ही मन्नू उछला और नाचता हुआ बाहर आ गया जहाँ आस-पास घरों से उसी तरह नाचते हुए लड़के बाहर आ रहे थे। सब लड़के पार्क में नाचते हुए पहुँचे। पार्क में पटाखे छूटने लगे। लड़कों के कोठियों से निकलते ही पार्क को घेरे कोठियों की सारी रोशनियाँ जल गयी थीं। जैसे दिवाली हो। दिवाली की तरह ही पार्क में पटाखे छूट रहे थे। पटाखे अचानक कहाँ से आ गये? दिवाली तो अभी बहुत दूर थी। कुँवर बरामदे में खड़े यहीं सोच रहे थे। क्या इक्कीसवीं सदी की नयी दिवाली यहीं थी? इंडिया क्रिकेट का बादशाह था। शोभा ने घर की सारी बत्तियाँ जला दी थीं।

ऊपर नन्दू के घर में एक बत्ती टिमटिमा रही थी। सबसे ऊपर कोई रोशनी नहीं थी : वहाँ अँधेरा था।

नन्दू रात के आसमान में धुले-पूँछे तारों की तरफ़ देखता हुआ गंगू को याद कर रहा था जब पार्क को घेरे कोठियाँ अचानक रौशन हुईं और लड़के झूमते हुए पार्क में घुसकर नाचने लगे। फिर पटाखे छूटे। जब पटाखे छूटे तो नन्दू को हैरानी हुई। न आज कोई छुट्टी थी, न कोई त्यौहार था।

''क्या हुआ, सिंह सा'ब?'' नन्दू ने गेट पर खड़े कुँवर से पूछा।

''इंडिया खेल जीत गयी।'' वे हँसे।

''कौन-सा खेल?''

''क्रिकेट।''

तब नन्दू को याद आया कि आज ऑफ़िस में भी हर टेबिल पर क्रिकेट की चर्चा थी। जब कोई इंडिया का अन्तर्राष्ट्रीय मैच होता तो क्रिकेट की धूम हो जाती थी। जब से इंडिया क्रिकेट के नए खेल ट्वेंटी-ट्वेंटी का चैंपियन हुआ, तब से शोर और बढ़ गया था। सबसे मज़ेदार बात यह थी कि पिछले माह दिल्ली हैड ऑफिस से आये जनरल मैनेजर खन्ना से जब मीटिंग में किसी ने एक मल्टी-नेशनल की प्रतिस्पर्धा की बात की तो खन्ना ने तुनककर कहा :

''जब हम क्रिकेट के वर्ल्ड-चैम्पियन हो सकते हैं, तो बिज़नेस में क्यों नहीं?''

खन्ना का कहना था कि जब से क्रिकेट के मैचों में कम्पनी के विज्ञापन दिये गये हैं, कम्पनी की सेल बढ़ी है। कम्पनी का ब्रांड एम्बेसेडर तेंदुलकर था जो कम्पनी के उत्पादों की ओर संकेत करता हुआ एक ही नारा देता था : ''यह कल था, आज है, कल भी रहेगा—मेरी तरह!''

तारों की तरफ़ देखते हुए नन्दू को ऐसी ही इन्दिरा नगर की एक शाम याद आयी जब अचानक पार्क के चारों ओर रोशनियाँ जल गयी थीं और पार्क में पटाखे छूटे थे। उस दिन बाबरी मस्जिद गिरी थी। गंगू के बारे में सोचते हुए नन्दू को बाबरी-विध्वंस याद आया जबकि वह क्रिकेट का विजय समारोह देख रहा था—ख़ुद उसे काफी अजीब लगा जैसे गंगू की चीख़ कहीं पार्क के विजयोन्माद में फँसी हो।

तभी घंटी बजी।

नन्दू ने दरवाज़ा खोला। प्रिया सामने खड़ी थी। वह कुछ नहीं बोली। सिर नीचा करके अपने कमरे में चली गयी। कुछ देर बार वह नाइटी पहिनकर आयी और खाने की थाली लेकर टेबिल पर बैठ गयी। नन्दू भी अन्दर आ गया था।

''पापा, गंगू चाचा कहाँ गये?'' प्रिया ने पूछा।

''अपने गाँव।''

''पर, वो तो अपने गाँव से भागे थे?''

''अब'', नन्दू बोला, ''वह यहाँ से भागकर गाँव गया है।''

''क्यों?''

''सूखे ने उसे भगाया था। पानी ने उसे बुलाया है।''

चुप्पी छा गयी। पार्क का शोर ख़त्म हो गया था।

''पापा।''

''हाँ।''

“एक दिन मैं गंगू चाचा के गाँव में जाऊँगी।”

“एक दिन मैं तुम्हें गाँव ले चलूँगा।”

फिर चुप्पी।

“बेटा।”

“जी।”

“आज तुम्हें कुछ ज़्यादा देर हो गयी।”

“मैंने मल्टीप्लेस में एक फ़िल्म देखी।”

“अकेले?”

“नहीं, असलम के साथ”, प्रिया के मुँह से निकला।

असल में उसे पिता से झूठ बोलने की आदत नहीं थी। कभी ज़रूरत ही नहीं पड़ी थी।

“असलम?” नन्दू ने नज़रे ऊपर उठाईं, “असलम कौन?”

“मेरा दोस्त है, पापा।”

नन्दू ने और कुछ नहीं पूछा। दोनों सोने चले गये।

शायद ‘जब वी मेट’ देखकर मेक्डोनाल्ड में कॉफ़ी पर हुई बातों का असर था कि प्रिया के मुँह से ‘असलम’ निकल गया। असलम ने पहली बार इस तरह की बातें की थीं। शुरुआत कॉफ़ी के पहले घूँट के बाद यों हुई:

“अगर हम फ़िल्म देखकर एक-साथ एक ही घर में जाते तो बीच में यूँ कॉफी पीने की ज़रूरत न होती”, असलम ने कहा।

वे कोने की एक मेज़ पर बैठे थे। काँच की दीवार के पार मॉल का केन्द्रीय हॉल था जहाँ लोग सब तरफ़ चल रहे थे। प्रिया उसी तरफ़ देख रही थी जब असलम की गहरी आवाज़ किसी प्रार्थना की तरह उसके कानों में पड़ी। वह उसकी तरफ़ नहीं देख रहा था। वह कहीं ऊपर देख रहा था। आस-पास की मेजें खाली थीं। जब प्रिया ने नजरें अन्दर घुमाईं तो असलम की खामोश नज़रें ऊपर थीं। उसे हँसी आ गयी। हँसते हुए उसने कहा:

“क्या गॉड को प्रोपोज़ कर रहे हो?”

“मैन प्रोपोजज़ ऐंड...”

प्रिया ने उसके होठों पर अपनी हथेली रख दी। वह फ़िल्म के अन्त से खुश थी। वह चाहती रही कि नायक-नायिका अपने प्रेम को पहचानें और मिल जाएँ। वे अन्ततः मिल गये थे। हाल से निकलते हुए असलम का हाथ थामे उसे अनजाने लग रहा था कि असलम उससे कभी जुदा नहीं होगा। वे फ़िल्म देखते हुए लगातार एक-दूसरे का हाथ थामे रहे थे। अगरचे उनकी हथेलियाँ पसीज गयीं थीं। ऐसे मौक़ों पर प्रिया अकसर उसके कान में फुसफुसाती कि कोई पहचानेगा

तो तुम्हें पहचानेगा, तुम झक्क गोरे हो, मैं तो साँवली हूँ—हॉल के अँधेरे में छिप जाती हूँ!

वे यूनिवर्सिटी में बी.कॉम. सेकेंड ईयर तक आते-आते दोस्त हो गये थे। फिर उन्होंने एम.बी.ए. भी एक साथ किया था। एम.बी.ए. के आख़िरी साल में शहीद स्मारक के नीचे गोमती के किनारे एक जाड़े की दोपहर में असलम ने अपने रंग का राज़ बताया था कि मैं शिया हूँ और मेरे अब्बू अपना शज़रा सीधे वाजिद अली शाह से जोड़ते हैं। उसने हँसते हुए कहा कि वे अवध रॉयल फ़ेमिली एसोसिएशन के सदस्य हैं और नियमित उसकी मीटिंगों में जाते हैं। अब्बा तो काफ़ी उदार थे। अम्मी पाँच बार नमाज़ पढ़ती थीं। जब बाबरी मस्ज़िद गिरी असलम नौ-दस सल का था। उसे अपने मोहल्ले की छतों पर पत्थरों का जमा होना याद था। रातों का डर और दिन का कर्फ़्यू याद था। दिन की धूप में मोहल्ले की बियाबान गलियाँ याद थीं। जैसे मोहल्ले के लोग कहीं और चले गये हों। छतों पर इकट्ठे पत्थर छतों पर ही रहे। उसके बाद भी कोई ऐसा मौक़ा नहीं आया। मगर उसके बाद अम्मी की नमाज़ों में कोई नागा नहीं हुआ। अब्बू ज़रूर पुराने ढर्रे पर लौट गये। उनके लिए सबसे अहम अवध राजघराना संगठन की बैठकें हो गयीं।

असलम ने प्रिया को उसी दोपहर नदी के पानी पर बिछलती धूप को देखते हुए बताया था कि उसने प्रिया के लिए अपने जज़्बे को बहुत दिनों तक अपने से ही छिपाया था। अम्मी की नज़र में अपने कुनबे की हमीदा असलम के लिए अच्छी थी। वह असलम की तरह ही झक्क बादामी रंग की थी और उसके नाक-नक्श साफ़ थे। हमीदा असलम को अच्छी लगती थी। लेकिन जब से उसने प्रिया के साथ घूमना शुरू किया था, उसे हमीदा को देखकर हमेशा प्रिया याद आती। हमीदा अपना दुहराव लगती। प्रिया एक तिलस्मी ग्रह थी जहाँ ठंडे पानी के झरने थे और फूलों की हवाएँ चल रहीं थीं।

वह जानता था कि अम्मी हमीदा की जगह एक हिन्दू लड़की से उसकी शादी बर्दाश्त नहीं कर पाएगी। असलम शादी करके अलग रहे, वह यह भी बर्दाश्त नहीं कर पाएगी। एक ही रास्ता था कि असलम और प्रिया को किसी महानगर में नौकरी मिले और वे वहीं खो जाएँ। पर सुनते थे कि दिल्ली या मुम्बई में भी मुसलमान को मकान मिलना आसान नहीं था। असलम ने इस दिक़्क़त का ज़िक्र करते हुए कहा—"शादी के बाद तुम प्रिया लाल ही रहना। मैं आनन्द लाल हो जाऊँगा। तब मकान लेने में दिक़्क़त नहीं होगी।" असलम संजीदा था। प्रिया हँसे जा रही थी और बार-बार दुहरा रही थी, "मिस्टर आनन्द लाल...आनन्द लाल...।" बगल की मेज़ पर अभी आया जोड़ा उसे एकटक देख रहा था।

शज़रा

मुझे अपने नाम का राज़ दस साल की उम्र में तब पता चला जब मेरे दादाजान ने सौ बरस की उम्र पूरी होने पर बन्जारी टोला की गली के घर में अपना आख़िरी दरबार लगाया और मैंने मेहमानों को हुक्का पेश किया। दादाजान उसी बरस अल्लाह को प्यारे हो गये। बाद के वर्षों में उस दरबार के स्वाँग को याद करते हुए मुझे इस विडम्बना पर हँसी आती रही कि वाजिद अली शाह के कथित बेटे के दरबार में उसी का पोता दरबारियों को हुक्का पिला रहा था क्योंकि घर में कोई और नौकर नहीं था। शहज़ादा नौकर हो गया था।

मुझे यह भी याद है कि उस आख़िरी दरबार में मेरे दादाजान बैठक में सबसे ऊँची कुर्सी पर बैठे थे और उनके पीछे दीवार पर काँच से जड़ा शज़रा टँगा था जिसमें सबसे ऊपर वाजिद अली शाह का नाम था और सबसे नीचे मेरा यानी असलम शाह! दरबार ख़त्म हो जाने के बाद हाथ में हुक्के की नली लिए मैं शज़रे के सामने खड़ा हो गया था। नौकर की भूमिका में मैंने जाना कि मैं अवध के बादशाह का वारिस हूँ।

उस दरबार के बाद अब्बा और दादा-अब्बा का झगड़ा हुआ था। झगड़ा पैसे को लेकर था। उन्हीं जाड़ों में बाबरी मस्जिद गिरी थी। अब्बू का कहना था कि दरबार फ़िज़ूल है और फ़िज़ूलखर्ची है। दादाजान ने कहा कि मैं वसीक़ादार हूँ—जब नवाब के बेटे की हैसियत से मुझे सरकार से वज़ीफा मिलता है तो मेरा भी कुछ फर्ज़ बनता है। अब्बू का स्वर अचानक तेज़ हो गया, ''क्या वसीक़ा मिलता है आपको?''

फिर अब्बू को एकाएक हँसी आ गयी थी। वे बोले:

''वसीक़े की रकम उसे लेने जाने में ही सर्फ़ हो जाती है।''

''रकम अहम नहीं है'', दादाजी ने सधी, संजीदा आवाज़ में कहा, ''बात शज़रे की है।''

शायद अब्बा हार गये थे। उनकी आवाज़ भीग गयी। उन्होंने दादा-अब्बा

को देखते हुए कहा :

"शज़रे को हम खा नहीं सकते। न पहन सकते हैं। न उसमें हम रह सकते हैं।"

शज़रा स्थाई तौर पर एक बक्से में बन्द रहता था जिस पर ताला पड़ा रहता। उस बक्से में शज़रे के अलावा वह अचकन भी थी जिसे पहिनकर दादाजान वसीक़े के दफ़्तर जाते थे। हालाँकि तब मैं ग्यारह साल का रहा हूँगा, लेकिन दादाजान की मौत के बाद एक दिन जब मैं ने अब्बू को वही अचकन पहिनकर वसीक़े के दफ़्तर जाते देखा तो मेरी आँखों में आँसू आ गये थे। उस दिन अब्बू ने सचिवालय से छुट्टी ली थी जैसे कोई त्यौहार हो। वे सचिवालय में बाबू थे। दादाजान का रोज़गार क्या था, मुझे पता नहीं। मैंने जब से उन्हें देखा, वे अपनी सफ़ेद दाढ़ी पर हाथ फेरते हुए घर में ही नज़र आये। उसी अवस्था में एक दिन वे खाट पर लेटे और नहीं उठे। खाट से उन्हें सीधे ताबूत में लिटाया गया और ताबूत को ज़मीन में गाड़ा गया जैसे कोई खज़ाना हो। यह मेरा मौत से पहला साबक़ा था।

उसी साल मेरे साथ एक और हादसा हुआ। एक सुबह मैं घर में अकेला था। अब्बू सचिवालय चले गये थे और मम्मी पड़ोस में थीं। चन्नो कहारिन आयी और उसने रोज़ की तरह अन्दर से साँकल लगा दी। मैं बिस्तर पर ऊँघ रहा था। चन्नो बावर्चीखाने में जाने के बजाय मेरे बगल में बिस्तर पर लेट गयी। फिर उसने बेतकल्लुफ़ी से मेरा नाड़ा खोल दिया और मुझसे खेलने लगी। मेरे देखते-देखते वह मुझ पर सवार हो गयी ओर घुड़सवार की तरह आगे-पीछे उछलने लगी। उस सुबह मैं ज़िन्दगी में पहली बार परास्त हुआ। वह हँसते हुए उतरी और बावर्चीखाने में चली गयी।

बरसों बाद मैंने वाजिद अली शाह की आत्म-कथा 'परीखाना' पढ़ी और मैं यह देखकर दंग रह गया कि जिस उम्र में कहारिन ने मुझे हराया था उसी उम्र में मेरे परदादा भी चित्त हुए थे। क्या यह आनुवांशिक़ नियति थी? शज़रे की करामात! मेरी पड़दादी कौन थी? जैसा कि मैंने चाहा, वह बेग़म हज़रत महल नहीं हो सकती थी। मुझे पता था, मेरे दादा नेपाल से नहीं आये थे जहाँ बेग़म हज़रत महल एक साल लखनऊ में अँग्रेजों से लड़कर चली गयी थीं। काश! दादामियाँ नेपाल से लखनऊ लौटते।

एक शाम मैं हैरान रह गया जब मैंने अब्बा को वही अचकन पहने देखा जिसे पहिनकर वे वसीक़े के दफ्तर जाते थे। वसीक़े के दफ़्तर वे दिन में जाते थे। शाम को कहाँ गये? अम्मी ने बताया कि वे अवध रॉयल फ़ैमिली एसोसिएशन की मीटिंग में गये हैं। जब वे लौटे तो मैंने उनसे पूछा कि मीटिंग में क्या हुआ?

उन्होंने बताया कि दो प्रस्ताव पास हुए: एक, कुछ झूठे लोग जाली शज़रों की बुनियाद पर अपने को शाही ख़ानदान का बताते हैं और विदेशी पर्यटकों को लूटते हैं—उनके खिलाफ़ कार्रवाई हो; दो, लखनऊ के हवाई अड्डे का नाम वाजिद अली शाह के नाम पर होना चाहिए। मेरे मुँह से एकाएक निकला : "हवाई अड्डे का नाम बेग़म हज़रत महल के नाम पर क्यों नहीं?"

अब्बू ने मुझे आँखें तरेरकर देखा और भीतर चले गये। मैं बैठक में अकेला रह गया। यह मैंने बाद में जाना कि मैं कुछ देर से सामने खाली दीवार को घूर रहा था जिस पर दादाजान ने आख़िरी बार काँच में जड़ा शज़रा लटकाया था। सच बात यह है कि मुझे अब इस शज़रे पर शक़ होने लगा था। इसका असली गवाह अब मिट्टी के ज़र्रों से गुजरता हुआ जन्नत की राह पर था और इसकी कैफ़ियत अपने साथ ले गया था। शज़रे में मेरी पड़दादी का नाम मुमताज़महल था। कुछ किताबों में छानने पर मुझे यह नाम हासिल हुआ। मगर नवाब का इनसे मुता-निकाह हुआ था। यह नवाब की शैली थी। वे अपने को सच्चा मुसलमान मानते थे। नियमित नमाज़ पढ़ते थे और रोज़े रखते थे। शराब नहीं छूते थे। जिस औरत को चाहते, उससे निकाह कर लेते थे। उनके हरम में तीन सौ औरतें बताई जाती हैं—यहीं संख्या शहंशह अकबर के हरम की भी थी। मेरे ख़ानदान का शज़रा एक जाले की तरह इसी भूलभुलैया में फँसा था।

भूलभुलैया कोई फ़क्र करने की चीज़ नहीं थी।

कोई ताज्जुब नहीं कि भावुक वाजिद अली शाह ख़ुद कभी-कभी अपनी स्त्री संकुल आरामगाह में घबरा जाते थे और उन्हें लगता कि उनका हरम, हरम नहीं, भूल-भूलैया है। शायद शुरू से ही उन्हें अपनी नियति का अहसास था। वे एक दिन तमंचा लेकर अपने मकान बादशाह मंज़िल की छत पर चढ़ गये। तमंचे की गोली से अपनी भूलभुलैया से निजात पाना ही चाहते थे कि दरोग़ा दरवाज़े पर अपना सिर पीट-पीट कर सब्र की दुहाई देने लगी। फिर निगार महल नाम की वह महबूबा नमूदार हुई और नवाब अपनी भूलभूलैया में खो गया। नवाब का दिल इस क़दर मोहब्बत से भरा था कि उसमें दुनिया की सारी औरतें समा जातीं। मेरा भी कुछ दिनों यहीं हाल रहा। हज़रतगंज के बरामदों से डोलते हुए मुझे सारी हसीनाएँ अपनी लगतीं और दिल करता कि उनके साथ चलते हुए मर्दों को एक-एक करके गोली से उड़ा दूँ। ज़ाहिर है, ऐसा कुछ नहीं होता और अगले बरामदों में जोड़े मुझे चिढ़ाने को मेरी ओर चले आते। मेरे पड़दादा जिस भूल-भुलैया में अपनी प्रेमिकाओं को पाकर पहुँचते थे, मैं वहीं उन्हें खोकर पहुँचता। यह सिलसिला गोमती के किनारे उस जाड़ों की गुनगुनी दोपहर तक चला जब चमचमाते तिलस्मी पानी को देखते हुए मैंने प्रिया से अपने इश्क़ का इज़हार किया।

इज़हार करना जैसे मुहर लगाना था। मुहर से जादू हो गया। अब हज़रतगंज की सारी हसीनाओं में मुझे एक ही चेहरा नज़र आने लगा : प्रिया का चेहरा! शायद मेरे पड़दादा की प्रेम-प्रक्रिया उल्टी थी। वे औरत के अलग-अलग जिस्मों में अपनी महबूबा को ढूँढ़ते और भूलभूलैया में खो जाते जहाँ उन्हें अपनी ही पुकार चारों तरफ़

गूँजती हुई सुनाई देती। औरतें उन्हें भागते हए हिरन की मानिन्द लगतीं थीं। नवाब अपने सौन्दर्य और चरित्र (!) की, कसमें खाते और अपनी अनगिनत औरतों की बेवफ़ाई की शिक़ायत करते। कभी-कभी मुझे लगता है कि मेरे पड़दादा सिर्फ़ अपने को प्यार करते थे।

यह उनकी भूलभूलैया का ही कमाल था कि प्रजा की शिक़ायत-पेटियों की व्यवस्था नवाब ने इसलिए ख़त्म कर दी कि उसमें कुछ काग़ज़ ऐसे मिले जिनमें उनकी कुछ बेग़मों की बेवफ़ाई का बयान था। वे इसे बर्दाश्त न कर सके। अवाम को उसके हाल पर छोड़ दिया। ख़ुद अपने आईनाख़ाने में लौट गये। मेरे आईने टूटकर बिखर गये जब मैंने प्रिया से कहा कि मैं तुम्हारे बिना नहीं जी सकता। उस घड़ी हम गोमती के किनारे शहीद स्मारक बाग़ में एक पत्थर की बेंच पर नदी की ओर मुँह किये बैठे थे। नदी पर धूप झिलमिला रही थी जिससे घिरी कुछ नावें इधर उधर तैर रहीं थीं। कोई नाव बहाव के साथ थी, कोई बहाव के ख़िलाफ़ थी, और कोई नदी के पाट को चीरती हुई उसके पार जा रही थी— वहाँ कोई वीरान-सी इमारत नज़र आती थी। मेरी नज़र उसी पर थी जब मैं प्रिया से अपनी मोहब्बत बयान कर रहा था। शायद इसका कारण मेरी झिझक हो। इतने स्पष्ट बयान तक उस दोपहर मैं कैसे पहुँच गया— मेरे लिए यहीं ताज्जुब की बात थी। इसके लिए सम्भवत: नदी का चमचमाता, शाश्वत बहना ज़िम्मेदार था। पानी लगातार मुस्कराता हुआ सोने की टोपियाँ पहने दौड़ा जा रहा था। हमारी बेंच के एक ओर गुलाब के फूलों की क्यारी थी जिसमें लाल और सफ़ेद गुलाब हँस रहे थे। प्रिया उसी तरफ़ बैठी थी। इस तरफ़ चाँदनी के सफ़ेद फूल खिले थे जिसके पार्श्व में हरियाली थी। हँसी मुझे पानी से उठती हुई फूलों और घास में सुनाई दी जब मैंने प्रेम-निवेदन के बाद नज़रें मोड़कर प्रिया की ओर देखा जो मेरे बोलते होठों की ओर देख रही थी। प्रिया मुस्करा रही थी जैसे उसकी मुस्कान पानी, फूल और घास की अनुगूँज हो। मैं प्रिया की व्यापक और काली आँखों में देख रहा था जो लगातार कुछ कह रही थीं।

ये मार्च के शुरुआती दिन थे जब गुजरात में गोधरा के बाद दंगे भड़क गये थे। अख़बारों में ज़्यादातर 'दंगे' शब्द का ही इस्तेमाल होता। लेकिन यह साफ़ होता जा रहा था कि यह क़त्लेआम था। जैसे जंगल में शेर जब एक हिरन की

गर्दन दबोचता है तो सारे हिरनों की छातियाँ धड़क जाती हैं, मुसलमान आशंकित थे। मैं मुसलमान था! यह मुझे दस साल पहले पता चला था जब बाबरी मस्ज़िद गिरी और हमारे मोहल्ले में लोगों ने छतों पर पत्थर इकट्ठे किये। मैं भी पत्थर गली से छत पर ले गया था। फिर मैं ही उन्हीं पत्थरों को छत से गली तक लाया था। मैंने स्कूल में यह किसी को नहीं बताया जहाँ ज़्यादातर लड़के हिन्दू थे। पहली बार मेरे सीने में कोई बात आयी थी जो हिन्दुओं को नहीं बतानी थी। यूनीवर्सिटी तक आते-आते यह बात मेरे दिल में बैठ गयी कि मेरा नाम मेरे चारों ओर हवा की तरह नहीं है जैसे आनन्द लाल। किसी लड़के से बात करते हुए यह बात और चुभने लगी। बात हवा की तरह चलती, मगर बीच में नाम आते ही हवा रुक जाती जैसे दाँतों तले धूप किरकिरा रही हो। प्रिया के साथ बात में कोई धूल नहीं थी। उसके लिए आनन्द लाल और असलम शाह में कोई फ़र्क नहीं था। वे शुरू से इसी तरह बातें करते थे जैसे वे सिर्फ़ एक लड़का और एक लड़की हों जो साथ-साथ पढ़ रहे थे और जवान हो रहे थे।

जवानी कब शुरू होती है? हमीदा से अपने निकाह की बात मैं बचपन से सुन रहा था जैसे अलिफ़-लैला और सिन्दबाद के किस्से सुन रहा था। शुरू-शुरू में मुझे लगा कि निकाह कोई खेल है जिसे अम्मी मेरे और हमीदा के साथ खेलना चाहती हैं। मसें भीगते-भीगते मोहल्ले के लड़कों की मदद से मुझे खेल का अन्दाज़ा हुआ। यह वही खेल था जो चन्नो उल्टा करके मेरे साथ लड़कपन में एक बार खेल चुकी थी। उसके बाद जब भी अकेले में मुझे देखती मुस्कराती। उसे दूसरा मौक़ा नहीं मिला। न मुझे। मै यह सोचकर हैरान रह गया कि अगर यहीं खेल मेरे और एक लड़की के बीच होना था तो अम्मी की इसमें इतनी दिलचस्पी क्यों थी कि उन्होंने बचपन से ही लड़की को भी तय कर रखा था! फिर मौक़े-बेमौक़े मुझे बार-बार इसकी याद दिलाई जाती थी। दोस्ती हो जाने पर मैंने इसका जिक्र प्रिया से किया। प्रिया हँस पड़ी।

"क्यों हँस रही हो?" मैं भौंचक्का था।

"जलती तो मैं भी हूँ", उसने कहा।

"किससे?"

"हमीदा से।"

यह मज़ाक था। यह समझकर मैं भी हँसा। लेकिन यह सिर्फ़ मज़ाक नहीं था। जब मैंने प्रिया को अपने शज़रे और अब्बू के वसीक़े के बारे में बताया तो वह एकदम चुप रह गयी। मैं उसे और हँसाना चाहता था, मगर वह सनाका खा गयी। मेरे कुरेदने पर उसने पूछा, "क्या हमीदा भी किसी शाही खानदान से है?"
"नहीं", मैंने कहा, "उसके वालिद बरेली के एक स्कूल मे पढ़ाते हैं।"

''तुमने ठीक-से पता किया?'' उसने आँखें ऊपर उठाईं।

''हाँ।''

''वह मुग़लिया खानदान की वारिस हो सकती है।'' वह मुस्कराई।

''नहीं हो सकती।'' मैं भी मुस्कराया।

''क्यों?''

''क्योंकि मुग़लिया ख़ानदान सुन्नी था और अम्मी सुन्नी से मेरी शादी कभी नहीं करेगी।''

तो हिन्दू से कैसे करेगी? यह सवाल शायद प्रिया के दिमाग़ में कौंधा। पर उसने इसे फ़ौरन परे धकेल दिया और खिलखिलाकर हँसने लगी। इतनी ख़ुशी की कोई बात नहीं थी। मैं उसका हँसता हुआ चेहरा देख रहा था जो साँवला था और हसीन था और जिसमें सफ़ेद मोतियों से दाँत भी हँस रहे थे। शायद यहीं वह पहला क्षण था जब मुझे उस चेहरे के लिए कुछ मुकम्मल-सा महसूस हुआ। जब उसकी हँसी चुक गयी तो मैंने पूछा—''इतनी हँसी की क्या बात थी?''

''मुझे पता नहीं था'', उसने कहा कि, ''शहज़ादा मेरा दोस्त है।''

फिर उसने एक लमहा मुझे घूरा और बोली, '' तुम्हारा दमकता गोरा रंग देखकर लगता है जैसे सीधे ईरान से आ रहे हो।''

''पैदल!'' मैं बोला, ''मेरी गन्दी जीन्स और उखड़ती-सी चप्पलें देखो।''

प्रिया मुस्कराए जा रही थी।

लखनऊ अजीब शहर है जहाँ दो सदी पहले भिखारी हाथी पर बैठकर भीख माँगने जाता था और दो सदी बाद वसीक़ेदार रिक्शा खींचता है! हज़रतगंज के बरामदों में टहलते हुए कभी-कभी मुझे यह सोचकर झुरझुरी-सी आ जाती है कि यह शहर मेरे पुरखों ने बनाया था। इसकी नींव तो अकबर बादशाह ने रखी थी जब उन्होंने लखनऊ में एक मन्दिर बनवाने के लिए खुले दिल से दान दिया। उन्होंने जैसे शहर का दिल खोल दिया। फिर शहर को घेरने के लिए किसी दीवार की ज़रूरत नहीं पड़ी। शहर गोमती नदी के किनारे-किनारे इस तरह पनपा जैसे नदी किनारे धरती पर नयी-नयी सभ्यता पली-बढ़ी थी। गोमती की सभ्यता भी नयी थी। यहाँ रियाया में हिन्दू-मुसलमान का भेद नहीं था। इसीलिए इसे गंगा-जमनी संस्कृति कहा गया जिसे आख़िरी बादशाह अपने चरम पर ले गया और ख़ुद कृष्ण-कन्हैया बनकर नाचने लगा। वह कृष्ण की तरह रास रचाता और होली खेलता। उसका जोगी-मेला मशहूर था जिसमें हिन्दू-मुसलमान-सब गेरूए रंग की पोशाक में शरीक होते थे। यहीं एक रंग मेले की शर्त थी जिसमें बादशाह से लेकर रियाया तक सब रंगे होते। और कोई शर्त नहीं थी। मेले में हिन्दू-मुसलमान, शिया-सुन्नी का कोई भेद नहीं था। यह मेला क़ैसरबाग़ में लगता था

जिसे बादशाह ने ख़ुद बनवाया था। मैं मेले के उस दृश्य का तसव्वुर करता हूँ जिसमें क़ैसरबाग़ के रास्तों पर शहंशाह और अवाम एक रंग में संगीत की लय पर थिरकते थे! यह एक सपना था। जिसे वाजिद अली शाह ने धरती पर उतार दिया। अंग्रेजों को यह सपना रास नहीं आया। उन्होंने शहंशाह को कलकत्ता दफ़ा किया और क़ैसरबाग़ के नाक-कान काट लिए, आँखें फोड़ दीं।

क़ैसरबाग़ में कुछ अनोखी, अलबेली इमारतें थीं जो अँग्रेजों ने फ़ौरन मिस्मार कर दीं थीं। कोई पुल था जो छतरियों पर खड़ा था और एक तरफ़ घास से दूसरी तरफ़ घास तक जाता था। वहीं एक दोहरा, सर्पीला ज़ीना था जो ऊपर हवा में जाता था और फिर वहीं लौट आता था जहाँ से शुरू हुआ था। घास पर एक फिज़ूल पुल और हवा में खोए ज़ीने की बात मेरे ज़ेहन में अटक गयी थी जब पिछले वर्ष दिल्ली की एक कला-दीर्घा में मैंने हूबहू इसी ज़ीने की एक तस्वीर देखी जैसे क़ैसरबाग़ से उठकर यह ज़ीना उस तस्वीर में बैठ गया हो! मैं देर तक उसके सामने भौंचक्का खड़ा रहा जब तक मेरे दोस्त ने पूरी दीर्घा देखकर लौटते हुए कहा, "क्या इसी ज़ीने से ऊपर जाओगे?"

मैंने चौंककर सोचा कि यह केवल वाजिद अली शाह की ही नियति नहीं थी जिसे आरामगाह में भूलभूलैया नज़र आती थी और क़ैसरबाग़ में वह सीढ़ी जो कहीं नहीं जाती थी। वही प्राचीन प्रश्न आज भी हवा में टँगे थे। फिर मैं चित्रकार का नाम देखकर ढंग रह गया। यह कोई लातिन अमरीकी था जो सात समुद्र पार करके ज़ीना आकाश में फँसाए हिन्दुस्तान आया था।

क्या वाजिद अली शाह हर शाम उस पुल पर टहलता था जो घास पार करने के लिए बना था?

क़ैसरबाग़ और लाल बाग़ अब सब बाज़ार हो गये हैं जहाँ सिर्फ़ ख़रीद-फ़रोख़्त बची है। हज़रतगंज का तो पूछना ही क्या! यह तो बाज़ारों का बाज़ार है। यहाँ अवध की शाम अब अपनी ही चमक से आँखें मिचमिचाने लगी है। पिछले कुछ बरसों में एक और कमाल हुआ : पूरा हजरतगंज जैसे सिर के बल खड़ा हो, ऐसे नए मॉल बने! शहर में चार मॉल हैं। और भी बनेंगे—जिनमें हम जैसे बेरोज़गार लोग तीन-चार हज़ार वेतन पर काम करेंगे। मैंने एक शाम मॉल से निकलते हुए जब प्रिया को बताया कि मेरा यह नौकरी करना इसलिए भी ज़रूरी हो गया था कि अब्बू इसी साल रिटायर हो गये हैं तो वह मुस्कराई जैसे सब जानती हो। जैसे वह जानती हो कि अवकाश-प्राप्त बूढ़े बाप के साथ घर में बेकार बैठना जवान बेटे के लिए सबसे बड़ी सज़ा है। जनाब, गले के नीचे निवाला नहीं उतरता। आँखों में आँसू आ जाते थे। जी चाहता था कि शज़रे को, घर को, और क़ाइनात को—सबको आग लगा दूँ।

मैं प्रिया को इसीलिए बहुत चाहता हूँ कि वह सब समझती है। उस दोपहर दस्तरख़्वान से अधभूखा उठकर शाम को जब मैं प्रिया से लोहिया पार्क में मिला तो उसने मेरे आँसू पोंछे जो पहले ही सूख गये थे। फिर मैं यूक्लिप्टस के पेड़ों के बीच घास पर उसकी गोद में सिर रखकर देर तक लेटा रहा। सच बताऊँ, उस शाम मैंने इस ख़्वाहिश को भी अपने अन्दर महसूस किया था कि मेरा जिस्म जादू से सिकुड़ जाता और मैं प्रिया की गोद में उसी तरह लेट जाता जैसे बचपन में अम्मी की गोद में लेटता था। अगरचे मुझे अब याद नहीं है कि मैं अम्मी की गोद में लेटा हुआ कैसा लगता था।

उस शाम लोहिया पार्क के टिकट पहले से ही ख़रीदकर प्रिया गेट पर खड़ी मेरा इन्तजार कर रही थी। मुझे मालूम था, उसने पहले से ही टिकट क्यों ख़रीद लिए थे। इस अहसास से मुझे चोट लगी थी। यह भी है कि उन दिनों मुझे कुछ जल्दी ही चोट लगती थी जैसे मैं फिर बच्चा हो गया था। दिल बच्चे का, जिस्म जवान का! क्या यहीं एक बेकार आदमी का भूगोल है? शायद यहीं शिनाख़्त करते हुए गिरते अँधेरे में उसने अपने होठों से मेरे होठों को छूते हुए कहा, "इस तरफ़ पेड़ के पीछे आ जाओ। तुम्हारा जिस्म अँधेरे में चमकता है।" जब मैं खिसक गया तो उसने मुझे भरपूर चूमा जैसे मैं कहीं खो गया था। सचमुच, बेकार आदमी अपने चारों तरफ़ की हवा में खो जाता है। उन दिनों मुझे एक वसीक़ेदार रिक्शेवाले की बहुत याद आती थी जिसे मैं जानता था। उन्हीं दिनों मैंने अख़बार में पढ़ा कि देश के सतत्तर फ़ीसदी लोगों की आय बीस रुपये प्रतिदिन भी नहीं। वसीक़ेदार रिक्शेवाला कम-से-कम उनसे ऊपर था और नीचे...मुझे नवाबों के ज़माने का एक ताज़िए के जुलूस का चित्र याद आया जिसमें तीन हाथियों पर ताज़िए थे और हाथियों को घेरे लोगों की भीड़ थी। जिस चीज़ ने मुझे पकड़ा, वे अवाम के अधनँगे जिस्म थे। पूरे कपड़े सिर्फ़ हाथियों के हौदों पर बैठै लोगों ने पहने थे। इसी चित्र से एक और चित्र जुड़ा था जिसमें बादशाह के हाथी पर बादशाह के पीछे बैठे दरबारी सिक्के लुटा रहे थे जो चलते हाथी के पैरों के इर्द-गिर्द गिरते और जिन पर भूखे-नंगे झपटते। बादशाह ईश्वर की तरह सब-कुछ देखता था और मुस्कराता हुआ चला जाता था। ऐसी भुखमरी और जहालत दिल हिला देती थी! अलबत्ता बादशाह को घेरे कुछ मुट्ठी भर लोग अपने में मस्त रहते थे। 'सहर' ने ताईद की :

ख़ुदा आबाद रखे लखनऊ के ख़ुश मिज़ाजों को
हर एक घर ख़ाना शादी है, हर एक कूचा है इशरत का

ज़ाहिर है, यह कोई दरबारियों का मोहल्ला होगा। यहीं कुछ बरस पहले

'इंडिया शाइनिंग' हो गया था। इन दिनों देश में 'महाशक्ति' पनप रही है—जो चौरासी करोड़ भारतीयों की छाती पर पैर रखे खड़ी है जिसकी दैनिक आय बीस रुपये से कम है।

जब मैं अपने जुनून से यूक्लिप्टस के पेड़ तले क्या-कुछ बके जा रहा था तो प्रिया ग़ौर से मेरे लबों और आँखों को देख रही थी जैसे सब कुछ समझ रही हो। रात उतर आयी थी। इधर पार्क में सारी बत्तियाँ जलना बन्द हो गयी थीं। कुछ रौशनियाँ टिमटिमातीं थीं जैसे कहीं-कहीं अँधेरे के घोंसलों में बैठी हों। जिस पेड़ के नीचे प्रिया बैठी थी और मैं उसकी गोद में लेटा था—वहाँ अँधेरा था। बल्कि एक बार मुझे लगा कि यूक्लिप्टस कुछ नीचा होता तो पत्तियों का अँधेरा कुछ और पास होता। रास्ता दूर था। रास्ते पर रोशनी थी जो घास पर बिछलती हुई टेकरी तक जा रही थी। टेकरी के किनारे रोशनी का अकेला खम्भा था जिसके नीचे घास हथेली की तरह चमक रही थी।

''मैं कोई भी नौकरी करूँगा'', मेरे मुँह से निकला।

''मैं भी'', प्रिया बोली।

''जहाँ हम रोज़ मिलेंगे।''

जब मैंने एक दिन अम्मी को बताया कि मैं कल से नौकरी पर जाऊँगा तो वह बहुत ख़ुश हुई।

''इसी शहर में?'' उसने ताज्जुब से मेरी जानिब देखा।

''हाँ'', मैंने कहा, ''इसी शहर में, क्यों?''

''अरे, पड़ोसिनें कहती हैं कि असलम ने एम.बी.ए. किया है। पता नहीं, कहाँ चला जाए।''

''यह एम.बी.ए. की नौकरी नहीं है, अम्मी।''

''तो?''

''यह मॉल की नौकरी है।''

''मॉल में तू क्या करेगा?''

''बेचूँगा।'' मुझे हँसी आ गयी।

''क्या?''

''कुछ भी।''

''तनख़्वाह?''

''साढ़े तीन हज़ार।''

''हाय अल्ला'', अम्मी ने ठोढ़ी पर उँगली रखी, ''इससे दुगना तो तुम्हारे अब्बू के चपरासी को मिलता था।''

''मियाँ'', बगल में बैठे अब्बू बोले, ''यह क्या माजरा है? नौकरी है या

कोई वसीक़ा है?''

''जब तक कुछ नहीं मिलता'', मैंने कहा, ''यह क्या बुरा है?''

''सो तो है'', अब्बू हँसे। ''यह नये ज़माने का वसीक़ा है।''

अब्बू के चेहरे पर उभरती झुर्रियों पर एकाएक मैंने कोई परदा गिरता हुआ देखा। जैसे वे एक हाथ से परदा हटा रहे हों, उन्होंने रिमोट उठाकर टी.वी. चला दिया और उसे घूरने लगे: चमकते परदे पर बिम्ब उभरने-मिटने लगे। फिर परदा स्थिर हो गया।

''लो'', सहसा अब्बू की आवाज़ आयी, ''फिर हो गया।''

''क्या?'' मैं कहीं और देख रहा था।

''गुजरात, ''अब्बू की चितकबरी दाढ़ी हिली, ''गुजरात फिर हो गया।''

''क्या गुजरात में फिर दंगा हो गया?'' मैं चौंका।

''इस बार उड़ीसा में गुजरात हो गया।''

मैंने भी परदे की ओर नज़रें घुमा दीं, जहाँ अब्बू की नज़रें जमी थीं।

''गोधरा की जगह स्वामी कृष्णनाथ की हत्या है और मरते हुए मुसलमानों की जगह मरते हुए ईसाई हैं'', अब्बू बोल रहे थे।

परदे पर ईसाईयों के जलते हुए घर थे जैसे पिछले दशक़ में ग्राहम स्टेंस की जली गाड़ी का कंकाल था। 1984 में मैं बहुत छोटा था जब इन्दिरा गाँधी की हत्या के बाद दंगे भड़के। अब्बा उस दिन कानपुर में थे जब सड़क पर भागते सिखों के गले में जलते टायर डाले गये। लखनऊ तब भी बच गया था जैसे बाबरी-विध्वंस के बाद बचा। शहर में शिया-सुन्नी झगड़े होते रहे। इन झगड़ों में भी मुसलमान अपने पड़ोसी हिन्दुओं का ख्याल रखते थे।

इन्हीं दिनों सावन में हर साल वाजिद अली शाह जोगी मेला लगवाता और ख़ुद जोगी बन जाता। उस दिन क़ैसरबाग़ के दरवाजे आम रियाया के लिए खोल दिए जाते। क़ैसरबाग़ की दीवारें दूर से पूरी ठोस लगती थीं जिनमें पत्थरों के तम्बू लगे थे। मगर सावन की एक सुहानी सुबह इन दीवारों में दरवाज़े नमूदार हो जाते जिनसे शहर के लोग अन्दर प्रवेश करते जहाँ क़िस्म-क़िस्म की दुकानें थीं ओर क़िस्म-क़िस्म के खेल थे जैसे जो दुनिया में था इस मेले में था और जो इस मेले में नहीं था वह दुनिया में नहीं था। ऐसा भी था कि जो दुनिया में नहीं था इस मेले में था जैसे बकरी के थन से दूध पीता हुआ शेर। नवाब की दुनिया में कुछ भी मुमकिन था।

क़ैसरबाग़ में ताड़-जैसे पेड़ थे जिनकी ऊँचाई एक गज़ से ज़्यादा नहीं थी। दुकानें सब्जियों से लेकर भंग तक की थीं जो बाग़ में चारों ओर सजी थीं। सिर्फ़ जिंसों और पेड़-पौधों के रंग में फ़र्क था। लोगों के लिबास का रंग एक ही था

: गेरुआ। बाग़ में एक हौज था और दो नहरें थीं जिनमें पानी शाश्वत बहता था। सावन की हवा एक और ठंडक पाकर बाग़ के लोगों को घेर लेती जिनमें हर उम्र और जात और धर्म के आदमी-औरतें और बच्चे थे। उस दिन शहर की मानवता का सैलाब बाग़ की दीवारों के बीच इकट्ठा हो जाता और उसे मस्ती के सिवाय कुछ और न सूझता। वे आँखें फाड़े रह जाते जब कोई नंगी तलवार पर खड़ा हो जाता या अपने जिस्म के टुकड़े-टुकड़े करके अपने ही हाथों से फिर जोड़ देता।

यह मेला तीन दिन चलता था।

इस मेले में दास्तानगो थे जो सनातन मोहब्बत के क़िस्से सुनाते थे और ऐसी दुनिया की तिलस्मी कहानियाँ जो इस धरती पर नापैद थी। इसीलिए लोग आँखें बन्द करके और कान खोलकर उन्हें सुनते थे क्योंकि उनकी हसरत उन क़िस्सों पर यक़ीन करने की होती थी। इससे हसीन और सपना क्या हो सकता था कि महबूबा कभी बेवफ़ा न हो और ज़मीन पर सारे दुश्मनों का सिर उँगली उठाने से कलम हो जाए! मेले में जुए की भी फड़ें थीं जिनमें लोग क़िस्मत आज़माने बैठते और फ़कीर होकर उठते। फिर वे किसी दास्तानगो की तरफ़ मुड़ जाते या किसी भंग या अफ़ीम की दुकान की तरफ़ जहाँ कोई-न-कोई दोस्त मिल जाता था।

बादशाह ख़ुद हाथ का बुना कपड़ा पहनता था। वह इस घरेलू उद्योग को फ़िरंगी कम्पनी के व्यापार से बचाना चाहता था। मेले में इन कपड़ों की दुकानें सजतीं, जिनसे बादशाह की देखा-देखी दूसरे अमीर भी खरीदते। मेले में बादशाह की गेरूआ पोशाक भी हाथ की बुनी थी। उसके और जोगिनों के जिस्मों पर बनारसी चादरों की गतियाँ लिपटीं थीं। चेहरों पर जले हुए मोतियों की ख़ाक मली थी। कानों में बुन्दे और कन- लटकन और गले में मोतियों की मालाएँ थीं। उनके बालों की ख़ुशबू बाग़ में फैल रही थी।

एक बार इसी मेले में बादशाह की मसनबी 'अफ़साना-ए-इश्क' पढ़ी जा रही थी। एकाएक उसके दिल में मजनूँ की तरह कपड़े फाड़ने की हसरत सुगबुगाई। वह मजनूँ की तरह कपड़े फाड़ता हुआ सबके सामने आ गया। उसे आपे से बाहर देखकर सब आपे से बाहर हो गये और अपने कपड़े फाड़ने लगे। कपड़े फाड़ते हुए वे अपने बाल भी नोचते जाते थे जैसे मजनूँ के जुनून की बुलन्दियों को उन्होंने पा लिया हो। इसी आलम में रबाब, मृदंग, सारंगी और सितार झनझना उठे। सुर अपने-आप गलों से उठे और मेले में गूँजने लगे। लोग एक-दूसरे को देखते और रोने लगते जैसे बगल में बहती गोमती में मोहब्बत की बाढ़ आ गयी हो! मैं मोहब्बत के इस मंजर का तसव्वुर कभी-कभी क़ैसरबाग़ के गोल बाज़ार में चलते

हुए करता हूँ तो चौंक जाता हूँ। मुझे लगता है, मेरा असली शज़रा यहीं है जो शहर का शज़रा है और जिसके शीर्ष पर बाजिद अली शाह का नाम है:

हम इश्क़ के बन्दे हैं मज़हब से नहीं वाक़िफ़
गर काबा हुआ तो क्या, बुतखाना हुआ तो क्या।

इन्हीं दिनों मोहर्रम का मलीदा खिलाते हुए जब मैंने प्रिया को बताया कि वाजिद अली शाह के ज़माने में कुछ लोग हुसैन को राम, उसके भाई अब्बास को लक्ष्मण और उनकी बीवी कुलसूम को सीता मानते थे तो वह मुझे देखती रह गयी। तब मैंने उससे कहा कि इस कहानी में हुसैन का अत्याचारी शासक रावण भी है जिसका नाम याज़िद था।

''क्या असली कहानी एक ही है?'' उसकी आँखें फैल गयी थीं।

''हाँ'', मेरे मुँह से निकला।

बीस बरस पुराना सपना

नन्दलाल टेकरी के नंगे छोर पर बैठा था। टेकरी ख़ाली थी। वहाँ और कोई नहीं था। सामने सँकरे रास्ते पर इक्का-दुक्का लोग घूम रहे थे। रास्ते के परे पेड़ थे, घास थी, आकाश तक खिंची चौखम्भा लाट थी और लाट के पीछे दूर सड़क पर दौड़ती गाड़ियों की पृष्ठभूमि में 'फ़न रिपब्लिक' की जगमग रोशनियाँ थीं। आसमान सपाट था। बादल नहीं थे। आसमान का स्लेटी रंग पेड़ों पर झरता-सा लगता था।

पिछले दिनों लगातार ख़ूब बारिश हुई थी। गोमती ख़तरे के निशान की ओर उछलती लगती थी। पार्क में लोग कम थे। कोई बच्चा नज़र नहीं आता था। नन्दलाल ऑफ़िस से जल्दी आ गया था और चाय पीकर घूमने निकल पड़ा था। जब वह घर से बाहर आ रहा था सिंह सा'ब का ऑटो रुका था। वे आगरा से लौट रहे थे। इन दिनों वे हर माह आगरा जाते थे या आगरा से लौटते थे। पिछले दो-तीन महीनों में वे झटक गये थे। वे बताते थे कि आगरा में उनके मकान का कोई मुकदमा चल रहा है। क्या मुकदमा है? पूछने पर उन्होंने बताया कि उस ज़मीन के टुकड़े का सवाल है जहाँ उनकी नाल गड़ी है। उनकी बेचैनी देखकर नन्दलाल यह सोचता कि उसकी नाल कहाँ गड़ी है, वह पता लगाएगा। वह हमेशा अम्मा से पूछना भूल जाता था।

कुँवर राजेन्द्रसिंह अपनी साठेक वर्ष पुरानी नाल को लेकर इतने बेचैन क्यों थे?

नन्दलाल सामने पार्क को घेरते ख़ाली रास्ते को देख रहा था जिस पर कभी कोई गुज़र जाता। सहसा फ़व्वारों के ताल की ओर से कोई स्त्री आयी और टेकरी के दूसरी ओर रुककर टेकरी पर चढ़ने लगी जहाँ एक पेड़ था। मगर वह ऊपर पेड़ तक नहीं गयी। टेकरी की ढलान पर बीच में बैठ गयी। उसका चेहरा कुछ गोलाकार सरोवर की ओर था। वह बिन्दास बैठी थी जैसे आदमी बैठते हैं। औरतें ज़्यादातर रास्ते पर तेज़ चलती थीं या टहलती थीं या अपने पुरुष के साथ झाड़ियों

के पीछे छिप जाती थीं। शायद यहीं कारण था कि रास्ते पर चलता हर आदमी उस औरत को गर्दन टेढ़ी करके देख रहा था जो ताल के पानी की जानिब देख रही थी।

टेकरी पर दूसरी और बैठे नन्दलाल को उस औरत की शाम के धुँधलके में घुलती आकृति ही नज़र आती थी जिसका चेहरा दूसरी ओर था। सामने अँधेरा जितना गहराता उतनी फ़न रिपब्लिक की दूरस्थ रोशनियाँ तेज़ चमकने लगतीं और टेकरी के दूसरे छोर पर बैठी वह स्त्री धुँधली होती जाती। उसके परे ताल में फ़व्वारे चलने लगे थे जैसे आकाश में अचानक पानी के दो पेड़ उग आये हों जिनके तने मोटे थे और ऊपर पत्तों का फैलाव था। पता नहीं, सचमुच ऐसा था या उसे ही ऐसा लग रहा था, नन्दलाल ने सोचा। जैसे कभी-कभी आदमी बादलों में भी अपने मन की परछाइयाँ ढूँढ़ लेता है। वह कभी पानी के पेड़ को देखता, कभी टेकरी के बबूल के पेड़ को देखता और फिर उसकी नज़र पेड़ के नीचे खिसककर उसी स्त्री-आकृति पर टिक जाती जिसकी मुद्रा स्थिर थी और जो लगातार पानी के पेड़ की तरफ़ देख रही थी जैसे वहाँ अँधेरा न हो और सामने फ़न रिपब्लिक का उजाला न हो।

आकाश में तारे निकल आये थे और ऐसे चमक रहे थे जैसे वर्षा ने उन्हें धो- पोंछ दिया हो। अलबत्ता चाँद कहीं नज़र नहीं आता था। उसने आसमान में चाँद को दुबारा ढूँढ़ा। फिर एकाएक वह खड़ा हो गया और टेकरी से नीचे उतरने लगा। ढलान पर गेंद की तरह लुढ़कते हुए वह कुछ उछल रहा था। जब वह दायीं ओर मुड़ गया तो उसने जाना कि लौटने का सीधा रास्ता बायीं ओर था। लेकिन उसके पैर आगे बढ़ते रहे। उसकी नज़रें दूर फ़व्वारों पर थीं। टेकरी के दूसरे छोर पर उसकी आँखें अपने आप दायीं और घूमी जब उस स्त्री ने चेहरा मोड़कर रास्ते की ओर देखा। रास्ते पर कुछ दूर खम्भा था जिससे मद्धिम रोशनी आ रही थी। दोनों की नज़रें मिलीं। नन्दलाल अपनी जगह खड़ा रह गया जैसे पत्थर हो गया हो। स्त्री आहिस्ता-आहिस्ता घास पर नीचे उतरी। वह न लुढ़की, न उछली। वह नन्दलाल के सामने आकर खड़ी हो गयी।

''तुम!'' दोनों के मुँह से एक-साथ निकला।

वे इस क्षण को हमेशा याद करेंगे जैसे किसी उपन्यास का कोई अहम मोड़ हो। ऐसा फ़िल्मों या उपन्यासों में होता है, वह कहेगी। कभी-कभी ऐसा ज़िन्दगी में भी होता है, नन्दू मुस्कराएगा।

''तुम यहाँ!'' उसकी आँखें खुली रह गयी थीं।

''हाँ।'' वह मुस्कराई।

उसने उसकी दोनों बाँहों को छुआ। फिर एकदम हाथ नीचे कर लिए।

''माफ़ करना'', वह बोला, ''मैं देख रहा था कि तुम किसी सपने में तो नहीं हो?''

वह हँसी, ''क्या तुम मेरा सपना देखते हो?''

वे अपने-आप ऊपर टेकरी के पेड़ की ओर चल दिये। यह पुराना बबूल का पेड़ था जो इस जंगल के पार्क बन जाने पर भी उसी तरह सूना खड़ा था। वे पेड़ के नीचे बैठ गये। वह बीस सालों में इतना कम बदली थी कि अचम्भा होता था। उसकी आँखें उसी तरह ख़ामोश सरोवर की तरह थीं और रंग आधी रात की चाँदनी जैसा। मगर उसका चेहरा सूना-सूना लग रहा था।

''तुम लोग लखनऊ कब आये?'' उसने पूछा।

''तुम लोग नहीं'', उसने आँखें ऊपर उठाईं, ''मैं पिछले महीने आयी।''

''क्यों, के.के. कहाँ है?''

''के.के. नहीं रहे।'' उसका स्वर ठंडा था।

उसने बताया कि 23 मई '96 को लाजपतनगर सेंट्रल मार्केट में हुए बम धमाकों में जो सोलह लोग मारे गये थे उनमें के.के. भी थे। वे तब लाजपतनगर में ही रहते थे। के.के. नौकरी बदलकर दूसरी कम्पनी में मार्केटिंग मैनेजर हो गया था और वे ओल्ड राजेन्द्र नगर से लाजपतनगर बड़े फ़्लैट में आ गये थे। के.के. के न रहने पर राधा राहुल को लेकर अपने सास-ससुर के पास आगरा चली गयी थी। के.के. इकलौता बेटा था। उसके अवकाश-प्राप्त पिता की न्यू आगरा में कोठी थी। कोई आर्थिक दिक़्क़त नहीं थी। दस वर्ष राधा ने राहुल को बड़ा करने में गुज़ार दिये। राहुल का अब आई.आई.एम. बंगलुरू में आख़िरी साल था। ''उसे अब मेरी ज़रूरत नहीं है'', राधा ने कहा, ''इसलिए मैं यहाँ चली आयी जब मुझे सी.एम.एस. में नौकरी मिली।''

यह सच था कि वह कभी-कभी उसके सपने में आती थी। कुछ इसी तरह अचानक जैसे अभी सपने के बाहर आ गयी थी। वह उसके बारे में सोचता नहीं था। वह उसके भीतर पैवस्त थी-जिसका उसे कभी-कभी सपने में पता चलता था। सपना देखते हुए वह इतनी ही वास्तविक लगती जितनी अभी पेड़ के नीचे बैठी लग रही थी। वह अभी उसे छू सकता था जैसे सपने में छूता था। सपने में वह उसे चूमता जैसे उसने बरसों पहले उसे पहले-पहल चूमा था-जैसे कोई मर्द पहली बार किसी औरत को चूमता है। वह तब श्रीमती के.के. थी।

यह उसका पहला प्यार था! जब उसने उसे चूमने के बाद यह बताया तो वह बोली, ''मेरा भी।''

मैं तुम्हें तहेदिल से चाहता हूँ—उसके मन में आया, वह कहे। लेकिन पहले उसे के.के. के लिए अफ़सोस ज़ाहिर करना चाहिए, उसने सोचा।

''मुझे अफ़सोस है'', नन्दू ने कहा।

हवा का कोई झोंका आया। देह में ठंडक उतरी।

''मैं उसे भूलने की कोशिश करती हूँ'', राधा दूर देखते हुए बोली, ''जैसे कोई पिछला जनम हो।''

''क्या तुम पिछले जनम में विश्वास करती हो?''

''पता नहीं'', उसने कहा! ''तुम?''

''नहीं।'' वह मुस्कराया, ''इसी जनम में विश्वास नहीं होता।''

''क्यों?''

''मैं कभी सोच भी नहीं सकता था कि तुम मुझे कभी इस तरह टेकरी की घास पर अकेली बैठी मिलोगी।''

''मैंने आगरा इसीलिए छोड़ा'', उसने कहा। ''मैं वहाँ घर के बाहर इस तरह नहीं बैठ सकती थी।''

नन्द राधा को एकटक देख रहा था। राधा उसकी ओर देखती हुई उसके पार देख रही थी।

''राहुल अपनी एक सहपाठी से प्रेम करता है'', राधा ने कहा। ''वे अगले साल शादी करेंगे। फिर दोनों शायद अमरीका चले जाएँ। वह मुझसे कहता है, मम्मी, तुम मेरे साथ ही रहना।'' वह मुस्कराई, ''मैंने उससे कहा, बेटा, मैं अब अपने साथ ही रहना चाहती हूँ।''

''तुम पहले ऐसी नहीं लगती थीं, राधा'', नन्द ने कहा।

पहले-दो दशक़ पहले-राधा विशुद्ध गृहिणी थी जब नन्दलाल उससे मिला। नन्दलाल अपनी माँ के साथ ओल्ड राजेन्द्रनगर में उसके पड़ोस में रहने आया था। उसकी पहली नौकरी थी। पहले के.के. से परिचय हुआ। वह उसे अपने घर ले गया। बाद में राधा ने उसे बताया कि उसे पहली नज़र देखकर ही उसे खटका हुआ था कि कुछ अनहोना होगा। नन्दलाल को राधा की आँखों में देखकर आपना हिल जाना याद था जैसे भीतर उसकी जड़ें काँप गईं हों। वह दो साल बाद दिल्ली छोड़ते हुए भी हिला हुआ था। एक बार उसका मन हुआ था कि वह राधा से पूछे कि क्या तुम मेरे साथ चलोगी? लेकिन उसे यह फ़िज़ूल लगा था। राहुल की इतनी बात नहीं थी जितनी राधा के ख़ुद श्रीमती के.के. होने की बात थी। यह के.के. के लिए प्रेम नहीं था। यह राधा का अपना घेरा था।

''क्यों?'' राधा ने आँखें उठाकर उसी तरफ़ देखा।

''मुझे पहले नहीं लगा था कि तुम अपना घेरा तोड़ सकती हो।''

वह हँसी जैसे सब समझती हो। फिर उसने कहा :''मौत।''

वह उसे अपलक देख रहा था।

“एक मौत ने घेरा तोड़ दिया”, वह बोली। “फिर मुझे सब घेरे कच्चे नज़र आने लगे।”

वह सहसा पानी के पेड़ों की तरफ़ देखने लगी।

उसे बाइस साल पहले की बारिश की सुबह याद आयी। वह नहाकर बाथ-रूम से बाहर आयी थी। उसने बालों पर तौलिया बाँध रखा था। देह पर पानी की बूँदें और पेटीकोट और ब्रा थीं। तभी फ़्लैट की घंटी बजी। यह कामवाली के आने का समय था। के.के. ऑफ़िस जा चुके थे। वह दरवाज़े की तरफ़ मुड़ी और उसने दरवाजा खोला : सामने नन्द खड़ा था जो उसे देखकर सन्न रह गया। वह दहलीज़ पार करके अन्दर आया और कुछ पल उसको खुली आँखों से देखता रहा। नन्द की गर्दन नीचे अपने-आप झुकती रही। राधा के होंठ अचम्भे में खुल गये थे। जब वे अलग हुए और नन्द बिना कुछ कहे लौट गया जैसे उसे चूमने के लिए ही वह उस भीगती सुबह आया हो तो राधा को लगा जैसे उसे पहली बार किसी पुरुष ने चूमा हो! उसकी आत्मा उछलकर उसके होठों में आ गयी थी। के.के. कभी उसके इतने भीतर नहीं पहुँचा था। तभी राहुल अन्दर पालने में रोया था और वह उसके पास चली गयी थी।

“देखो”, नन्द ने कहा, “उधर दोनों फव्वारे पानी के पेड़ों की तरह लगते हैं।”

“तुम्हें भी”, वह हँसी। “मैं तो टेकरी पर इसीलिए ठहर गयी थी।”

उसकी इस हँसी से नन्द को उसकी पुरानी हँसी याद आयी। दोनों में ज़्यादा फ़र्क नहीं था। वक़्त ने उसकी हँसी को थोड़ा सूना कर दिया था।

“दिल्ली छोड़ने के बाद क्या तुम कभी दिल्ली नहीं गये?” राधा ने पूछा।

“मैं कई बार गया”, नन्द ने कहा। “कनॉट प्लेस के गोल गलियारों में अकेले घूमते हुए मैं हमेशा यहीं सोचता कि शायद तुम कहीं दिख जाओ।”

“तुमने के.के. का नया पता खोजने की कोशिश नहीं की?”

“थोड़ी-बहुत। ज़्यादा नहीं।”

“क्यों?”

“मुझे शक़ था कि उसे हम पर शक़ है”, नन्द ने कहा।

“तुम्हारा शक़ ग़लत नहीं था”, राधा ने साँवले आसमान को देखते हुए कहा। “मैंने के.के. से एक झूठ बोला।”

मगर इसी झूठ के परदे में राधा की जिन्दगी का सबसे बड़ा सच छिपा था। जब उसका ब्याह हुआ, उसकी उम्र उन्नीस वर्ष की थी। के.के. उसे एक शादी में देखकर रीझ गया था। फिर उसके पिता ने राधा के घर विवाह का प्रस्ताव भेजा। यह के.के. ने उसे सुहागरात में बताया। सुहागरात में उसने उसे यह भी

बताया कि बच्चा बनाने की विधि क्या है। वह हर काम पेशेवर ढंग से करने का आदी था। शायद उसके दाँतों में कुछ गड़बड़ी थी। उसके मुँह में हमेशा कोई गन्ध रहती थी जैसे जीभ पर कुछ सड़ गया हो। वह गन्ध परफ़्यूम लगाने से भी नहीं जाती थी।

''के.के. भी कभी दिल्ली में नहीं टकराया'', नन्द ने कहा। ''दुनिया गुब्बारे की तरह है। कभी फैलकर चाँद तक पहुँच जाती है और कभी पड़ोस भी नज़र नहीं आता।''

वह चाँद की तरफ़ देख रहा था जो क्षितिज के एक किनारे पर नमूदार हुआ था। वह पूरा नहीं था। एक तरफ़ कटा था।

''तुम्हारे कितने बच्चे हैं?'' राधा ने पूछा।

''एक बेटी: प्रिया।''

''क्या करती है?''

''एम.बी.ए. किया है।'' नन्द ने सामने सड़क के परे रोशनियों के गुच्छे की तरफ़ उँगली उठाई, ''फिलहाल फ़न रिपब्लिक में काम करती है।''

''उसकी माँ...क्या वह भी काम करती है?''

''कामिनी प्रसव में ही चल बसी थी।''

चुप्पी छा गयी। जहाँ वे बैठे थे, उस घेरे में पेड़ की छाया थी। पेड़ पर चाँदनी गिर रही थी।

''उफ़'', राधा के मुँह से निकला, ''तुम तो मुझसे भी पहले अकेले हो गये थे।''

नन्द मुस्कराया।

''घर में अम्मा हैं और प्रिया है'', नन्द ने कहा। वह हँसा, ''मैं दोनों के साथ बड़ा होता रहा।''

''अम्मा मुझे पहचान लेंगी?'' राधा ने पूछा।

''ज़रूर'', नन्द मुस्कराया'' तुमने वक़्त को धोखा दिया है।''

''तुम भी ज़्यादा नहीं बदले।'' राधा ने उसे घूरते हुए कहा, ''सिर्फ़ कुछ बाल सफ़ेद हो गये हैं।''

कोई टेकरी के दूसरी तरफ़ चढ़कर बैठ गया था जहाँ पहले नन्द बैठा था। नन्द और राधा—दोनों ने उस ओर मुँह मोड़कर देखा।

''कामिनी अम्मा की पसन्द थी या तुम्हारी?'' सहसा राधा ने पूछा।

''मेरी।''

''कहाँ मिली थी?''

''ऑटो-स्टैंड पर।'' वह संजीदा था।

''क्या?''

''हाँ'', वह हँसा, ''ऑटो स्टैंड पर। उन दिनों मेरे पास मोटरसाइकिल नहीं थी। मैं रोज़ सुबह ऑटो से ऑफ़िस जाता था। उसका भी स्कूल जाने का वही समय था। कभी-कभी हम एक ही ऑटो पर अगल-बगल बैठते। उसके हाथ में वही पत्रिकाएँ होतीं जो मैं पढ़ता था। बात उन्हीं से शुरू हुई।''

''क्या?'' राधा चौंकी, ''किताब से शुरुआत हुई?''

''नहीं, शुरुआत उसकी साँवली नाक से हुई थी।'' वह राधा की तोते-सी नाक देख रहा था जो चाँदनी में चमक रही थी। उसे वे सुबहें एक लहर की तरह याद आयीं जब वह कुछ मिनट पहले आकर कामिनी का इन्तजार करता था—ख़ासकर वह पहली सुबह जब उसने एकटक कामिनी का लाल होता चेहरा घूरा था!

''नुकीली नाक और गहरी आँखें'', उसने राधा की आँखों में झाँकते हुए कहा।

पता नहीं, राधा का हाथ पहले से घास पर रखा था या उसने अभी उसे गोद से उतारकर घास पर छोड़ा था जहाँ नन्द की हथेली पास पड़ी थी। एकाएक नन्दू के हाथ में जुम्बिश हुई और उसकी हथेली ने राधा की घास पर रखी हथेली को ढँक लिया। नन्द ने पल-भर अपनी आँखें बन्द कर लीं। राधा ने भी। जैसे कोई प्रार्थना हो।

कई तार झनझनाए।

यह दोनों के लिए अप्रत्याशित था। कुछ अपने-आप हो रहा था। जिसकी दोनों ने कोई कल्पना नहीं की थी। रेत के पास इच्छा नहीं थी। राधा ने अपना हाथ नहीं हटाया। न नन्द ने। दोनों हथेलियों के नीचे घास सुगबुगा रही थी।

''क्या कामिनी बहुत सुन्दर थी?'' राधा ने पूछा।

''हाँ'', नन्दू मुस्कराया, ''बिलकुल अपनी बेटी की तरह।''

''माँ...बेटी की तरह!''

''उसे देखकर कभी-कभी मुझे कामिनी की याद आती है जब मैं उससे पहले-पहल मिला था।''

राधा ने अपनी हथेली आहिस्ता-आहिस्ता खींच ली। नन्द का हाथ बेकार घास पर पड़ा रहा।

''अब वह बड़ी हो गयी है'', नन्द मुस्कराया। ''उसने अपने प्रेमी की मुझे सूचना दी। लेकिन उसका नाम नहीं बताया।''

''बच्चे बड़े होते हैं'', राधा ने अपनी हथेली नन्द की हथेली पर रख दी। ''मगर कभी-कभी हम उनके साथ बड़े नहीं होते।''

"तुम बड़ी हो गयी हो।" नन्दू ने राधा की तरफ़ मुँह मोड़ा। "राहुल को बड़ा होता छोड़कर।"

"हम आख़िरकार अपनी जिन्दगी जीते हैं।"

"दूसरों के आईनों से घिरे हुए।" नन्द मुस्कराया।

तभी एकाएक पार्क की सारी रोशनियाँ गुल हो गयीं। अँधेरा छा गया। पेड़-पौधे काले हो गये। सिर्फ़ चम्पा के सफ़ेद फूल सामने रास्ते पर चाँदनी में चमकने लगे। चाँदनी पार्क के लिए काफ़ी नहीं थी। अलबत्ता रोशनियाँ बुझ जाने से चाँदनी उजागर हो गयी थी। ऐसा लगता था जैसे कोई झीनी चादर पार्क-भर में फैली हो। टेकरी के पुरातन पेड़ के नीचे अँधेरा था। अँधेरे में दोनों के चेहरे आगे बढ़े जैसे कान में कुछ कहना चाहते हों। फिर उनके होंठ आपस में मिल गये।

टेकरी के दूसरे छोर से कोई इस तरफ़ बढ़ा। जब तक वह बबूल के पास पहुँचा बिजली आ गयी। नन्द ने सिर ऊपर उठाकर उस ठिगने बूढ़े को पहचान लिया जो हर शाम पार्क में आता था और जोड़ों को झाड़ियों और पेड़ों के पीछे से हाँक देता था। वह नैतिकता के ठेकेदार की तरह बातें करता था। नन्द को उसकी अधूरी वासनाओं से चिढ़ थी—जिनका बूढ़े को इल्म नहीं था।

"आप क्या कर रहे थे?" बूढ़े ने खड़े हुए पूछा।

"जो अभी कर रहा हूँ", नन्द उसकी ओर देखते हुए मुस्कराया।

"नहीं, आप कुछ और कर रहे थे।"

"तो?"

"आपको बहू-बेटियों का ख़्याल रखना चाहिए।"

राधा का माथा ठनका। के.के. यहीं भाषा बोलता था।

"कौन-सी बहू-बेटियाँ?" नन्द ने दोनों हाथ फैलाए, "यहाँ कोई नहीं है।"

"कोई भी आ सकता है", बूढ़े ने भी दोनों हाथ फैलाए।

"तो क्या हुआ?" नन्द अब खड़ा हो गया था।

"क्यों?"

"बहू-बेटियाँ भी अपने आदमी को चूमती हैं जैसे मेरी बीवी मुझे चूम रही थी।"

"ये आपकी बीवी है?"

"हाँ।"

"तो इसे आप अपने घर में क्यों नहीं चूमते?"

"मेरे घर में पार्क नहीं है", नन्द ने फिर हाथ फैला दिये, "न चाँदनी है।"

"पता नहीं, आप क्या बातें करते हैं।" बूढ़े ने दोनों तरफ़ अपने हाथ उछाले।

फिर वह जल्दी-जल्दी नीचे उतरने लगा, यह कहते हुए ''आगे ख़्याल रखिए।''

वह तेज़ नीचे उतरा था। वह रास्ते पर था जब नन्द ने कहा, ''आप भी।''

जिस सहजता से नन्द ने राधा को अपनी बीवी कहा था उससे वह ख़ुद चौंका था और राधा भी।

''यह आदमी एक दिन पिटेगा।'' नन्द ने नीचे देखते हुए कहा।

''कौन आदमी?''

''जो अभी यहाँ से गया है।''

''ओह'', राधा हँसी, ''मैं समझी तुम किसी और आदमी की बात कर रहे थे।''

''कौन?''

''जो यहाँ बैठा है।''

''क्यों'' नन्द ने राधा की ओर देखा, ''वह क्यों पिटेगा?''

''वह किसी साथ बैठी औरत को अपनी बीवी बना लेता है।''

''काश!'' नन्द के मुँह से निकला।

वह उसे देख रही थी।

''क्या तुमने उस बूढ़े को गौर से देखा?'' नन्द ने पूछा।

''नहीं।''

''वह अस्सी के ऊपर है। उसके बाल काले हैं। कड़ियल है। वह सीधा चलता है। टेढ़े बैठे हर जोड़े को वह झाड़ी या पेड़ के पीछे कूदकर अलग कर देता है। उससे बर्दाश्त नहीं होता।''

''क्या?''

''आदमी-औरत का एक दूसरे को चाहना।''

''क्या वह ब्रह्मचारी है?''

''नहीं'', नन्द मुस्कराया, ''मैंने उससे एक दिन पूछा था। उसके तीन बेटे और एक बेटी है। लेकिन वह अभी भी औरत से इतना डरता है कि अपने कमरे में बहू या बेटी को नहीं आने देता।''

''उसकी बीवी?''

''मर गयी।''

''पता नहीं, बीवी से उसका क्या रिश्ता होगा?'' राधा हैरान थी।

''जो किसी नर का मादा से होता है'', नन्दू ने कहा।

''क्या ऐसा मुमकिन है?''

''उसने अगर किसी औरत को सचमुच चाहा होता, तो वह हर जोड़ा देखकर ख़ुश होता।''

नन्दलाल यह अपने से जानता था। एक दूसरे की कमर में हाथ डाले लड़के-लड़कियों को देखकर उसे कुछ-कुछ ऐसा लगता जैसे वह दूसरी ओर क्यारियों में फूल या ताल में पानी के पेड़ देख रहा हो। राधा ने आसमानी रंग की नीली साड़ी पहनी थी जिसके नीचे सफ़ेद ब्लाउज़ था। चाँदनी में उसकी देह का रंग दमक रहा था। उसका चेहरा अब इतना सूना नहीं लगता था।

''यहाँ कहाँ रहती हो?'' नन्द ने पूछा।

''एक हॉस्टल में।''

''कहाँ?''

''विश्वास खंड दो में'', उसने कहा, ''तुम कहाँ रहते हो?''

''विश्वास खंड तीन में।''

वह हँसी, ''हम पड़ोसी हो गये।''

''पहले की तरह।'' वह मुस्कराया।

ज़िन्दगी में कभी-कभी समय अपने को दुहराता लगता है। गोकि कुछ भी दोबारा उस तरह नहीं होता। न जगहें वही रहती हैं, न आदमी। आदमी बीते हुए समय को आपने भीतर लिए फिरता है।

''पहले की तरह कुछ भी नहीं है।'' वह बोली। ''जो कुछ है, नयी तरह है।''

वह पानी के पेड़ को देख रहा था।

चाँद आकाश में कुछ और ऊपर खिसक आया था। चाँदनी कुछ और निखर आयी थी। राधा का चेहरा कुछ और चमक रहा था। यह नयी तरह था कि वे दो दशक़ बाद एक विधुर और विधवा की तरह फिर मिले थे और उसे लगा था कि उसे राधा की ज़रूरत है। जैसे राधा खुद कोई ज़रूरत बनकर चाँदनी के बाग़ में अचानक मिल गयी थी। उसे देखकर आहिस्ता-आहिस्ता नन्द ने उसे अपने भीतर महसूस किया था जैसे उसने दो दशक़ पहले अपना कोई आईना उसके भीतर छोड़ दिया था। उसका मन हुआ कि उससे पूछे कि क्या उसे अपना आईना क़बूल है?

यह नन्द की फ़ितरत थी। तीसरी बार जब वह संयोगवश ऑफ़िस से कामिनी के साथ लौटते हुए एक ही ऑटो से चौराहे पर उतरा और वे एक-साथ सड़क पर मुड़े तो उसने चलते-चलते उससे पूछा कि क्या तुम जिन्दगी में मेरे साथ चलना चाहोगी। हालाँकि उसके पहले वे एक फिल्म साथ-साथ देख चुके थे और दो बार नीम अँधेरे में गोमती के किनारे बैठ चुके थे, लेकिन कामिनी को हँसी आ गयी थी।

'कल बताऊँगी', कहकर वह विपरीत दिशा में अपने घर की ओर मुड़ गयी थी।

मगर अभी टेकरी पर पेड़ की छाया पीछे खिसक गयी थी। प्रिया जब तक शादी न कर ले, वह दूसरी बार शादी नहीं कर सकता था। फिर अम्मा को चौथा धाम कराना था। वह राधा को पसन्द तो करती थी, पर विजातीय विधवा से उसके बेटे का ब्याह हो, यह दूसरी बात थी।

नन्द को याद आया कि बीस साल पहले जब उसने विवाहित राधा को अपने साथ भगाकर ले जाने की कल्पना की थी, तब भी उसने अम्मा के बारे में सोचा था। राधा को ले जाने में नौकरी जाने का ख़तरा था। रोटी के लाले पड़ सकते थे। सिर्फ़ अपनी बात नहीं थी। अम्मा की बात भी थी।

''क्या सोच रहे हो?'' राधा ने पूछा।

''तुम्हारे बारे में।''

''मैं तो तुम्हारे सामने बैठी हूँ।''

''इसीलिए'', नन्द ने कहा। ''जानती हो राधा, जब मैंने दिल्ली छोड़ी तो तुम्हें भगाने का प्लान बनाया था।''

वह खिलखिलाकर हँसी, ''मुझे बताए बिना?''

''प्लान पूरा होने पर तुम्हारी आँखों की पट्टी खोलता'', वह मुस्कराया।

''तब तो यह अपहरण होता'', वह अभी भी हँस रही थी।

''काश!'' वह अब मुस्करा नहीं रहा था।

राधा को याद आया कि बीस बरस पहले अपनी बाल्कनी में खड़े हुए उसकी इच्छा हुई थी कि वह नीचे उतरकर सड़क पर खड़ी टैक्सी में बैठ जाए जिसमें नन्द अपनी माँ को बिठाकर ख़ुद स्टेशन जाने के लिए बैठ रहा था। तभी राहुल अन्दर पालने में रोया था और वह रोती हुई अन्दर चली गयी थी। फिर उसने अन्दर का कोई दरवाज़ा बन्द कर लिया था। धरती पर न जाने कितने लोग अपने भीतर कोई दरवाज़ा बन्द करके जीते थे। किसी को एक दूसरे का पता नहीं था। चेहरे पर मुस्कानों के पीछे रेत-ही-रेत थी। राधा ने बिस्तर पर करवट बदली। कमरे में अँधेरा था। खिड़की में चाँद था जो कहीं आकाश की नीली सड़क पर जाता हुआ लगता था। यह वही चाँद था जो टेकरी पर बबूल के पेड़ के नज़दीक आ गया था जब वे उठे। वे नीचे आकर बायीं ओर मुड़े, फिर दाहिने रास्ते पर मुड़ गये जहाँ चौखम्भा लाट थी। बाग़ में रोशनियाँ झिलमिला रही थीं जिनको अँधेरा घेरे था। अँधेरा नर्म था, कुछ रूपहला-सा। अँधेरा-उजाला मिलकर पेड़ों के आस-पास कोई तिलस्म पैदा कर रहे थे जिसके बीच वे चले जा रहे थे। चौखम्भे के आगे ताल के किनारे एक अधेड़ आदमी सफ़ेद निकर और नीली टी-शर्ट पहने अपने दोनों बाजुओं से एक पेड़ के तने को घेरे खड़ा था। उसे देखकर राधा अपनी जगह पर खड़ी रह गयी। उस आदमी ने अपने बाजू वापिस लिए,

बाजुओं को जोड़कर पेड़ को नमस्कार किया और आगे पत्थर के रास्ते पर तेज़-तेज़ चलने लगा।

"यह क्या है?" रोशनी के ऐन नीचे खड़े हुए राधा ने पूछा।

"यह कल्प-वृक्ष है।"

"तो?"

"इससे जो माँगोगी, मिलेगा", नन्द ने मुस्कराते हुए कहा।

राधा आगे बढ़ी और पेड़ के सामने आँखें बन्द करके हाथ बाँधकर खड़ी हो गयी। जब उसने आँखें खोलीं, नन्द ने पूछा, "क्या माँगा?" वह चुपचाप मुस्कराती रही। नन्द ने न आँखें बन्द कीं, न हाथ जोड़े। वे दोनों गेट की तरफ़ मुड़ गये। जब वे पार्किंग स्टैंड पहुँच गये तो नन्द ने पूछा, "क्या तुम कभी मोटर-साइकिल पर पीछे बैठी हो?" "नहीं", राधा ने कहा। के.के. के पास शुरू से मारूति थी। "अपना हाथ मुझ पर लपेट देना", नन्द ने कहा, "नहीं तो गिर जाओगी।" अपना बाजू नन्द के गिर्द डालते हुए राधा ने उस देह को पहचाना जिसे उसने दो दशक़ पहले जाना था।

राधा ने कल्प-वृक्ष से वह सब माँगा था जो राहुल चाहता था। वह क्या-क्या चाहता था—यह जानने का दावा वह नहीं कर सकती थी। इसी अनिश्चय की खिड़की से वह लखनऊ आ गयी थी। लखनऊ में नौकरी मिलने पर उसने फ़ौरन आने का निर्णय कर लिया था। नन्द बीस बरस पहले दिल्ली से लखनऊ आया था। वह अभी कहाँ था? वह लखनऊ में नहीं हो सकता था। क्या राधा यहीं पता लगाने लखनऊ आयी थी? उसने बिस्तर पर फिर करवट ली। सामने दीवार पर अँधेरा था। उसने आँखें मूँद लीं। उसे ऐसा लगा जैसे मुद्दत बाद उसे अपनी देह याद आयी। जैसे कुछ अमूल्य खो गया था जो अचानक आज अपनी गाँठ में ही बँधा मिल गया। उसने अपना एक हाथ अपने वक्ष पर डाल दिया जैसे दो सिहरते कबूतरों को छू रही हो।

नन्द ने उस झक्की बूढ़े से पीछा छुड़ाने के लिए ही टेकरी पर उसे अपनी पत्नी बना लिया था जैसे कोई युवा जोड़ा बाग़ में कर सकता था। पर न वे युवा जोड़ा थे और न नन्द की आवाज़ में कोई ख़म था। और वह भगाने का मज़ाक क्या सिर्फ़ मज़ाक था? बीस बरस पहले नन्द की स्टेशन जाती टैक्सी में उसकी बैठ जाने की इच्छा क्या कोरी भावुकता थी? क्या के.के. सचमुच राधा की एक आदत थे जिसे नन्द ने तोड़ दिया था? उस गर्मी की रात के.के. दिल्ली से बाहर दौरे पर गये थे। राधा जानती थी कि नन्दू को यह मालूम है। क्या उसने बाथ-रूम में जाने से पहले इसीलिए बाहर के दरवाज़े पर कुंडी नहीं लगाई थी? वह नन्दू के पैरों की आवाज़ पहचानती थी। वह बाहर का दरवाज़ा बन्द करता हुआ

अन्दर आया था। बाथ-रूम का दरवाज़ा आधा खुला था। राधा ने शावर खोल लिया था। नन्दू अपने कपड़े बाहर छोड़कर शावर के नीचे आ गया। राधा ने मोटर-साइकिल पर पीछे बैठे हुए कुछ देर पहले उसी देह को थामा था जिसे उसने बीस वर्ष पहले शावर के नीचे अपने हाथों से घेरा था। फिर वे लड़खड़ाते हुए बिस्तर पर लुढ़क गये थे। उसी बिस्तर पर जब के.के. उसके शरीर से खेलता तो वह आँखें बन्द कर लेती और तसव्वुर करती कि दूसरी देह नन्द की है।

वह कब सो गयी, उसे पता नहीं चला। उस रात उसने बीस बरस पुराना सपना देखा।

ख़ून और लैला

सिंह सा'ब ने ऑटो से उतरते हुए नन्दलाल की तरफ़ हाथ हिलाया। हाथ हिलाते हुए नन्दलाल ने हीरो होंडा में किक मारी। किक मारते हुए उसने पूछा—"आगरा?" "हाँ", कुँवर मुस्कराए। मुस्कान फ़ीकी थी जैसे चेहरे को भीतर से दबाकर निकाली गयी हो। जिस क्षण मोटर साइकिल आगे बढ़ी, कुँवर अपना बैग कन्धे पर लटकाए गेट की ओर बढ़े। गेट के खुलने की आवाज़ से शोभा घर के अन्दर से निकलकर बरामदे में आयी। वह हल्का-सा मुस्कराई। कुँवर की मुस्कान बीत चुकी थी। वे अन्दर घुसे ओर कन्धे से बैग उतारकर सीधे बाथरूम में चले गये। बाथरूप में उन्हें कुछ ज़्यादा ही देर लगी। कुछ देर बाद पत्नी ने बन्द दरवाज़े के बाहर खड़े हुए पूछा:

"क्या हुआ?"

"टट्टी", अन्दर से आवाज़ आयी।

"तबियत तो ठीक है?"

"नहीं।"

"क्या हुआ?"

"कहा न, टट्टी हो रही है।"

"क्यों?"

"क्यों होती है टट्टी", स्वर में खीझ थी। "बाहर आकर बताता हूँ।"

बाहर आकर कुँवर ने बताया कि आज सुबह से पाँच बार जा चुका हूँ। यह छठी बार था। शायद खाने में कुछ गड़बड़ हो गया। कल क्या खाया था? इस प्रश्न के जवाब में उन्होंने आगरा के मिठाईवाले और होटलवाले के मेनू सुना दिये। मेनू सुनकर शोभा हँसी। "जैसे-जैसे उमर बढ़ रही है, चटोरे होते जा रहे हो," उसने कहा। "यह बात नहीं है", सामने सोफ़े पर बैठे कुँवर ने कहा। "फिर क्या बात है?" पत्नी ने पूछा।

"परसों तारीख थी", कुँवर बोले।

"तो!"

"पलड़ा मकान-मालिक का भारी लगता है।"

"इसी ख़ुशी में तुमने ख़ूब मिठाई खायी।"

"हाँ", कुँवर ने आँखें नीची कर लीं।

"दवा खायी?"

"हाँ।"

जब शोभा ने हॉल में बत्ती जलाकर हाथ जोड़े, बाहर रोशनी जा रही थी। कुँवर बाहर आ गये। बरामदे से नीचे उतरकर वे बगल के खुले गलियारे में टहलने लगे। जिस्म में सफ़र की थकान थी और बिगड़ा हुआ पेट था। तबियत कुछ झल्लाई हुई थी। उन्हें लगा कि शायद उनके ग्रह कुछ ठीक नहीं चल रहे हैं। कल पंडितजी को जन्म-पत्री दिखानी होगी। उनके भीतर अचानक कुछ ऐसा जज़्बा उठा कि दुनिया उनके ख़िलाफ़ हो गयी है। एक निहायत शरीफ़ और सदाचारी आदमी को क़ाइनात सता रही थी...ये सूरज, चाँद, सितारे...सब उसके विरुद्ध थे! गलियारे के पाँच चक्कर उन्होंने इसी अफ़सोस में लगाए। छठवें चक्कर में उनकी नज़र अपने बरामदे के बाहर पड़ी किसी चीज़ पर रूक गयी और उन्हें लगा जैसे किसी ने कुछ थूका हो। ख़त्म होती रोशनी में वे नीचे झुके : पान-मसाले में लिपटे सुपाड़ी के टुकड़े चमके। ऊपर उठते हुए उनके मुँह से आवाज़ आयी: "यहाँ किसने थूका?"

उनकी आवाज़ हवा में गूँजकर लौट आयी। कोई जवाब नहीं आया। वे पलटकर आगे बढ़े और सीढ़ियों पर चढ़कर उन्होंने घंटी बजाई। दरवाज़ा प्रिया ने खोला।

"क्या है, अंकल?"

"क्या तुम्हारे घर में कोई मेहमान आया था, प्रिया?"

"नहीं", प्रिया ने कहा। "पापा ऑफ़िस से लौटे थे। वे घूमने निकल गये हैं।"

"अच्छा", कुँवर का स्वर हताश था। "क्या तुम्हारे पापा ने पान-मसाला खाना शुरू कर दिया है?"

"नहीं", प्रिया मुस्कराई। "क्यों क्या हुआ, अंकल?"

"किसी ने नीचे थूक दिया।"

फिर कुँवर मुँह मोड़कर ऊपर सीढ़ी पर चढ़ने लगे। प्रिया ने उन्हें ऊपर जाते देखा। उसने बेआवाज़ हँसते हुए दरवाज़ा बन्द कर लिया।

ऊपर घर साँय-साँय कर रहा था जैसे वहाँ कोई न रहता हो। कुँवर ने घंटी बजाई। दरवाज़ा खुला।

"कहिए", अन्दर से आवाज़ आयी।

अन्दर अँधेरा था।

एक सफ़ेद दाढ़ी-घिरी आकृति का आभास था जिससे कुँवर ने पूछा, "मेहताजी, क्या आप पान-मसाला खाने लगे हैं?"

"मैं पान जानता हूँ, मसाला जानता हूँ," अँधेरे से आवाज़ आयी। "पान-मसाला नहीं जानता। क्या होता है पान-मसाला?"

"जो मेरे घर के सामने किसी ने थूका है", कुँवर ने कहा।

अँधेरे से कोई हँसी बाहर आयी, "आप क्या खा रहे हैं?"

कुँवर उल्टे पाँव लौट पड़े और धड़धड़ाते हुए सीढ़ियों से नीचे उतर गये। वे रूके नहीं। सीधे भीतर जाकर सोफ़े पर पसर गये।

"क्या हुआ?" शोभा ने पूछा।

"किसी ने बरामदे के बाहर थूका है।"

वह हँसी, "तुमने थूका है?"

"तुमने कब देखा?" वे सोफ़े पर बैठ गये।

"जब तुम बैग लिए गेट से अन्दर आये।"

वे सोफ़े पर ढह गये।

अँधेरा घिर आया था जब गेट खुला और बरामदे में पैरों की आहट हुई। शोभा बेटे के हाथ और पैर की आहटें पहचानती थी। आज मन्नू जल्दी आ गया था। और गेट के अन्दर उसकी गाड़ी नहीं आयी थी—वह ख़ुद आया था। उसने दरवाज़े में खड़े हुए कहा, "मम्मी, गेट की लाइट जला दो।"

"क्यों?" शोभा ने कहा, "क्या कोई मेहमान आया है?"

"हाँ", मन्नू मुस्कराया।" बाहर आकर देखो।"

वह बाहर आयी। बाहर एक बड़ी, चमचमाती गाड़ी खड़ी थी जैसे गेट की रोशनी में मुस्करा रही हो।

"किसकी है?" शोभा ने पूछा।

"तुम्हारी", वह हँसा।

फिर वह गाड़ी के अन्दर घुसा। उसने गाड़ी स्टार्ट की। गाड़ी हाथी की तरह मन्थर गति से गेट के अन्दर आयी। जब तक मन्नू ने गाड़ी पार्क की शोभा अन्दर से एक थाली में हल्दी चावल ले आयी और उसने बॉनेट पर सातिया बना दिया। फिर उसने दोनों हाथ जोड़कर आँखें मूँद लीं। उसे ख़ुद पता नहीं था कि वह ईश्वर से क्या प्रार्थना कर रही है।

हॉल के एक कोने में कुँवर का बैग पड़ा था जो वह आगरा ले गये थे। उस पर नज़र पड़ते ही मन्नू ने पूछा, "क्या पापा आ गये?"

''हाँ'', शोभा ने कहा।

''कहाँ हैं?''

''टट्टी में।''

''क्यों?''

''टट्टी में कोई क्यों जाता है!'' शोभा का चेहरा सपाट था।

''मेरा मतलब है'', मन्नू ने कहा, ''क्या उनकी तबियत ठीक है?''

''नहीं, पेट गड़बड़ है।''

''क्यों?''

''आगरा में खूब मिठाई और मुर्गा खाया।''

''वो तो वो हमेशा खाते हैं।''

''इस बार उन्हें मकान का मुकदमा भी गड़बड़ लग रहा है।''

''असली बात यहीं है'', मन्नू ने गहरी साँस ली।

कुँवर पाजामे का नाड़ा बाँधते हुए हॉल में आये।

''पापाजी, आपने दवा ली?'' मन्नू ने पूछा।

''हाँ।''

''देखिए'', मन्नू ने सोफ़े से उठते हुए कहा, ''मुझे आज होंडा सिटी की डिलीवरी मिल गयी।''

वह बाहर निकला। कुँवर उसके पीछे थे। उन्होंने गाड़ी के चारों और घूमकर उसका मुआइना किया। फिर मन्नू ने रिमोट से दरवाज़ा खोला और उन्हें गाड़ी के अन्दर का नज़ारा दिखाया। कुँवर फूलकर कुप्पा हो गये। क्या ज़माना आ गया था! मन्नू तीस के नीचे था। उसकी शदी भी नहीं हुई थी। और वह इतनी बड़ी गाड़ी में बैठेगा जो उनके जी.एम. के पास भी नहीं थी!

वे गाड़ी से बाहर आये और ख़रामा-ख़रामा अन्दर चले गये। फिर वे हॉल में सोफ़े पर पसर गये और उन्होंने आँखें मूँद लीं।

''क्या आपको गाड़ी अच्छी नहीं लगी, पापाजी?'' मन्नू ने सामने बैठकर पूछा।

''ठीक है।'' उन्होंने आँखें नहीं खोलीं।

''क्या सोच रहे हैं?''

''गाड़ी बच्चा पैदा नहीं करती जिसे मैं गोद में लेकर खिलाऊँ।'' कुँवर की आँखें अभी भी बन्द थीं।

मानसिंह ऐसी लड़की की तलाश में था जिसके बाद उसे किसी और की ख़्वाहिश न हो। ऐसी लड़की कंचन भी नहीं थी। जब वह साथ होती, तब भी उसकी नज़र इधर-उधर घूमती रहती। मन्नू के लिए यह पहेली थी। क्यों कोई

लड़की उसे पूरी तरह बाँध नही पाती थी? वह एक लड़की पर तभी तक केन्द्रित रह पाता था जब तक उसे जीतने की प्रक्रिया में होता। फिर वह जैसे उसे किसी अस्तबल में बाँध देता और उसकी आँखें मुक्त हो जाती। कंचन के साथ वह अभी तक सो नहीं सका था। कोई मौक़ा नहीं मिला था। जब भी कोई मौक़ा बनने लगता कंचन उसे चक्रव्यूह की तरह लाँघकर बाहर निकल जाती। वह मुस्कराती हुई बाहर जाती थी जैसे चक्रव्यूह-निर्माता के नहले पर दहला मार रही हो। यह तो दिन की तरह साफ़ था कि वह सुन्दर थी। उसका रंग शोभा की तरह सोने-सा दमकता था। उसकी आँखें भी शोभा की तरह बड़ी-बड़ी थी। वह शोभा की तरह ही न लम्बी थी, न छोटी थी। बस, सुन्दर थी। अप्सरा की तरह। जहाँ से निकल जाती, निगाहें उसकी ओर मुड़ जातीं।

"मैं अगले साल शादी कर लूँगा, मम्मी", उसने शोभा की ओर देखते हए कहा।

"सच", शोभा एकदम उत्तेजित हो गयी। "देख, पलट मत जाना।"

"नहीं पलटूँगा", वह मुस्कराया।

कुँवर सहसा अधलेटी मुद्रा से बैठने की मुद्रा में आ गये थे जैसे स्वस्थ-चौकन्ने हो गये हों। वे बारी-बारी से माँ-बेटे के चेहरों को देख रहे थे।

"शादी तुम ख़ुद करोगे", कुँवर ने मन्नू की तरफ़ देखते हुए कहा, "या हमें इसका मौक़ा मिलेगा?"

"अरे, पापाजी, शादी तो आप ही करेंगे।"

"लड़की भी हमीं तै करेंगे?" कुँवर बेटे को घूर रहे थे।

"मैं सिर्फ़ सुझाव दे दूँगा", मन्नू ने नज़रें नीची कर लीं।

हॉल में चुप्पी छा गयी। शोभा ने सोचा कि नयी गाड़ी कितनी शुभ है, अपने आप कितनी खुशियाँ घर में लाएगी!

"कहाँ है तेरा सुझाव?" शोभा ने व्यग्रता से पूछा।

"पड़ोस में।"

"क्या प्रिया?"

"नहीं, कंचन।"

"कहाँ है कंचन?"

"सड़क के उस पार है, मम्मी। नेहरू एन्क्लेव में।"

"अच्छाऽ ऽ" शोभा हँसी।" कहाँ मिली थी तुझे?"

"एक पार्टी में।"

कुँवर बड़े ग़ौर से सुन रहे थे। छोटा-सा सन्नाटा पाकर, उन्होंने फ़ौरन मोर्चा सम्भाल लिया।

''उसके पिता क्या करते हैं?'' कुँवर ने पूछा।

''एल.डी.ए. में कोई अफ़सर हैं।''

''क्या लड़की ख़ुद भी कोई काम करती है?''

''हाँ।''

''कहाँ?''

''एल.आई.सी. में।''

''ठीक है। लड़की अपने से नीचेवालों की ही लेनी चाहिए।''

मन्नू चकित था। उसने इस तरह कभी नहीं सोचा था। उसने यह भी नहीं सोचा था कि उस शाम अचानक वह शादी का फैसला कर लेगा। यह साफ़ था कि इस फैसले की शुरुआत पिता की टट्टी से हुई थी जिसकी जड़ में उनका हींग की मंडी का हाथ से जाता मकान था जहाँ उनकी और उनके बेटे की नाल गड़ी थी। फिर माँ की आँखों में चमकती हुई आकांक्षा थी।

उस रात सोने से पहले मन्नू ने कंचन को फ़ोन किया:

''सोई नहीं?''

''न।'' वह हँसी।

''क्यों?''

''तुम्हारे फ़ोन का इन्तज़ार कर रही थी।'' वह फिर हँसी।

कभी-कभी जब वह इस तरह हँसती तो मन्नू को लगता कि वह हँसने के लिए ही पैदा हुई है। उसकी हँसी बजती थी। यह मम्मी की हँसी से अलग है, मन्नू सोचता। पर क्या पता, उसकी उम्र में मम्मी भी इसी तरह हँसती हो? मम्मी के होंठ पतले थे। कंचन के होंठ भरे भरे थे। उन्हें चूमकर मन्नू के मुँह से एक बार निकला था, ''ऐश्वर्या राय!'' मन्नू ने सोचा था, वह खुश होगी। वह बुरा मान गयी थी। उसका कहना था कि कंचन को कंचन के लिए चूमो।

''अच्छा, मैं तुम्हें एक ख़बर सुनाता हूँ।''

''क्या?''

''तुम्हारी शादी तै हो गयी है।''

''वाह,'' वह फिर हँसी। ''मुझे तो इसका पता भी नहीं।''

''मैं पता दे रहा हूँ।''

''क्या?''

''विश्वास खंड 3/303।''

अब मन्नू हँस रहा था। वह चुप थी।

''हैलो'', कुछ पल बाद मन्नू ने कहा।

''हाँ।'' आवाज़ संजीदा थी।

"क्या कोई कमरे में आ गया?"

"नहीं।"

"फिर क्यों चुप हो गयी?"

"मैं पूछ रही थी।"

"जब कमरे में कोई नहीं है तो किससे पूछ रही थी?"

"उस लड़की से जिसकी शादी तुमने तय की है।"

"क्या?"

"लड़की से पूछ रही थी कि क्या वह सचमुच राज़ी है?"

"क्या बोली?"

"वह चुप है।" वह हँसी।

उसने फ़ोन बन्द कर दिया। मन्नू ने फ़ोन का बन्द होना सुना। वह हतप्रभ था। उसने इस तरह नहीं सोचा था। वह फ़ोन एक ओर रखकर बिस्तर पर लुढ़क गया। उसे पता नहीं चला, उसे कब नींद आ गयी। उस रात उसे होंडा सिटी का सपना नहीं आया जो दरवाज़े पर कुत्ते की तरह आकर खड़ी हो गयी थी। उसने कंचन का सपना देखा जो हँस नहीं रही थी। वह सपने में देर तक इसी तरह रही: उसकी सीधी आँखें सामने देख रही थीं और होंठ आपस में भिंचे थे। मन्नू यह चेहरा देखते हुए इतना बेचैन हुआ कि सपने से बाहर आ गया। उसे पसीना आ गया था। ए.सी. चल रहा था। बिजली नहीं गई थी। उसने ए.सी. और तेज कर दिया। फिर वह बाथ-रूम में घुसा। उसने पेशाब की। वापिस लौटकर वह फिर बिस्तर पर पूर्ववत लेट गया। पर उसे नींद नहीं आयी। शायद उसे उम्मीद थी कि शादी की बात सुनकर कंचन उछल पड़ेगी और फोन पर उसकी नाचने की धुन सुनाई देगी। फ़ोन पर चुप्पी थी। क्या बात थी? क्या यह कंचन का गुरूर था? उसे तो कई बार यह लगा कि कंचन हाथ माँगने का इन्तज़ार कर रही है। यदि यह अभिमान था तो इसका आधार क्या था। न वह बड़े बाप की बेटी थी न ख़ुद कोई बड़ी नौकरी करती थी। बल्कि मम्मी के सामने उसका नाम लेने के पहले उसने यह भी सोचा था कि कंचन घरेलू लड़की है और वह घर में खप जाएगी।

कंचन पहली लड़की थी जिसे उसने प्रोपोज़ किया था और जिसने उसे लटका दिया था। उसका ख़्याल था कि वह जिस हाथ को इशारा करेगा। वह खुद-ब-ख़ुद उसके हाथ में आ जाएगा। उसका अपने पर भरोसा बरकरार था कि पहले भी ऐसी लड़कियाँ थीं और बाद में भी होंगी जिनके लिए एक इशारा काफ़ी होगा। लेकिन वह अपने माँ बाप को कंचन का नाम बता चुका था। अब नाम बदलना मुमकिन नहीं था। यह कोई गाड़ी का नाम नहीं था जो खरीदते हुए बदला

जा सके।

अगले दिन शनिवार था। कंचन का ऑफ़िस आधे दिन था। दोपहर में जब वह आफ़िस से बाहर आयी तो मानसिंह अपनी नयी होंडा सिटी से टिककर खड़ा उसका इन्तज़ार कर रहा था। जब वह उसकी तरफ़ बढ़ी तो उसने गाड़ी का दरवाज़ा खोल दिया। फिर वह दूसरी तरफ़ से आकर गाड़ी में बैठ गया। गाड़ी चल दी। बॉटेनिकल गार्डन्स ज़्यादा दूर नहीं थे। गाड़ी बाहर छोड़ वे अन्दर घुसे। अन्दर घुसते हुए कंचन ने पूछा—"तुम्हारी पुरानी गाड़ी कहाँ गयी?"

"अब यहीं मेरी गाड़ी है", मानसिंह का स्वर कहीं ऊपर सधा था।

"इतनी बड़ी गाड़ी का क्या करोगे?" कंचन ने कहा, "सारी सड़क घेर लेती है।"

"तभी तो चारों तरफ़ लोग देखते हैं", उसने कंचन की ओर देखा।

वह सीधी देख रही थी जहाँ बाग़ फैला था। वे फूलों की क्यारियों के बीच रास्ते पर चलते हुए रास्ते से उतरकर एक तरफ़ बढ़े, छायादार पेड़ के नीचे घास पर बैठ गये। बादल आसमान में यहाँ-वहाँ उड़ रहे थे। कभी सूरज ढँक जाता, कभी धूप धरती पर आ जाती।

"मुझे रात ठीक-से नींद नहीं आयी", मन्नू ने कहा।

"क्यों?"

"रात-भर तुम्हारे सपने देखता रहा।"

"क्या?"

"यहीं तो दिक़्क़त थी", मन्नू ने कहा। "तुम कुछ बोली नहीं।"

"तुमने ख़ुद उससे कुछ पूछा?"

"मैं सपने में नहीं था। मैं सपना देख रहा था।"

"लड़की सपने में अकेली थी?"

"हाँ।"

"कहीं इसीलिए तो वह चुप नहीं थी?"

"क्या पता?" मन्नू हताश था।

जिस पेड़ के नीचे वे बैठे थे, वह पीपल का पुरातन पेड़ था। उसकी कुछ शाखें उनके पीछे थी। सहसा कंचन उठी और उछलकर डाल पर बैठ गयी। उसने नीली जीन्स पर पीला टॉप पहना था। दूर से लगता था जैसे कोई पीली चिड़िया पेड़ पर बैठी है। नीचे घास पर बैठे मानसिंह ने उसे आँख उठाकर देखा। फिर वह अचानक ख़ुद उठा और दोनों घुटनों पर पलटकर बैठते हुए उसने कहा:

"यह ख़ादिम हुस्न की परी से उसका हाथ माँगता है।"

कंचन डाल पर बैठी मुस्कराती रही। उसके दोनों हाथ डाल पर निश्चेष्ट

रखे रहे। मन्नू के दोनों घुटने धरती पर थे। दाएँ घुटने के नीचे कोई पत्थर था जो गड़ रहा था। लेकिन मानसिंह पीछे हटने की स्थिति में नहीं था। वह डटा रहा। उसे पता नहीं था कि घुटने पर ख़ून छलछला आया है जो सफ़ेद पेंट को लाल कर रहा था।

"हाथ देती हूँ", कंचन ने दाहिना हाथ उसकी ओर बढ़ाते हुए कहा, "कुछ और मत माँगना।"

फिर वह मुस्कराने लगी और हँसते हुए डाल से उतर आयी। मानसिंह भी खड़ा हो गया। तब कंचन की नज़र मन्नू के पेंट पर उभरे लाल धब्बे पर पड़ी और उसने हँसी रोककर कहा, "यह क्या हुआ?" उसके होंठ खुले रह गये। मन्नू ने उन्हें अपने होठों से ढँक दिया। इस बार उसने बाद में ऐश्वर्या राय नहीं बोला गोकि उसे ऐश्वर्या की तस्वीर याद आयी। वह एक सफल सेल्स मैनेजर था जिसे सिर्फ़ जीतना आता था। बाज़ार में सच या झूठ नहीं था। बाज़ार में जीतना या हारना था। पर मन्नू की जीत मानसिंह को अपनी हार की तरह लगी। पेंट का लाल धब्बा वह कभी नहीं भूलेगा।

सड़क पर दूर कोई आता हुआ दिखा। वे अलग हो गये। शायद शहर में इतना बियाबान कोई बाग़ नहीं था, जिसका एहसास इस भरी दोपहर में तभी होता जब वहाँ कोई दूसरा नज़र आ जाता। आसमान में बादलों की चहल-पहल भी बढ़ गयी थी। धूप गायब थी। चारों तरफ़ साँवली हवाएँ बहने लगी थीं जिनमें ठंडक थी। शायद पानी गिरेगा। पीपल के नीचे खड़े हुए दोनों उस आदमी की तरफ़ देखते रहे जो सड़क पर इसी ओर आ रहा था। पीपल के पास से गुजरते हुए उसने पीपल की तरफ़ उसे देखा जैसे वह कोई सरोवर हो। कंचन जान गयी कि वह उसे ही देख रहा था, उस पीपल के तने को नहीं जिससे वह पीठ टिकाए थी।

जब दूसरा आदमी पेड़ को देखते हुए आगे निकल गया तो बादलों से बूँदें गिरीं। फिर और बूँदें गिरीं। फिर बूँदें तारों में बदल गयीं जो धरती से आकाश तक खिंचे थे। काश! सिर्फ़ यहीं दुनिया होती, कंचन ने सोचा। उसे वे अनगिनत सूर्य याद आये जो रात में मनोहर तारे बनकर आकाश में दीपकों की तरह टिमटिमाते थे और दुनिया में न जाने कितने काले सूराख़ थे जो सब सुख-दुख सोख लेते थे और जिनका कुछ पता नहीं चलता था। क्या किसी ने क़ाइनात में कोई काला सूराख देखा था? वह पेड़ के धोखे में मानसिंह की छाती से चिपक गयी थी, उसे मालूम नहीं था। उसे तब पता चला जब छाती की गर्मी उसकी पीठ को सहलाने लगी। वे एक-दूसरे से सटे पेड़ से सट गये थे।

पेड़ के बाहर पानी था जैसे पेड़ कोई घर हो। कंचन ने गर्दन घुमाकर मन्नू

की आँखों में देखा जो मुस्करा रहीं थीं। मन्नू ने उसे दोनों हाथों से घेर लिया था। हवा ठंडी हो गयी थी। कंचन ऊपर पेड़ की डालों और पत्तियों को देख रही थी जिनके बीच आसमान का उजला रंग भरा था। एकाएक उसकी नज़र ऊपर एक डाल पर टिके घोंसले पर टिक गयी जिसके बाहर एक चिड़िया बैठी आकाश को ताक रही थी। घोंसले के अन्दर ज़रूर बच्चे होंगे, कंचन ने सोचा।

"काश", कंचन ने कहा, "हमारा घर भी चिड़िया की तरह पेड़ पर हो!"

"फिर", मन्नू हँसा, "हम बॉटेनिकल गार्डन्स कैसे जाएँगे?"

"जानते हो", कंचन ने कहा, "चिड़िया के लिए हर पेड़ बॉटेनिकल गार्डन्स है जिसके ऊपर आकाश तना है।"

"और मेरी होंडा सीटी!" मन्नू मुस्करा था, "इसे कहाँ पार्क करूँगा?"

"चिड़िया खुद हवाई जहाज़ होती है", कंचन का स्वर संजीदा था। "उसे गाड़ी की ज़रूरत नहीं होती।"

"चिड़िया नौकरी भी नहीं करती!" वह नीचे झुककर बोल रहा था। उसकी साँसें कंचन की नंगी गर्दन को सिहरा रही थीं।

"वह सिर्फ़ अपने बच्चों की नौकरी करती है", कंचन हँसी। "उनके लिए दूर-दूर से दाने लाती है।"

"उसे छत की भी ज़रूरत नहीं", मन्नू मुस्कराया।

"उसकी छत आसमान है जो हर जगह है।"

पेड़ में चुप्पी छा गयी। पत्ते मौन हिल रहे थे। उन पर कुछ बूँदें चुपचाप गिर रही थीं। चिड़िया या तो घोंसले के अन्दर चली गयी थी या किसी दूसरी डाल पर।

"जानते हो, मन्नू!"

"क्या?"

"चिड़िया समय में नहीं जीती। न मरती है।"

"क्यों?"

"वह न समय को जानती है। न मृत्यु को।"

मन्नू के दोनों हाथ उसके कन्धों पर थे। उसने सहसा कंचन को घुमाया और उसे भींच लिया। कंचन की आँखें मुँद गयीं। पिछले एक दिन में मानसिंह को लेकर जो शक़ उसके मन में उठे थे, वे पिघल गये थे। वह अब उसे निष्कलुष प्यार करती थी। उसका दिल अब वही औरत का दिल था जो लैला के भीतर धड़कता था।

हालांकि कंचन ने मन्नू के घुटने पर ख़ून देखते ही अपना रूमाल उस पर बाँध दिया था, लेकिन अपना चेहरा उठाते हुए उसे फिर एक टीस-सी महसूस

हुई। वह निस्पंद बना रहा। उसने कोई आह तक नहीं ली।

उस शाम घर में घुसते ही शोभा ने उसका ख़ूनी घुटना देखा और चीख-पुकार मचा दी: "क्या हुआ? कैसे हुआ? डॉक्टर को दिखाया कि नहीं?" आख़िरी बात सुनकर मन्नू को हँसी आ गयी।

"अरे मम्मी", उसने कहा, "तुम तो ऐसे चिल्ला रही हो जैसे मुझे किसी जंग में गोली लगी हो।"

"मूरख, तू कुछ नहीं जानता। अगर जंग लगे लोहे से टकराकर ख़ून निकलता है तो फौरन टिटनैस का इंजेक्शन लगवाना चाहिए।"

"नहीं तो?" वह मुस्कराया।

"नहीं तो कुछ भी हो सकता है।" शोभा ने गहरी साँस ली।

"कुछ नहीं होगा।" वह हँसा।

"क्यों?"

"क्योंकि में लोहे से नहीं टकराया।"

"तो?"

"मैं पत्थर से टकराया।"

"इतना ऊँचा पत्थर तुझे कहाँ मिला जो तेरे घुटने पर चोट करे?" शोभा ने उसे तेज़ नज़र से देखा।

"नहीं मम्मी", मन्नू मुस्करा रहा था, "पत्थर ने नहीं मारा। मैंने घुटने को पत्थर पर दे मारा।"

"कैसे?"

"मैं सड़क पर फिसल गया।" वह हँसा।

"सड़क पर कोई लोहे का टुकड़ा तो नहीं था न?"

"नहीं।"

शोभा फ़ौरन किचन में गयी और हल्दी-चूना गर्म करके ले आयी। उसने घुटने पर लेप लगाया और पट्टी बाँध दी। पेंट ऊपर उठाते ही उसे वह रूमाल नज़र आया था जो मन्नू का नहीं था—मगर उसके पास अभी इस फालतू बात के लिए वक़्त नहीं था। जब यह सब चल रहा था मन्नू निर्विकार चेहरा लिए सोफ़े पर लेटा था। पट्टी बाँधकर शोभा सामने सोफ़े पर बैठ गयी। "दर्द तो नहीं हो रहा?" उसने पूछा।

मन्नू ने बायें से दायीं ओर मुंडी घुमा दी।

"पापा नहीं दिख रहे।" मन्नू ने पूछा, "क्या पान खाने गये हैं?"

"नहीं", शोभा बोली, "पाखाने गये हैं।"

"क्या हो गया है? इस बार वे जब से आगरा से आये हैं, लगातार टट्टी

जा रहे हैं।''

''दवा खा रहे हैं।'' शोभा ने कहा, ''ठीक हो जाएँगे।''

मन्नू ने शोभा की ओर देखा। फिर वह बोला, ''असली बात नाल की है जो हींग की मंडी में गड़ी है।''

''सो तो है'', शोभा ने कहा। ''पर तुम यह बात उनके सामने मत छेड़ना।''

शोभा जानती थी कि इस बात में लाखों बातें थीं। इस बात में कुँवर का अकेलापन था जो वह शोभा से नहीं बाँट पाते थे। इस बात में पहाड़-सा ख़ाली समय था जिसका ओर-छोर पता नहीं चलता था। इस बात में मोहल्ले का मकानों और गाड़ियों में तब्दील हो जाना था और पड़ोसियों का उन्हीं में क़ैद हो जाना। आस-पास कोई दूसरा बुज़ुर्ग आदमी भी नहीं था जो कुँवर की तरह अकेला होता और उनकी तरफ़ बढ़ता। वे किसी एक की तरफ़ नहीं बढ़ सकते थे। सिवा पानवाले की दुकान के।

हींग की मंडी में गड़ी नाल तो एक बहाना थी—उस दूसरी ज़िन्दगी के लिए जो हम सब ढूँढ़ते हैं और हमें नहीं मिलती!

मन्नू अपने कपड़े बदल रहा था जब उसका मोबाइल बजा।

उसने फ़ोन हाथ में लिया। फ़ोन की रोशनी में कंचन का नाम चमका।

''हलो।''

''क्या कर रहे हो?''

''कपड़े बदल रहा हूँ।''

''घुटना कैसा है?''

''तुम्हारी याद कर रहा है'', वह हँसा।

''दर्द तो नहीं है?'' उसकी आवाज़ में फ़िक्र थी।

''बिना दर्द के याद कैसी?''

छोटी-सी चुप्पी। फिर कंचन का चिन्तित स्वर:

''बाग़ में मजनूँ की नौटंकी की क्या ज़रूरत थी?''

''नौटंकी तो बाग़ में ही होती है, मैडम,'' वह फिर हँसा।

''अच्छा, अच्छे बच्चे की तरह सो जाओ। मैं कल फ़ोन करूँगी।''

उसने फ़ोन बन्द कर दिया। वह अपने बिस्तर की ओर बढ़ी। कमरे में अँधेरा था। उसने बिजली पहले ही गुल कर दी थी। बिस्तर पर लेटते हुए उसे फिर ख़्याल आया कि आज मन्नू ने उसके लिए ख़ून बहाया था! कहने को तो उसने मन्नू को डाँटा था कि बाग़ में मजनूँ की नौटंकी की क्या ज़रूरत थी। मगर सच यह था कि उसे नौटंकी अच्छी लगी थी। मजनूँ को ख़ून बहाते देखकर उसे अपने लैला होने का अहसास हुआ था! लैला चित लेटी थी। उसकी आँखें खुली थीं।

आँखों के आगे सपाट छत थी। कानों में एक कुत्ते के भौकने की आवाज़ आयी। फिर कुछ दूसरे कुत्तों की आवाज़ें उस आवाज़ में गुँथ गयीं और लगा कि कोई कुत्ता भोंक रहा है जिसके पाँच-छह मुँह हैं। कुछ पल सामूहिक भोंकना जारी रहा। सहसा वह विराट् कुत्ता अपने आधा दर्जन मुँहों से अचानक रोने लगा। यह करुण नहीं था। ख़ूँख़्वार था। उसने सुना था कि कुत्ते तभी इस तरह सामूहिक रुदन करते हैं जब उन्हें कोई भूत दिखाई देता है। बस्ती के एक तरफ़ घने पेड़ थे, दूसरी तरफ़ नदी का वीरान कछार था जिसमें झाड़ियाँ फैली थीं। भूत कहीं से भी आ सकता था।

कंचन को डर नहीं लगा। मम्मी-पापा दूसरे कमरे में लेटे थे। उसने करवट ली। वह मानसिंह से पिछले वर्ष महानगर में लीला के घर पार्टी में मिली थी जो उसने अमरीका जाने के पहले दी थी। लीला ने ही दोनों का परिचय कराया था। मानसिंह लीला का दोस्त था। कंचन सिर्फ़ यहीं जानती थी। पार्टी के बाद मानसिंह ने पहल की थी कि वह उसे घर छोड़ देगा क्योंकि वह खुद सड़क के दूसरी तरफ़ रहता था। यह एक संयोग था। रिश्ते बादलों के पार आकाश में नहीं बनते थे, रिश्ते संयोग की सड़क पर बनते थे। मानसिंह ने उसे उस पार्टी की रात शाइस्तगी से घर छोड़ा था और उसका मोबाइल नम्बर ले लिया था। यह शुरुआत थी। यह लड़का एक दिन मेरे लिए ख़ून बहाएगा उसने ऐसा बिलकुल नहीं सोचा था!

करवट बदलते हुए कंचन ने सोचा कि मन्नू का विजातीय होना मम्मी को पहले नहीं भायेगा, फिर मान जाएगी। पापा को कंचन का सड़क पार जाना अच्छा लगेगा। सड़क के इस तरफ़ मायका, उस तरफ़ ससुराल। वह ससुराल में नाश्ता करेगी और मायके में खाना खाएगी। आँखें बन्द करते हुए वह यह सोचकर मुस्कराई कि पापा को अपने नाती का सड़क के पार दौड़कर कभी भी आ जाना कितना अच्छा लगेगा!

कुत्ते चुप हो गये थे।

मन्दिर में मौत

धारावाहिक रामायण में उस रात राम-सेतु निर्माण का प्रसंग था। अम्मा चश्मा लगाकर टी.वी. के सामने बैठी चमकते पर्दे को निहार रही थीं। जब नल-नील की अभियान्त्रिकी से अपनी देह पर राम नाम लिखे पत्थर समुद्र के पानी पर तैरने लगे तो अम्मा के चश्मे पर भाप बिखरने लगी। परदे के पीछे जै श्री राम के नारे लग रहे थे। भारत की धरती को राम की सेना के लिए लंका से जोड़ता हुआ रामसेतु समुद्र पर एक चमत्कार की तरह खड़ा था और अम्मा अपना गीला चश्मा उतारकर एक तरफ़ रखती हुई परदे की धुन में जै श्री राम-जै श्री राम गा रही थीं। उनकी आँखों से अविरल अश्रु धाराएँ बह रही थीं और हाथ जै श्री राम की धुन पर ताली बजा रहे थे। अम्मा सपने का राम सेतु परदे पर देखकर हैरान थीं। पिछली रात उन्होंने बिलकुल ऐसा ही सपना देखा था!

जब परदे का कार्यक्रम ख़त्म हो गया तो अम्मा ने आँखें बन्द कर लीं। एक मर्मांतक अभिलाषा उनके भीतर फिर मचली कि रामेश्वरम् पहुँचकर वे राम-सेतु के अवशेष अपनी आँखों से देखें। टूटे राम-सेतु के दर्शन उनके जीवन को पूर्ण करेंगे! यह चौथा धाम होगा। अन्तिम। इसके बाद सिर्फ़ समुद्र बचेगा-क्षितिज पर आकाश तक इठलाता, लहराता समुद्र जिसके हर तरफ़ राम हैं।

अम्मा मरने से नहीं डरतीं थीं। वे टूटे रामसेतु की अधूरी यात्रा से डरतीं थी जिसे राम की सेना ने पूरा किया था और सोने की लंका जीती थी। अम्मा को इधर लगने लगा था कि वे दूर किसी पिछले जनम में राम की सेना में थीं और चौथे धाम के लिए रामेश्वरम् जाना उनके लिए घर लौटने की तरह होगा। इस तरह लौटने के बाद कोई और लौटना नहीं होगा।

''मन्दिर में मौत!''

यह नन्दू की आवाज़ थी। अम्मा के आँखें बन्द करते ही उसने रिमोट उठाकर एक ख़बरिया चैनल लगा दी थी जिसमें एक पहाड़ी मन्दिर में हुई सामूहिक हत्या की ख़बर आ रही थी। यह कोई पर्व था जिसमें असंख्य लोग मन्दिर में दर्शन

के लिए इकट्ठे हो गये थे। मन्दिर में अचानक बम-विस्फोट की अफ़वाह फैली थी। क्यू पहाड़ी पर एक मील लम्बा टेढ़ा-मेढ़ा था। अफ़वाह के सत्यापन की कोई गुंजाइश नहीं थी। लोग एकदम घबरा गये थे। उनकी जान पर बन आयी थी। वे जहाँ जगह मिली वहाँ भागे। जगह कहीं नहीं थी। पहाड़ का रास्ता सँकरा था जिसके एक ओर पहाड़ था, दूसरी ओर खाई थी। लोग एक-दूसरे को धकियाते-रौंदते भागे। लाशें मन्दिर के रास्ते पर पट गयी थीं जैसे लोगों ने अपनी जान बचाने के लिए चुपचाप एक-दूसरे को मार दिया हो। कहीं ख़ून का एक क़तरा नहीं गिरा था।

''क्या!'' अम्मा ने आँखें खोलीं। ''मन्दिर में मौत?''

''हाँ, अम्मा।''

''कहाँ?''

''कहीं भी हो सकता है!''

''कैसे?''

''मेलों या मन्दिरों में लोग मोक्ष के लिए दौड़ते हैं और आपस में टकराकर मर जाते हैं।''

अम्मा टुकुर-टुकुर परदे की जानिब देख रहीं थीं।

''रामजी क्या-क्या देखें!'' अम्मा का स्वर हताश था।

उन्होंने कब के आँसू पोंछ लिए थे।

''कितने लोग मरे?'' अम्मा ने पूछा।

''दो सौ का अन्दाज़ा है।''

''हे राम!'' अम्मा ने आह भरी।

वे परदे को देख रहीं थीं जो अब खाली था।

''भगदड़ कैसे मची?'' उन्होंने पूछा।

''बम की अफ़वाह से'', नन्दू ने कहा।

''कलियुग है, बेटा'', अम्मा ने आह भरी ''बस, रामजी का ही सहारा है।''

''इसी सहारे का सहारा लेकर दिल्ली की गद्‌दी मिल जाती है'', नन्दू बुदबुदाया।

''क्या?'' अम्मा ने कान आगे बढ़ाए।

''कुछ नहीं, अम्मा'', नन्दू ने कहा और उठकर बाल्कनी में चला गया। आकाश सितारों से भरा था। उसी तरफ़ देखते हुए उसने सोचा, अम्मा का आख़िरी सहारा कोई कैसे छीन सकता है? उसकी आँखें टिमटिमाते तारों पर थीं। इनमें कितने तारे जीते हैं, कितने मर गये—कुछ पता नहीं। जो मर गये, वे कब बुझे—

कुछ पता नहीं। सबकी सच्ची-झूठी रोशनी धरती पर आ रही थी। सैकड़ों बरसों पहले चली रोशनी किस सूर्य की थी जो अब बुझ चुका था—कुछ पता नहीं। झूठी रोशनी शून्य में चल रही थी। उफ़! ये दूरियाँ जो तसव्वुर के परे थीं। आकाश जिसमें अनगिनत रंग भर जाते थे, कुछ नहीं था। एक विराट् ख़ालीपन था!

सुबह-सुबह मोबाइल बजा और राधा का नाम नन्हे-से परदे पर चमका।

नन्दू मोबाइल लेकर बाल्कनी पर आ गया, "हैलो।"

"कैसे हो?" राधा की आवाज़ थी।

"तुम कैसी हो? कहाँ हो?" आवाज़ बेचैन थी।

राधा मुस्कराई, "मैं ठीक हूँ, नन्द। कल ही आगरा से लौटी हूँ।"

"मैंने तुम्हें कई बार फ़ोन किया। लगा ही नहीं।"

"ससुराल में मैं तुम्हारा फ़ोन नहीं ले सकती थी। वहाँ राहुल भी था।"

"कैसा है राहुल?"

"अच्छा है।"

पल-भर फ़ोन शून्य था। हवा की आवाज़ भी नहीं थी।

"नन्द", राधा का स्वर कुछ आर्द्र था।

"हाँ।"

"आज शाम को मिल सकते हो?"

"क्यों नहीं?" नन्दू ने कहा, "लेकिन तुम्हारी आवाज़ कुछ अजीब-सी क्यों है?"

"कल फिर दिल्ली के बाज़रों में बम फटे।" राधा का स्वर निरीह था। "जब ऐसा होता है, मैं दस साल पुराने डर में पहुँच जाती हूँ जैसे के.के. की अधूरी लाश मेरे सामने हो।"

फ़ोन पर सन्नाटा छा गया।

जैसा कि तय हुआ था, नन्दलाल छः बजे दो टिकट खरीदकर लोहिया पार्क के गेट के सामने इन्तज़ार कर रहा था। जब वह रिक्शे से उतरकर गेट की तरफ़ बढ़ी तो वह अपनी तरफ़ आती हुई उसे नए सिरे से सुन्दर लगी जैसे वह उसे पहली बार देख रहा हो। अलबत्ता उसका चेहरा उदास था। वह मुस्कराई जैसे कोई काला बादल चीरकर सूर्य की किरण धरती की ओर आयी हो।

वे बाग़ में घुसे। पत्थर के फ़र्श पर पत्थर की सीढ़ियाँ उतरकर वे पत्थर के रास्ते पर चलने लगे। नन्दू को लगा कि राधा के पैर धीमे नहीं, सुस्त हैं। वह ख़ुद भी और धीमा हो गया।

"क्या चलने का मन नहीं हो रहा?" नन्द ने पूछा।

"नहीं।"

"चलो", उसने बायीं तरफ़ शेड की ओर मुड़ते हुए कहा, "यहीं बैठ जाते हैं।"

शेड के नीचे दो-दो बैंचों के जोड़े थे। दो आगे, दो पीछे। वे पीछे की एक बेंच की ओर बढ़े और यूक्लिप्टस के पेड़ों की ओर मुँह करके बैठ गये। यूक्लिप्टस के पेड़ बहुत ऊँचे थे जिनकी पत्तियाँ आकाश में टँगी लगतीं थी। उनके नीचे इसी तरफ़ कपास के छोटे-छोटे पेड़ थे। धरती पर सब ओर घास फैली थी। बैंच पर बैठे हुए लगता था जैसे सामने कोई पेड़ों का परिवार है जिसमें बड़े-छोटे सब शामिल हैं।

दिल्ली में बम-विस्फोट और राधा के डर का ज़िक्र याद करते हुए नन्दू को लगा कि उसके बगल में कोई पुराना जख्म बैठा है जो कि फिर हरा हो गया है। वह उसे छेड़ना नहीं चाहता था। वह यह भी नहीं जानता था कि इस जख़्म को कैसे भरने की कोशिश करे। इसीलिए वह चुप था। सामने पेड़ों के परिवार और उसके परे आसमान को देख रहा था जिसमें अभी उजाला बाकी था।

"जानते हो नन्द", राधा की सोचती-सी आवाज़ थी, "मैंने के.के. की लाश को कैसे पहचाना था?"

नन्द ने उसकी ओर देखा।

"उसकी जीन्स और सफ़ेद टी-शर्ट से," राधा ने कहा, "जो ख़ून से तर लाल हो गयी थी। उसकी घड़ी और अँगूठी गायब थीं। पर्स भी नहीं था—जिसमें उसका कार्ड और क्रेडिट कार्ड थे।"

नन्द की आँखें उसके चेहरे पर थीं। खम्भे से दूसरी तरफ़ बैंच पर एक युवा जोड़ा आ गया था जो आपस में फुसफुसाकर बातें कर रहा था।

"उसका चेहरा...." राधा फुसफुसाई।

नन्द पलक झपकना भूल गया।

"उसका चेहरा आधा था", राधा की आवाज़ ठंडी थी। "आधा चेहरा जल गया था। मैंने उसे आधा पहचाना।"

राधा की आँख से पहला आँसू ढुलका, फिर दूसरा....

"बहुत दिनों तक मैं सोचती रही", वह आँसुओं के बीच बोल रही थी, "कि नीली जीन्स और सफ़ेद टी-शर्ट कोई सबूत नहीं होते जिन्हें दिल्ली में हर तीसरा नौजवान पहनता है और...ओर के.के. का चेहरा आधा था जिसे मैं पूरी तरह देख नहीं सकती थी।"

बगलवाली बेंच पर युवा फुसफुसाहट और पेड़ों में हवा की सरसराहट कानों में पड़ रही थी। राधा ने बताया कि हादसे के बाद उसकी माँ उसे और राहुल को अपने साथ बरेली ले गयी थी। बरेली में राधा चौंक-चौंककर रात में उठ

जाती और कहती कि के.के. टूर पर गये हैं, कल सवेरे आ जाएँगे। राधा की माँ रोज़ सुबह एक घंटे रामायण का पाठ करती थी और राधा को अपने साथ बिठा लेती थी। यों राधा बचपन से रामायण और भागवत पढ़ती रही थी। मगर उन दिनों हर सुबह रामायण का पाठ करते हुए उसे आहिस्ता-आहिस्ता महसूस हुआ था कि वह के.के. का इन्तज़ार भूलती जा रही है। उसका मन राम-कहानी में उलझने लगा था जिसे वह क़िस्से की तरह बचपन से जानती थी। आगरा में राहुल को बड़ा करते हुए मैं रोज रामायण का पाठ करती रही, राधा ने कहा। बरेली में मैं माँ के साथ पाठ करती थी। आगरा में अलग कमरे में। नहीं, नहीं, सास कुछ नहीं कहती थी। लेकिन उनकी आँखों में ऐसा कुछ था जो मुझे बरजता था। जैसे मैं ही अपनी क़िस्मत के लिए ज़िम्मेदार हूँ। ससुर मुझे बेटी मानते हैं। मगर घर की धुरी स्त्री होती है। वे जानते थे। उन्होंने मुझे अपने सम्पर्क से यह नौकरी दिलवाई। जिन्दगी आख़िरी साँस तक चलती है, बेटा, इसे जीना चाहिए, वे कहते।

इस साल जब राहुल ने मुझे बताया कि वह अगले साल शादी करके अमरीका जाने की सोच रहा है, राधा बोली, तो अनजाने रफ़्ता-रफ़्ता मेरा सुबह का पाठ छूटने लगा।

"अब?" नन्द ने पूछा।

"यहाँ वक़्त ही नहीं मिलता", राधा ने कहा।

वह उसकी ओर देख रही थी। उसने नहीं बताया कि रोज़ सुबह मुझे एक तीखा ख़ालीपन महसूस होता है जिसे मैं दिन-भर भरने की कोशिश करती हूँ।

बाग़ में अँधेरा घिर आया था। दूर पेड़ों के बीच में कहीं-कहीं रोशनियाँ चमक रही थीं। शेड के नीचे अँधेरा था। सामने की दोनों बेंचों पर भी युवा जोड़े आ गये थे। सब बेंचों पर खुसुर-पुसुर चल रही थी। जैसे कोई षड्यन्त्र हो। यह उसी खालीपन के विरूद्ध जेहाद था जो रोज़ सुबह राधा के सीने में खिंच जाता था। जब से टेकरी पर नन्दू मिला था, राधा के सीने में रोज़ सुबह उसकी आवाज़ें उभरने लगी थीं जैसे समुद्र में लहरें उठती हैं।

वे सहसा शेड के अँधेरे से उठे और रास्ते के उजाले में आ गये। रास्ते के दायीं ओर ऊँचाई पर सड़क की रोशनियाँ और गाड़ियों की आवाज़ें थीं जिनके पीछे फ़न रिपब्लिक शादी के मंडप-सा चमक रहा था। जब नन्द की नज़र बायीं ओर घूमी तो उसने दो पेड़ों के झुटपुटे में दो जोड़ों को देखा। पल-भर में यह साफ़ हो गया कि दोनों पेड़ों के नीचे दोनों लड़के-लड़कियों की गोद में लेटे थे। उसे बायीं और घूरते हुए देखकर राधा ने भी उसी ओर नज़र घुमाई।

"आदमी औरत की गोद में शुरू होता है और वहीं लौटता है", नन्द ने कहा।

"दूसरी औरत की गोद में", राधा मुस्कराई।

नन्द उसके चेहरे की ओर देख रहा था जो रास्ते पर रोशनी के खम्भे के नीचे अचानक दमका। उसने राधा को नहीं बताया कि वह भी राधा की गोद में सिर रखकर घास पर लेटना चाहता है। उसके भीतर गहराईयों में कहीं उसी तरह राधा से प्यार करने की इच्छा थी जैसा प्रेम उपन्यासों या फ़िल्मों में होता है जहाँ धरती की कोई बन्दिश कारगर नहीं होती।

"हनीमून के लिए कहाँ चलोगी?"

"जहाँ तुम चाहो।"

"तुम क्या चाहती हो?"

"कहीं भी...नैनीताल, शिमला या श्रीनगर।"

"श्रीनगर तो अब काफ़ी ख़तरनाक हो गया है। पिछली बार तो कुछ सैलानी जोड़े बम की चपेट में आ गये थे।"

"हाँ...नैनीताल या शिमला ही ठीक रहेगा।"

पेड़ के दूसरी तरफ़ आवाज़ें चुप हो गयीं। सिर्फ़ हवा पत्तों में सरसराती रही। फिर आवाज़ें उठीं:

"नहीं, गोवा चलेंगे।"

"हाँ" महीन आवाज़ गाती-सी लगी। "समुद्र में अन्त नहीं होता।"

"हाँ, गोआ चलेंगे।" आवज़ मोटी थी। "समुद्र किनारे फ़इव-स्टार में बुकिंग करा लूँगा।"

"फ़ाइव स्टार! मैं कभी फ़ाइव स्टार में नहीं रुकी।"

"मैं तुम्हें दुनिया दिखाऊँगा।"

मिली-जुली हँसी ऊपर पत्तियों की तरफ़ उठी।

"सुनो।"

"हाँ।"

"हम जो कुछ समुद्र किनारे हनीमून में करेंगे, उसकी अच्छी तरह रिहर्सल तो कर लें।"

"क्यों?"

"अरे, कुछ गड़बड़ हो गया तो?"

"तुम फ़िक्र न करो।" पतली आवाज़।

"क्यों?"

"वहाँ गड़बड़ करने के लिए भी काफ़ी वक़्त होगा।"

खिलखिलाहट। मिली-जुली। आपस में गुँथी हुई।

जब पेड़ अँधेरे का पेड़ हो गया तो मानसिंह और कंचन पेड़ के तने के पीछे से निकलकर उस तरफ़ चले जहाँ पार्क घेरता रास्ता था। घास पर कदम बढ़ाते हुए वे रास्ते पर आ गये। मन्नू का हाथ कंचन की कमर को घेरे था। कंचन ने भी अपना हाथ मन्नू की कमर में डाला था, मगर सामने आते दो लोगों को देखकर उसने हाथ हटा लिया।

"हम अपने बच्चे को पहाड़ पर पढ़ने भेजेंगे।" वह बोली।

"क्या पता", वह हँसा, "शादी के बाद हम कहाँ हों?"

"क्यों?"

"नौकरी मुझे कहीं भी ले जा सकती है।"

"अच्छा।"

"हाँ।"

मानसिंह ने देखा कि सामने रास्ते पर नीम अँधेरे में नन्दलाल अंकल आ रहे थे। ताज्जुब की बात यह थी कि उनके साथ जो औरत थी वह प्रिया नहीं थी। वह तुरन्त कंचन की कमर में हाथ डाले दायीं ओर रास्ते पर मुड़ गया जहाँ डॉ. राममनोहर लोहिया की सूक्तियाँ पत्थरों पर खुदी दीवार पर लगी थीं। नन्द उस क्षण राधा के दीप्त चेहरे को देख रहा था जो कल्प वृक्ष की जानिब निहार रही थी जिसके सामने कोई हाथ बाँधे आँखें मूँदे खड़ा था।

वे रास्ते पर आगे बढ़ते रहे। कल्प वृक्ष के बाद राधा की नज़र ताल के पानी पर ठहर गयी। ताल पर फ़व्वारा नहीं चल रहा था। फ़व्वारे की नाव बीच में ग़मगीन खड़ी थी। उसके चारों ओर पानी पर काई की परतें थीं। ताल किसी स्थिर चित्र की तरह था। उदास। पृष्ठभूमि में सड़क पर सरपट भागती गाड़ियों की रोशनियाँ थीं।

"क्या यहाँ बाथरूम है?" राधा ने पूछा।

"हाँ।"

वह उसे आगे दायीं ओर ले गया। जब वह प्रसाधन में घुसी, वह भी पुरुष के दरवाज़े में घुस गया। पहले वही बाहर आया। रूमाल से हाथ पोंछता हुआ वह चारों ओर देखने लगा। बाग़ में इस ओर बिलकुल सन्नाटा था। रास्ता सीधा पिछले गेट की ओर सीधा चला गया था जिसके दोनों ओर हरियाली, पेड़ ओर अँधेरे के बीच कुछ रूपहली रोशनियाँ थीं। जब वह बाहर आयी तो वे उसी रास्ते पर चलने लगे। उस रास्ते पर कोई और नहीं था।

वे कुछ देर चुपचाप एक-दूसरे से कदम मिलाते हुए चलते रहे।

"राधा।"

"हाँ।"

"क्या हम अब एक-साथ नहीं रह सकते?" नन्द ने कहा।

वे अब बायीं ओर गोल चक्कर पर मुड़ गये थे जिसके बीच में घास और क्यारियों में फूल थे और छिटपुट उजाला था।

"कैसे?" राधा ने आँखें उठाकर उसे देखा।

"ऐसे ही", नन्द हँसा। "अब लोग पश्चिम की तरह हमारे यहाँ भी ऐसे ही साथ रहने लगे हैं। उसे लिव-इन कहते हैं।"

"लोग हँसेंगे", वह हँसी। "एक विधवा, एक विधुर।"

वह भी हँसा।

"हम शादी कर लेंगे", नन्द ने कहा।

"पहले राहुल", वह बोली।

"और प्रिया।"

अब वे पिछले गेट के सामने थे जो सूना पड़ा था। वे दूसरी तरफ़ गोल चक्कर पर आगे बढ़ गये। जो छिटपुट अँधेरा और फूल और पेड़ दायें थे, अब बायें आ गये। नन्द ने अपना दायाँ हाथ राधा की कमर में डाल दिया। राधा मुस्कराई। उसकी देह में सिहरन दौड़ गयी थी। उसकी मुस्कान अँधेरे में छिप गयी।

जहाँ गोल चक्कर ख़त्म होता था, उसी जगह एक रोशनी का खम्भा था। यह रोशनी तेज़ नहीं थी। खम्भे के तीन तरफ़ रास्ता साफ़ नज़र आता था जिसके आगे झुटपुटा शुरू हो जाता था। जैसे ही वे खम्भे के नीचे पहुँचे, नन्द ने गोल रास्ते पर पीछे बायीं ओर जाते एक युवा जोड़े की पीठ देखी। वे उजाले से अँधेरे की ओर एक-दूसरे की कमर में हाथ डाले जा रहे थे। पहली नज़र में ही नन्द को लगा कि यह मानसिंह की पीठ है जिसे वह अँधेरे में जाते देख रहा था। युवा जोड़ा कुछ तेज़ चल रहा था। क्या मानसिंह ने नन्दलाल को सामने से आता हुआ देखा था और चाल तेज़ कर दी थी?

"राधा।"

"हाँ।"

"क्या तुम मेरी कमर में हाथ डाल सकती हो?"

"नहीं।"

वह मुस्कराई। नन्द ने अपना हाथ उसकी कमर से खींच लिया। यदि वह हाथ न खींचता तो बेहतर होता, राधा ने सोचा। उसकी देह अचानक रीत गयी थी। रास्ते पर रोशनी कम होती जा रही थी। दोनों ओर घास पर अँधेरा बढ़ता जाता था जो कहीं-कहीं पेड़ों में बदल गया था। वे कुछ देर चलते रहे, फिर दायीं ओर मुड़ गये। नीम अँधेरे में क्यारियों के फूल कुछ स्याह लग रहे थे। कुछ पेड़ों का इकट्ठा अँधेरा पीछे छूट गया था। सामने एक कतार में तीन टेकरियाँ

नज़र आ रही थीं। इन टेकरियों को देखकर एकाएक नन्द को विन्ध्याचल की श्रृंखला याद आयी—बल्कि उस श्रृंखला पर छाया आसमान जो टेकरियों को ढँके इस आसमान से मिलता-जुलता था।

नन्द न जाने क्यों रास्ते से बायीं ओर घास पर उतर गया जहाँ कुछ ढाल थी। कुछ दूर एक गोल घनी झाड़ी थी जो दो आदमियों जितनी ऊँची थी। उसका व्यास एक आदमी जितना लगता था। गोल झाड़ी के अन्दर क्या फूल खिले थे? इस तरफ़ रोशनी नहीं थी। यह एक अँधेरे की झाड़ी लगती थी। वे ढाल के नीचे बैठ गये। उनके कानों में झाड़ी की फुसफुसाहट पड़ी जैसे फूल बोल रहे हों। यह लड़की और लड़के का मिला-जुला दबा-दबा स्वर था। लड़की की आवाज़ में शिक़ायत थी। लड़का उसे तसल्ली देने की कोशिश कर रहा था। शब्द झाड़ी की गोल दिवार में फँस जाते थे। झाड़ी के बाहर दोनों गुँथी आवाज़ों की छाया ही पहुँचती थी जहाँ नन्द और राधा बैठे थे। अँधेरे में गुनगुनाती इस छाया के नीचे राधा और नन्द फिर आपस में बातें करने लगे। घास पर रखी राधा की हथेली पर नन्द ने अपनी हथेली रख दी थी और वह बिखरे हुए अँधेरे में राधा की आँखों में देख रहा था जो उसके उजले चेहरे में चमक रही थीं।

"अगर झाड़ी ख़ाली होती", नन्द ने एक गहरी साँस लेकर कहा, "तो हम झाड़ी के अन्दर चलते।"

"अच्छा है, झाड़ी ख़ाली नहीं है।" राधा बोली।

"क्यों?"

"न जाने क्यों, इसे देखकर फिर मुझे के.के. याद आ गये।"

चुप्पी छा गयी। झाड़ी में भी।

फिर एकाएक झाड़ी से आवाज़ उठी, इस बार कुछ ऊँची—

"कल मैं आ ही नहीं सकता था", लड़के का स्वर था।

"क्यों?" लड़की बोली।

जैसे ही लड़की की आवाज़ नन्द के कानों में पड़ी उसका हाथ अपने-आप राधा के हाथ से खिसक गया। उसकी आँखें भी झाड़ी की ओर मुड़ गयीं।

"कल मैं थाने गया था", लड़का बोल रहा था।

"क्यों?"

"आशिक़ अली को ढूँढ़ता रहा जो पिछले दो महीनां से ग़ायब है।"

"आशिक़ अली कौन?"

"मेरे मोहल्ले में रहता है। उसकी अम्मी रोती हुई सुबह हमारे घर आयी थीं।"

नन्द सहसा फूसफुसाया, "चलो, चलें।" फिर वह एकदम खड़ा हो गया।

राधा भी उठी। जब वे घास छोड़कर पत्थर के रास्ते पर आ गये तो राधा ने पूछा, "इस तरह हड़बड़ाकर क्यों उठे?" "ऐसे ही", नन्द ने कहा। वह राधा से यह कहने के लिए अपने को तैयार नहीं कर सका कि झाड़ी में प्रिया की आवाज़ थी। शायद पहले नन्द के कदम कुछ तेज़ थे, फिर वे सम पर आ गये जैसे एक आदमी और एक औरत साथ-साथ बाग़ में सैर करते हैं। नन्द ने चलते हुए न राधा का हाथ अपने हाथ में लिया और न उसकी कमर में हाथ डाला। अलबत्ता दोनों पत्थरों पर कदम से कदम मिलाते हुए कई बार एक-दूसरे से टकराए।

झाड़ी के अँधेरे में प्रिया असलम से सवाल-पर-सवाल कर रही थी : "आशिक़ अली थाने पर कैसे पहुँचा?"

"पुलिस पकड़ ले गयी।"

"क्यों?"

"उसकी कचहरी के सामने फोटो-कॉपी की गुमटी है। जब कचहरी में बम फटा तो उसका नाम पूछा गया।"

"नाम में क्या धरा है?" प्रिया का स्वर कुछ तेज़ था।

"कभी-कभी नाम आगे चलता है", असलम की आवाज़ हताश थी, "और आदमी उसका पुछल्ला हो जाता है।"

अँधेरा एक परत और गहरा हो गया। चुप्पी काली हो गयी।

"क्या आशिक़ अली मिल गया?" प्रिया ने पूछा।

"नहीं।"

"क्यों?" प्रिया ने पूछा, "जब पुलिस पकड़ कर ले गयी तो वह थाने नहीं गया तो कहाँ गया?"

असलम हँसा। वह हँसी अँधेरे की तरह खोखली थी।

"पुलिस कहती है", असलम बोला "कि वह थाने में आया ही नहीं।"

"तो कहाँ गया?"

"कुछ पता नहीं।"

"ऐसा कैसे हो सकता है?"

"कोई सुबूत नहीं।"

काली चुप्पी।

"ऐसा पहले भी हो चुका है।" असलम की आवाज़ एक उसाँस की तरह गिरी, "न नाम मिलता है, न लाश।"

वे आमने-सामने बैठे थे। प्रिया एकाएक उठी और असलम की गोद में बैठकर उससे लिपट गयी। यह इस तरह पलक झपकते हुआ कि असलम सन्न रह गया। फिर उसे प्रिया की देह की ऊष्मा अपनी देह में उतरती महसूस हुई।

उसने प्रिया को अपने बाजुओं से घेर लिया।

"क्या हुआ?"

"मैं डर गयी।"

"किससे?"

"झाड़ी का गोल अँधेरा!"

"इसमें तो हम ख़ुद ही घुसे हैं", वह हँसा।

"हाँ"

वह जैसे रोयी। असलम को यहीं लगा। उसने प्रिया का चेहरा अपने कन्धे से उठाकर अपने सामने थामा। कुछ नज़र नहीं आया। अँधेरा इतना घना था। उसने उसे फिर अपनी छाती से चिपका लिया। प्रिया, तुम मेरे नाम से डर रही हो। जिस शज़रे ने लखनऊ बनाया, वही शज़रा अब यहाँ ख़तरा हो गया है। सदियों पहले गोमती के किनारे शहर की सूरत उभरी थी। फिर उस सूरत में आहिस्ता-आहिस्ता रूह उतरी। आख़िरी नवाब ख़ुद कृष्ण का रूप धरकर नाचे। यहीं लखनऊ का धड़कता दिल है। आज भी हज़रतगंज में एक मुसलमान फ़कीर यह गाते हुए भीख माँगता है : आगे-आगे राम चलत हैं, पीछे लक्ष्मण भैया...दूसरी तरफ़ आशिक़ अली को उसके नाम की सज़ा मिली। लखनऊ में मेरा नाम आनन्द लाल नहीं हो सकता, प्रिया!

"हमें यह शहर छोड़ना होगा", असलम के मुँह से निकला।

"हाँ", यह कहते हुए प्रिया उससे अलग हो गयी।

झाड़ी के ऊपर गोल आसमान का टुकड़ा था। उसने बहुत ढूँढ़ा। मगर उसे कोई तारा नहीं मिला। सारे तारे रात के आकाश में डूबे थे। आकाश लोहे की चादर-सा तना था।

"कितना अच्छा होता!" प्रिया की प्रार्थना-सी आवाज़ थी।

"क्या?"

"इस झाड़ी के बीच में कोई ज़ीना होता जो धरती के नीचे उतर जाता जहाँ हम जादू के महल में एक-साथ रहते।"

असलम ऊपर देख रहा था। वह सहसा हँसकर बोला : "धरती के ऊपर इसी शहर में आख़िरी नवाब ने एक ज़ीना बनवाया था जो आसमान की तरफ़ जाता था और फिर धरती पर अपनी जगह लौट आता था।"

"वह तो एक खिलौना लगता होगा", प्रिया ने कहा, "कहाँ है?"

"अंग्रेजों ने उसे मिटा दिया।"

"क्यों?"

"अंग्रेजों ने उन सभी चीज़ों को कुचला जहाँ हमारी आत्मा थी।"

"क्यों?"

"क्योंकि गुलाम की आत्मा नहीं होती।"

प्रिया असलम की ओर देख रही थी जहाँ अँधेरे की झाँईं थी। जब वे झाड़ी से बाहर आये आकाश के एक कोने में चाँद उग आया था। यह इतना फीका था कि इसकी कोई आहट झाड़ी के भीतर नहीं मिली थी। ताल के फ़व्वारे चुप हो गये थे। बाग़ में रोशनी इधर-उधर दुबकी थी जैसे अँधेरे से डर गयी हो। बाग़ के बाहर सड़क के परे फ़न रिपब्लिक की रोशनियाँ अलबत्ता पूर्ववत् जगमगा रही थीं जैसे वे सनातन हों।

टी.वी. के परदे पर धारावाहिक रामायण चल रही थी जब प्रिया घर में घुसी। वह भी परदे के सामने बैठ गयी जहाँ अम्मा और नन्दू बैठे थे। राम की वानर सेना रामसेतु पार करके लंका पहुँच गयी थी। युद्ध चरम पर था। राम और रावण आमने-सामने थे। रावण के साथ उसका चक्रवर्ती अहंकार था। राम के साथ आकाश से व्यग्र निहारते देवता थे जो कभी-कभी भूल जाते थे कि राम स्वयं ही ईश्वर हैं जिनके लिए कुछ भी असम्भव नहीं है। ख़ून की नदी बह रही थी। दोनों तरफ़ हुँकारती सेनाएँ थीं। परदे पर ख़ून की नदी लाँग शॉट में थी और पृष्ठभूमि में युद्ध का कोलाहल था जिसमें बन्दरों और राक्षसों की मिली-जुली चीख़-चिंघाड़ थी। इस युद्ध में आदमी नहीं था। एक तरफ़ राक्षस थे, दूसरी तरफ़ बन्दर थे। अध्यक्षता ईश्वर कर रहा था। जब रावण मर-मरकर जी उठता, तो यह उसका खेल था—जिसे अन्ततः ख़त्म होना था। ईश्वर ने ही राम के वेश में यह खेल ख़त्म किया। पटाक्षेप सियार, कुत्ते और गधे के रोने से हुआ। परदे पर तीनों मिलकर बैठे थे और रो रहे थे। यह ईश्वर के खेल का उपसंहार था।

आदमी परदे के बाहर बैठे थे।

गंगू की पीठ पर असलम का चेहरा

कुँवर राजेन्द्र सिंह मुकदमा हार गये। यह उनसे पूछने की ज़रूरत नहीं थी। यह उनके चेहरे पर लिखा था। ठंडी सुबह जब उनका ऑटो गेट के बाहर रुका और वे अपना बैग और चेहरा लिए घर में घुसे तो शोभा ने उनकी ओर देखकर पूछा : "क्या हुआ? मुकदमा हार गये?"

"हाँ", कुँवर बैग फ़र्श पर रखते हुए बोले।

उनकी इच्छा हुई कि काश, वे बैग के साथ अपना चेहरा भी बन्द करके उसी में रख सकते! "पानी", उनके मुँह से निकला। शोभा कुछ दौड़ती-सी रसोई में गई। वह हाथ में पानी का गिलास लिए लौटी और गिलास कुँवर के हाथ में देते हुए बोली—"चाय बना दूँ?"

"हाँ", कुँवर ने कहा।

इधर शोभा रसोई में लौटी, उधर मन्नू आँखें मलता हुआ अन्दर से निकला। उसने आँखें मिचमिचाते हुए कहा : "अरे, पापाजी आ गये!"

"हाँ।"

जब मन्नू की आँखें पूरी तरह खुल गयीं तो उसने कुँवर के चहरे को नज़र-भर देखा।

"क्या हुआ?" मन्नू के मुँह से निकला, "मुकदमा हार गये?"

"हाँऽऽ", कुँवर चीख़े।

यह चीख़ इमारत-भर में गूँजी। नन्दू अपनी बाल्कनी में चाय का कप लिये खड़ा था। उसने सुना। चूँकि यह सिर्फ़ एक निरीह 'हाँ' थी, इसलिए वह अगले क्षण इसे भूल गया और नवजात सूर्य की किरणों में उड़ती चिड़ियों को देखने लगा। प्रिया बाथरूम में आईने के सामने नंगी खड़ी थी। बन्द बाथरूम में जितनी 'हाँ' छनकर पहुँची, प्रिया को अच्छी लगी।

मन्नू हतप्रभ था। एक तो इस मुकदमे की उसके लिए कोई अहमियत नहीं थी, दूसरे इसे हारना एक निजात की तरह था। इसीलिए इस बेमानी हार को अपना

पिता का इस तरह दिल पर लेना उसकी समझ से परे था। कुँवर को लगा था कि पहले माँ ने उसे चिढ़ाया, अब बेटा चिढ़ा रहा है।

"चलो, अच्छा हुआ, पापाजी", मन्नू ने कहा, "आपकी भाग-दौड़ ख़त्म हुई। अब चैन की साँस लीजिए।"

जब 'हाँ' घर में गूँजी, शोभा चाय छान रही थी। वह तुरन्त चाय का कप लेकर बैठक में आयी और उसने कप पति के हाथ में पकड़ा दिया। कुँवर ने एक घूँट लेकर कप मेज़ पर रखा और बोले : "चैन मेरे नसीब में नहीं है।" फिर कुछ रुककर, "भाग-दौड़ अब शुरू होगी।"

"अब क्या बचा है?"

"अपील", कुँवर उस सुबह पहली बार विजेता की तरह मुस्कराए। "मैं हाईकोर्ट में अपील करूँगा।"

मन्नू हैरान था। उसे लग रहा था कि कुँवर एक मौत को बन्दरिया की तरह अपने पेट से चिपकाए हैं। वह इसलिए और ज़्यादा परेशान था कि उसकी समझ में नहीं आ रहा था कि वह बन्दरिया के पेट से मरे बच्चे को कैसे छुड़ाए।

"वकील क्या कहता है, पापाजी?" मन्नू ने पूछा, "केस में कुछ जान है?"

कुँवर चाय सुड़क रहे थे। उन्होंने कप होठों से नीचे उतारा और हँसते हुए कहा, "वकील को पूरी फ़ीस दूँगा तो वह जान निकाल देगा।"

"ऐसी नकली जान से कब तक चलेगा, पापाजी?"

"जब तक जान है", कुँवर ने ऊपर छत की ओर देखते हुए कहा, "तब तक जहान है।"

शोभा को यह सोचकर अफ़सोस हुआ कि कुँवर का जहान अब उनकी नाल में सिकुड़ गया था। या नाल सिर्फ़ बहाना थी। उसमें वह सब समा गया था जो कुँवर के जीवन में नहीं था। इसीलिए उसके पीछे दौड़ना ही एकमात्र रास्ता था।

मन्नू को एकाएक टट्टी लगी। वह बाथरूम की ओर भागा।

जब शोभा ने पति को यह बताने की कोशिश की कि झूठी जान से कब तक काम चलेगा तो कुँवर ऐसे चौंके जैसे पत्नी ने खंजर भोंक दिया हो। "झूठा मैं नहीं हूँ", वे सत्यवादी हरिश्चन्द्र की तरह बोले। फिर उन्होंने दुहराया कि कैसे सेठ खूबचन्द उनसे हमेशा "घर की ही बात है" कहता था और कैसे उसने उनका चेक फाड़ दिया था।

"यह विश्वासघात था", कुँवर ने हिचकी-सी ली। "एक सच्चे आदमी के साथ।"

कुँवर के भीतर ऐसी तर्क की मशीन लगी थी जो उन्हें ग़लत नहीं मानती थी। दुनिया इसीलिए ग़लत होने के लिए अभिशप्त थी। वे अपने आईने में सुर्खरू बने रहते। उनकी पीड़ा अपने आईने की पीड़ा थी। इस पीड़ा में दूसरों के गलत होने का दु:ख था—और अपने सताये जाने का। शोभा ने उन्हें दिलासा देने की कोशिश की कि मन्नू तुम्हारी तरह सच्चा है। उसने ब्याह के लिए हामी भर ली है। ईश्वर चाहेगा तो अगली साल तुम गोद में पोता खिलाओगे।

''ईश्वर चाहेगा, सोभा'', कुँवर ने मुदित होकर ऊपर छत की ओर देखते हुए कहा, ''तो मेरी अपील सुनेगा।''

''जरूर सुनेगा अपील'', शोभा खुश हो गयी। ''तुम जल्दी दादा बनोगे।''

''और मुकदमा जीतूँगा।''

हॉल में चुप्पी छा गयी। शोभा चिन्ता के गर्त में डूब गयी। उसे हींग की मंडी के मकान के आने-जाने से कोई फ़र्क नहीं पड़ता था। कुँवर के बार-बार आगरा जाने से फ़र्क पड़ता था। इस बार तो वे ऐसे लौटे थे जैसे कुरूक्षेत्र में हारकर लौटे हों। हारकर घर में बैठ जाते तो रफ़्ता-रफ़्ता सब भूल जाते। किन्तु वे भूलने को तैयार नहीं थे। इस सुबह पहली बार उनके चेहरे पर चमक आयी थी जब उन्होंने अपील दायर करने की बात की जैसे हाईकोर्ट में अपील ईश्वर के दरबार में अपील हो। क्या अपील ही अब उनकी ज़िन्दगी थी? यह सोचकर शोभा सिहर गयी।

''कुछ दिन आराम कर लो'', शोभा ने कहा।

''अब आराम कहाँ?''

कुँवर की आवाज़ में हताशा के साथ उल्लास भी था जैसे उन्हें जीवन का कोई नया अर्थ मिल गया हो।

''क्यों?''

''अपील करने की मियाद होती है'', कुँवर ने कहा। ''मुझे जल्दी इलाहाबाद जाना होगा।''

''इलाहाबाद जाओ तो संगम पर जरूर जाना'', शोभा ने साँस छोड़ते हुए कहा। ''गंगा-जमना में स्नान से मनोकामना पूरी होगी।''

''वहाँ सरस्वती भी है'', मन्नू अन्दर से मुस्कराता हुआ आया।

''वह अब दिखाई नहीं देती,'' कुँवर ने मन्नू की तरफ़ आँखें घुमाईं।

मन्नू पिता की तरफ़ देख रहा था। दोनों की आँखें मिलीं। उसे पिता सरस्वती की तरह एक पहेली लगे।

शाम को जब नन्दू की हीरो होंडा अन्दर घुसी तो कुँवर बाहर टहल रहे थे। कैसे हैं? के जवाब में कुँवर ने अपनी आगरा की शिक़स्त की दास्तान सुना

दी। नन्दू के अफ़सोस ज़ाहिर करने पर वे बोले, ''कोई बात नहीं। मैं हाईकोर्ट में अपील करूँगा।'' कुँवर को चक्कर काटते छोड़कर जब नन्दू सीढ़ियों पर चढ़ा तो उसके मन में अफ़सोस गहरा गया। फ़्लैट में रहनेवाले अपील कर सकते हैं, वह बुदबुदाया, लेकिन जिनके खेत लुटते हैं उनकी कहीं कोई अपील नहीं। गंगू आज आने वाला था, शायद आ गया हो। कल उसकी चिट्ठी आयी थी। चिट्ठी में लिखा था कि उसकी सोयाबीन की खड़ी फ़सल को गाँव के सहूकार के लठैतों ने लूट लिया। साहूकार के पास गंगू की बाई का अँगूठा लगा काग़ज़ था जिसमें उसने दस हज़ार रुपये उधार लिए थे। यह काग़ज़ उसे खेत पर दिखाया गया। फिर फ़सल लुटी और मार पड़ी। गंगू ने खेत बेच दिया था। उसने यह भी लिखा था कि वह अब गाँव नहीं लौटेगा। शहर में ही मजूरी करेगा। नन्दू यदि उसे कोई नौकरी दिला दे तो उसका बड़ा एहसान होगा। ख़त की इबारत याद करते हुए नन्दू की आँखें भीग गयीं। उसने भीगी आँखों से अपने घर की घंटी बजाई। दरवाज़ा गंगू ने खोला। पहली नज़र में नन्दू उसे पहचान नहीं सका। गंगू के सिर के सारे बाल सफ़ेद लग रहे थे। चेहरे की हड्डियाँ बाहर आ गयी थीं और आँखें अन्दर धँस गयी थीं। त्वचा सिकुड़ने से रंग भी काला हो गया था।

गँगू दरवाज़ा खोलकर खम्भे-सा खड़ा हो गया। उसका चेहरा भावहीन था। पत्थर की तरह।

नन्दू अपने को रोक नहीं सका। उसने गंगू को गले से लगा लिया। वह अपने को अलग करने ही वाला था कि उसे लगा कि गंगू की छाती धड़की। उसे अचानक कोई हिचकी-सी आयी। फिर जैसे कोई ढक्कन खुल गया हो, वह फूट-फूट कर रोने लगा। नन्दू उसे गले से लगाए रहा। उसने अपना हाथ गंगू की पीठ पर रख दिया जैसे वह कोई रोता हुआ बच्चा हो। हाथ पीठ पर ऊपर-नीचे घूम रहा था।

''कब आये?'' नन्दू ने अलग होकर पूछा।

''कुछ देर पहले'', गंगू ने आँसू पोंछते हुए कहा। ''बस, बिटिया ने चाय दी, मैंने पी, और तुम आ गये।''

''किस गाड़ी से आये?''

''मैं रात की बस से किसन के साथ आया था।''

''किसन कौन?''

''मेरा गाँव का दोस्त है। यहीं मजूरी करता है। पुल के पार झुग्गी बस्ती में रहता है। सुबह से मैं वहीं पर था।''

''सीधे यहीं चले आते'', नन्दू ने उसकी आँखों में देखते हुए कहा।

''मैंने सोचा, शाम को तुम लौटोगे तो यहाँ आ जाऊँगा।''

वे दोनों आमने-सामने बैठे थे। सहसा गंगू खड़ा हो हगया। उसने अपनी मैली कमीज़ ऊपर की और कमर पर बँधे एक पटके की गाँठ खोली। उस पटके के बीच में एक छोटी-सी पोटली बँधी थी। उसने पोटली खोलकर रुपयों का एक बंडल निकाला और नन्दू के हाथ पर रखते हुए कहा, ''गिन लो।''

नन्दू ने नोट गिनकर कहा, ''पन्द्रह हज़ार हैं।''

''पाँच हज़ार तुमसे उधार लिया था'' गंगू बोला। ''जो ब्याज होता हो लगा लो। बाकी बैंक में जमा कर देना। बस, यहीं बचा है।''

''तुमसे ब्याज लूँगा!'' नन्दू की मुस्कान फ़ीकी थी।

''क्यों?'' गंगू ने आँखें ऊपर उठाईं, ''मैंने गाँव में बिना ब्याज का उधार नहीं देखा।''

गंगू की आवाज़ समतल सख़्त, और सूखी थी।

''मैं तुम्हारा बचपन का दोस्त हूँ, गंगू।'' नन्दू का स्वर आर्द्र था।

कुछ पल कोई कुछ नहीं बोला। नन्दू के स्वर हवा में टँगे रहे।

''खेत बेचने से पहले मुझे बताते'', नन्दू ने कहा।

''कोई चारा नहीं था, भैया'', गंगू हताश था।'' किसन के साथ पिछले साल यहीं हुआ था जो इस साल मेरे साथ हुआ। इसलिए मैं उसी के साथ यहाँ आ गया।''

नन्दू आवाक् था।

''मुझे पता ही नहीं चला'', गंगू के चेहरे पर फीकी मुस्कान तैर गयी। ''जब बाई मरी, मेरा गाँव भी मर गया था।'' फिर एक क्षण रुककर, ''मुझे बाई का मरा मुँह याद आता है जो मैंने नहीं देखा।''

नन्दू उठा और भारी क़दमों से अन्दर गया। जब वह लौटा तो उसके हाथ में सफ़ेद इस्त्री किया हुआ कुर्ता-पाजामा था। उसने कपड़े गंगू की तरफ़ बढ़ाए और कहा—''बदल लो।''

''मैं नहीं बदल सकता।''

''क्यों?''

''इतने झक्क कपड़े पहिनकर लगता है जैसे देह भी बदल गयी'', वह हँसा। ''मैं अभी वापिस किसन के पास जाऊँगा।''

''तुम यहाँ भी रह सकते हो, गंगू।''

''मैं वहीं रहूँगा, भैया। झुग्गी बस्ती में अपना-सा लगता है। सब गाँव के लोग हैं। बस, पहाड़ नहीं है।''

नन्दू को एकदम बचपन का पहाड़ याद आ गया। उसने गंगू के साथ ही पहाड़ की चोटी को खोजा था। चोटी के साथ आसमान भी था जो पास आ गया

था।

"यहाँ पहाड़ नहीं है", नन्दू ने कहा, "नदी तो है।"

"नदी..." गंगू मुस्कराया। "नदी की तरफ़ लोग टट्टी फिरने जाते हैं।"

गंगू बड़ी मुश्किल से खाने के लिए रुका और खाना खाकर तुरन्त जाने लगा। वह अकेला ही जाना चाहता था। मगर नन्दू नहीं माना। उसने अपनी हीरो होंडा निकाल ली। गंगू पीछे बैठ गया। हीरो होंडा जगमग लोहिया पथ पर पहुँचकर तेज़ दौड़ने लगी जैसे दूसरी चौपहिया और दुपहिया गाड़ियाँ दौड़ रही थीं। उसने नदी का पुल पार किया, फिर बैकुंठ धाम का तिराहा पार किया और अगले तिराहे पर दायीं ओर मुड़ गया जहाँ सड़क के किनारे दायीं ओर झुग्गियों की बस्ती थी। हीरो होंडा रुक गयी। गंगू ने उतरकर एक बार फिर नन्दू को अपने लायक कोई काम ढूँढ़ने की याद दिलाई और वह झुग्गी बस्ती की ओर चला गया। नन्दू सड़क पर उजाले में खड़ा उसे नीचे जाता हुआ देखता रहा—वहाँ अँधेरा था जिसमें गंगू अचानक गायब हो गया।

नन्दू पल-भर अँधेरे में देखता रहा जैसे गंगू को ढूँढ़ रहा हो। फिर एकाएक तन्द्रा से जागा और उसने अपनी गाड़ी को किक मारी। गाड़ी गुर्राई और चल दी। नन्दू फिर बैकुंठ धाम और नदी के पुल से होता हुआ लौटा। इस सड़क से वह रोज़ गुज़रता था। पर उसे इतना अकेला कभी नहीं लगा था। रात के अँधेरे में दायीं ओर नीचे फैला लोहिया पार्क उजाड़-सा लगा। उसने उस ओर दूसरी बार नहीं देखा। वह सीधा अपने घर की सीढ़ियाँ चढ़ गया। प्रिया ने दरवाज़ा खोला।

दोनों आमने-सामने बैठे थे। मौसम बदल रहा था। प्रिया ने पंखा चला दिया था। नन्दू को थोड़ी ठंडक लगी। उसने एक बार ऊपर पंखे की ओर देखा, फिर नज़रें नीचे झुका लीं। उसके ज़ेहन में अभी भी लोहिया पथ की रोशनियाँ थीं जिनके एक तरफ़ बैकुंठ धाम में जलती चिता की मशाल थी ओर दूसरी तरफ़ लोहिया पार्क का अँधेरा था।

"प्रिया।"

"जी।"

"तुमसे एक बात पूछना चाहता हूँ।"

"जी।"

"आशिक़ अली कौन है?"

"असलम का दोस्त", यह कहते हुए प्रिया ने नन्दू को हिरनी की नज़र से देखा।

"असलम कौन है?"

“मेरा दोस्त।” प्रिया का स्वर सहज था।

“क्या यह वही नाम है जिसे तुमने सही वक़्त पर मुझे बताने का वादा किया था।”

“हाँ।”

नन्दू को अचानक ठंड लगी। वह पंखा बन्द नहीं करना चाहता था। वह उठकर अन्दर चला गया। कपड़े बदलते हुए उसने यह ज़रूर सोचा कि क्या यह सही वक़्त था जब प्रिया ने असलम का नाम उजागर किया। वह यह भूल गया कि उसने खुद इस चक्रव्यूह की रचना की थी जिसमें फँसकर प्रिया ने अपने प्रेमी का नाम उगला। क्या लोहिया पार्क के अँधेरे ने ही यह चक्रव्यूह सिरजा था? यह कैसा इत्तफ़ाक था, नन्दू ने बिस्तर पर लेटते हुए सोचा। एक रात में ही उसने गंगू को अँधेरे में खोते देखा और प्रिया के मुस्लिम प्रेमी को जाना जैसे असलम उसी अँधेरे से निकलकर आया हो। यह सही वक़्त नहीं था। प्रिया को भी यहीं लगा। न यह जाड़ा था, न गर्मी थी। गर्मी चली गयी थी, जाड़ा नहीं आया था। बिस्तर पर करवट बदलती प्रिया को लगा कि वह पंखा चला दे। बगलों में और छाती पर उसे पसीना महसूस हुआ। वह उठी और उसने पंखा चला दिया। बिस्तर पर लौटते हुए उसके कुछ बाल उड़े और छाती ठंडी होने लगी। देह को राहत मिली तो भीतर की तकलीफ़ और उभर आयी। पापा को आशिक़ अली का नाम कहाँ मिला, प्रिया ने सोचा। असलम ने उसे यह नाम लोहिया पार्क की गोल झाड़ी के भीतर बताया था जब अँधेरा हो गया था। क्या पापा झाड़ी के आसपास कहीं थे? क्या असलम उत्तेजना में कुछ तेज़ बोल गया था? उसे याद था, वे झाड़ी में फुसफुसाकर बातें कर रहे थे। यह साफ़ था कि पापा ने अपनी बेटी की झाड़ी से उठती आवाज़ पहचान ली थी। तभी उन्होंने उससे आशिक़ अली के बारे में सीधा सवाल किया था। तो क्या वह भी कुछ तेज़ बोल रही थी? या पापा कहीं झाड़ी के पास कान लगाए खड़े थे? जो सवाल उन्होंने घर पर तीन दिन बाद पूछा, वह सवाल वे उसी शाम झाड़ी में घुसकर पूछ सकते थे : “असलम कौन है?”

वह सिर्फ़ असलम शाह को जानती थी। उसका मुस्लिम नाम जानती थी। आहिस्ता-आहिस्ता अब उसे उसका मुसलमान होना महसूस हो रहा था। असलम ने जिस आवाज़ और लहज़े में आशिक़ अली की दास्तान सुनाई थी, उस आवाज़ और लहज़े से प्रिया का प्रथम परिचय था। उसने कभी नहीं सोचा था कि मुस्लिम नाम लखनऊ में ख़तरा हो सकता है। असलम ने बताया कि आशिक़ अली की दुकान के पास रामलाल की भी दुकान थी जिसका बाल भी बाँका नहीं हुआ था। प्रिया को असलम का शज़रा याद था जिसका ज़िक्र वह अकसर मज़ाक में

किया करता था। जब प्रिया नन्दलाल से असलम के शज़रे का ज़िक्र करेगी, तो वह मन-ही-मन ज़रूर सोचेगा: जिसने लखनऊ की तामीर की, वही अब लखनऊ के लिए ख़तरा हो गया था! अभी नन्दू को यह मालूम नहीं था। वह बिस्तर पर आँखें बन्द किये सीधा लेटा था। सीधा लेटने का मतलब था कि उसे नींद नहीं आ रही थी—वह हमेशा करवट लेकर सोता था। वह भी नाम की महिमा के बारे में सोच रहा था। उसे यह सोचकर तकलीफ़ हो रही थी कि यदि असलम के बजाय प्रिया ने आनन्द बोला होता तो वह इस समय करवट लेकर खर्राटे भर रहा होता।

नन्दू ने बिना नींद के कई करवटें इसलिए भी लीं कि उसकी आँखों में गंगू की पीठ बार-बार तैर जाती जो अँधेरे में डूब गयी थी। जब वह गंगू की पीठ को भूलने के लिए करवट बदलता तो असलम की धुँधली सूरत आँखों में आ जाती—जिसे उसने नहीं देखा था। बायीं करवट गंगू तो दायीं करवट असलम। जब वह तंग आकर सीधा हुआ तो दोनों एक-साथ हँसते हुए उसकी आँखों में आ गये। वे एक-दूसरे के गले में बाँहें डाले थे और खिलखिला रहे थे। गंगू मैला पायजामा-कमीज़ पहने था, असलम काली पेंट-कमीज़। रफ़्ता-रफ़्ता दोनों का खिलखिलाना एक गुँथा हुआ, समवेत अट्टहास बन गया। नन्दू कब तक बर्दाश्त करता। उसने आँखें खोल दीं।

वह उठा। फ्रिज से उसने पानी की बोतल निकाली और गटागट ख़ाली कर दी। फिर वह बिस्तर के बजाय बाल्कनी की ओर मुड़ गया। क़ाइनात ऐसी शान्त और मासूम लग रही थी जैसे उसे कुछ मालूम ही न हो। जैसे दुनिया इसी तरह पैदा हुई थी और सदा ऐसी ही रहेगी। समतल आकाश में उज्ज्वल तारे टिमटिमा रहे थे। जब नन्दू ने सप्तऋषि को आकाश में पहचाना तो उसे कुछ तसल्ली हुई। कुछ दूर चाँद भी अपनी अन्तरंग कालिमा को छिपाने की कोशिश कर रहा था। चाँद पर धब्बे की कोई शक्ल नहीं थी। आसमान में बादलों की तरह वह पहाड़ भी हो सकता था और गहरी खाई भी। धरती छाती पर हाथों की तरह पेड़ रखे सो रही थी। वह बिस्तर की तरफ़ लौटा।

जैसा कि तय हुआ था, गंगू अगले इतवार की सुबह आ गया। जब उसने घंटी बजाई नन्दू नाश्ता कर रहा था। प्रिया ने दरवाज़ा खोला। गंगू भी आकर मेज़ पर बैठ गया। उसने नाश्ते के लिए मना कर दिया। प्रिया ने उसके सामने चाय का कप रखा। ठंड शुरू हो गयी थी। नन्दू स्वेटर पहने था। गंगू के जिस्म पर मैली कमीज़ लटक रही थी। कमीज़ के ऊपर स्वेटर कैसे पड़े, नन्दू यहीं सोच रहा

था जब गंगू ने पूछा:

"कुछ हुआ?"

"स्वेटर तो बहुत हैं", नन्दू के मुँह से निकला।

गंगू के चेहरे पर मुस्कान हड्डियों में जकड़ी थी। उसने कहा—"मैं नौकरी के बारे में पूछ रहा था।"

"हाँ, नौकरी हो गयी।"

"कहाँ?"

"अमीनाबाद में एक दुकान पर।"

गंगू के चेहरे की उभरी हड्डियों ने मुस्कान को कुछ बहाल किया। उसने पूछा, "क्या मिलेगा?"

"चार हज़ार", नन्दू की आवाज़ सपाट थी।

गंगू की कुर्सी शायद थोड़ी हिली। उसने दोनों हाथों से मेज़ थाम ली।

कुछ देर मेज़ पर सिर्फ़ चाय पीने की आवाज़ हुई।

फिर नन्दू ने गंगू को बताया कि उसे अमीनाबाद में चड्ढा की दुकान पर कल से जाना होगा। कल नन्दू उसे ख़ुद ले जाएगा। दुकान पर जो काम होगा, चड्ढा उसे समझा देंगे।" चड्ढा मेरे दोस्त हैं", नन्दू ने कहा, "तुम कोई फ़िक्र न करना। जल्दी काम सीख जाओगे।"

"मैं अभी आता हूँ", यह कहकर गंगू कुर्सी से उठा। वह नीचे उतरकर सीधा मिठाई की दुकान पर गया। उसने एक किलो पेड़े खरीदे। फिर वह आगे बढ़ गया। दो मोड़ पार करके वह मुख्य सड़क पर पहुँचा जहाँ बायीं ओर राम मन्दिर था। उसने परसाद चढ़ाया। पाँच बार मूर्ति की परिक्रमा की। फिर हाथ में परसाद लिए घर लौटा। नन्दू सोफ़े पर बैठा अख़बार पलट रहा था। उसने ऊपर आँखें उठाईं।

"कहाँ गये थे?"

"मन्दिर।"

गंगू ने नन्दू के हाथ पर परसाद रखा। फिर वह अन्दर गया जहाँ अम्मा बैठी थीं। उसने अम्मा के पैर छुए और उनके हाथ में प्रसाद का थैला रख दिया।

"यह क्या है?" अम्मा ने पूछा।

"रामजी का परसाद है।"

"आज कौन-सा पर्व है?"

"आज मेरी नौकरी का पर्व है, अम्मा।"

नन्दू भी आकर गंगू के पास खड़ा हो गया था। उसके मन में यह ख़्याल आया कि पेड़ों का थैला उसे मिलना चाहिए था जिसमें से आधा वह कल चड्ढा

को देता। वह मुस्कराने लगा। उसने गंगू को खाने के लिए रुकने को कहा। मगर वह नहीं माना। तब उसने अपनी अलमारी से एक स्वेटर निकाला और गंगू की ओर बढ़ाते हुए कहा :
''मेरी तरफ़ से भेंट।''

''यह बहुत अच्छा है'', गंगू ने कहा, ''महँगा भी होगा। मैं बाज़ार से ले लूँगा।''

नन्दू ने हाथ पीछे नहीं खींचा। न गंगू ने हाथ आगे बढ़ाया। दोनों की नज़रें मिलीं।

सहसा गंगू ने स्वेटर लिया ओर सीढ़ियों से नीचे उतर गया।

अगली रात वह रोटी खाकर झोंपड़ी में लेटा किसन को अपनी नौकरी के पहले दिन की दास्तान सुना रहा था। शुरुआत उसने नन्दू भैया के दुकान में सम्मान से की। दुकान के मालिक उन्हें ''सर, सर'' कह रहे थे। सर क्या? कोई लाट सा'ब जैसे चीज़ होगी। अब सरजी भी चल गया है, किसन ने कहा। यह लाट सा'ब ओर राजासा'ब का योगफल होगा! इस बात पर दोनों हँसे। किसन खिलखिलाकर हँसा जब गंगू ने उसके सवाल ''दुकान में क्या बिकता है?'' के जवाब में कहा, ''हगने-मूतने के बासन।'' दुकान चमचमाते सफ़ेद और रंग-बिरंगे पकी मिट्टी के बर्तनों से भरी थी। मूतने के लिए अलग-अलग तरह के बर्तन थे। हगने की तो पूछो मत। ऐसे-ऐसे किसिम-किसिम के नीले-पीले-गुलाबी चमकते बर्तन कि मन उन्हें चूमने को मचले। एक बर्तन तो बड़ा गजब का था भैया! उसे बिडे कहते हैं। उस पर बैठकर बटन दबाने से औरत अपना मासिक धो सकती है और आदमी चाहे तो पाखाना। हाथ लगाने की ज़रूरत नहीं होती। बटन दबाने से कमोड के अन्दर कोई फ़व्वारा चलने लगता है जो सीधा निशाने पर लगता है। तुम चाहो तो दोनों हाथों पर चेहरा टिकाकर सीटी बजाते रहो!

पाखाने में इतना ऐश हो सकता है—इसका दोनों को अन्दाज़ा नहीं था। उनके तसव्वुर में भरपेट खाकर रात को सोना और सुबह लोटा लेकर खुले खेत में चले जाना आनन्द का चरम था। गंगू ने अपना सोच आगे बढ़ाते हुए कहा कि शहर में जितना ताम-झाम इन बर्तनों का है उससे गाँव-के-गाँव पल जाएँ। एक तरफ़ भुखमरी थी, दूसरी तरफ़ रंगीन बिडे था।

किसन को डकार आयी। डकार में प्याज की गन्ध थी—जो झोपड़ी की गन्ध में घुल गयी थी। झोपड़ी की शाश्वत गन्ध में एक कसैला बासीपन था जो किसन की नाक में नहीं लगता था। गंगू की साँस में इस ज़िद्दी बासीपन के साथ प्याज़ का तीखापन अन्दर गया। वह बता रहा था कि उसका दिन अच्छा बीता। उसका काम सफाई करना और चाय-पानी लाना था। उससे कहा गया कि बाकी

काम वह धीरे-धीरे सीख जाएगा। बर्तनों की जानकारी उसने अपने सहकर्मी जगदीश से ली थी जब दुकान के मालिक चड्ढा सा'ब दोपहर में अन्दर अपने कैबिन में सो गये थे। लौटते हुए वह जगदीश के साथ अमीनाबाद के बाज़ार में भी घूमा था। झाँसी के मानिक चौक की भीड़ अमीनाबाद की भीड़ के सामने कुछ नहीं थी। और रोशनियाँ! जैसे बाज़ार की कई-कई शादियाँ एक-साथ हो रही हों।

एकाएक झुग्गी-बस्ती का सन्नाटा टूट गया। एक औरत की चीख़ कुछ देर तक गूँजती रही। फिर किसी मर्द की गालियाँ उछलीं। चीख़ गालियों के नीचे दब गयी। "कल्लू फिर शराब पीकर आया है", किसन ने कहा। गंगू को लक्ष्मी की याद आ गयी। शायद औरत की चीख़ सुनकर लक्ष्मी याद आयी थी। गो कि लक्ष्मी बिना चीख़ के मरी थी। वह अकाल की शुद्ध घास पचा नहीं सकी थी।

किसन गाँव में सूखा शुरू होते ही शहर आ गया था। वह हर महीने गाँव रुपया भेजता था। इसीलिए उसकी औरत और बेटा गाँव में बच गये थे। किसन को कभी-कभी अपनी औरत बहुत याद आती थी। इस याद से कुछ सुकून मिलता था। वरना उसकी जिन्दगी रोटी बनाने और रोटी खाने में बीत रही थी। रोज़ सुबह वह चौराहे पर पहुँच जाता जहाँ दहाड़ी पर मज़दूर लिए जाते थे। दिन-भर वह बड़ी-बड़ी इमारतों में काम करता था और रात को टूटे हाड़ लिए रोटी खाकर सो जाता था। कभी-कभी उसके हाथ-पैर दर्द से सुन्न हो जाते और उसे लगता कि वह अपने हाथ-पैर उसी इमारत में छोड़ आया है जिसमें वह दिन में काम कर रहा था। यदि मज़दूरों के सारे हाथ-पैर उसी इमारत में छूट जाते हैं तो क्या इमारत उन्हीं हाथ-पैरों पर खड़ी होती है?

बात काम की नहीं थी। किसन गाँव में भी दिन-भर खेत में काम करता था। मगर गाँव में उसकी औरत दिन में खेत पर रोटी लेकर आती थी और रात को रोटी के बाद उससे लिपट जाती थी। किसन जब यह याद करता तो उसकी देह सिहर जाती। उसने अब झोपड़ी की फूस की दीवार की ओर करवट ले ली थी। अब न मर्द की गालियाँ थीं, न औरत की चीख़ थी। एक बियाबान सन्नाटा था जिसे कभी-कभी दूर सड़क पर जाती किसी गाड़ी के हार्न की पीं-पीं ऽऽ तोड़ देती। किसन सोता रहता। गंगू की आँख खुल जाती। उसे अभी शहर की आदत नहीं पड़ी थी। वह बिटर-बिटर अँधेरे में देख रहा था। झोपड़ी के छप्पर पर नीली प्लास्टिक की चादर पड़ी थी। अँधेरा नीले रंग से मिलकर कुछ आसमान-सा हो गया था। नकली आसमान! गंगू को गर्मी लगी। वह उठा और झोपड़ी के बाहर निकल गया। बाहर कोई नहीं था। सन्नाटा था। अँधेरा सन्नाटा।

गंगू आगे बढ़ता रहा। झोंपड़ियों का एक घेरा था। घेरे के बीच में कुछ खाली जगह थी। वह ख़ाली जगह में बैठ गया। सामने नदी थी जो अदृश्य थी। नदी की तरफ़ से ठंडी हवा आ रही थी। वहाँ कुछ रोशिनियाँ भी थीं जिनके परे शायद कोई चिता जल रही थी। ऊपर कलौंछे आसमान में ठंडे सितारे थे। दायीं ओर लोहिया पथ नदी के पुल की ओर अकेला दौड़ रहा था। उसके परे कुछ प्रकाश-गुच्छ थे। गंगू की नज़रें लौटकर सामने ख़ाली जगह में अटक गयीं। उसे पता नहीं चला था। उसकी आँखों में आँसू छलक आये थे—आँसुओं में लक्ष्मी की तस्वीर थी। इसीलिए प्रकाश-गुच्छ छितरा गये थे। जब उसने आँखें फेरीं, आँसुओं की धाराएँ दोनों आँखों से बहने लगीं। लक्ष्मी का चेहरा आँसुओं में खो गया। दुख बचा। निखालिस दुख। गंगू को लगा कि उसके भीतर कोई दुख का बन्द तहख़ाना था जो सूनी रात में खुल गया था। इस तहख़ाने में लक्ष्मी थी, बाई थी, अपनी आँखों के सामने अपने खेत का लुटना था, और लुटेरों की लाठियाँ थीं जिन्हें उसकी हड्डियाँ अभी भी भूली नहीं थीं। कभी-कभी उसे अपने इस अहसास पर हैरानी होती जब वह अपने को यह सोचते हुए पकड़ लेता कि काश, वह महीनों पहले आत्म-दाह में सफल हो जाता! यह सच था कि उसे बाद में सोयाबीन की फ़सल की प्रवंचना ही मिली थी। क्या ज़िन्दगी धोख़े की टट्टियों का ही सिलसिला थी?

उसे इस बात पर भी हैरानी हुई कि वह लक्ष्मी की मौत के बाद पहली बार इस तरह खुलकर रो रहा था। क्या उसे पहली बार इतनी फ़ुर्सत मिली थी? वह अब पृथ्वी पर बिलकुल अकेला था। न लक्ष्मी थी, न बाई थी। सहसा एक और रेला उसके आँसुओं में उभर आया। खेत लुटने तक गाँव में अकेला नहीं लगा था। फिर गाँव भी दुश्मन लगा। गाँव में एक ही दोस्त बचा था जिसके साथ वह शहर आ गया जहाँ नन्दू भैया भी थे। यदि ये दोनों बैसाखियाँ न होतीं, तो वह कभी का मर-मिटा होता जैसे गाँव के कुछ लोग अचानक ग़ायब हो गये थे और कभी नहीं लौटे थे।

जब तहख़ाने का दुख बैठे-बैठे नहीं सँभला तो गंगू अपनी जगह खड़ा हो गया। यदि वह खुलकर रोता तो दसों दिशाएँ गूँजने लगतीं और नदी पलटकर बहती। उसने तहख़ाने का पत्थर दोनों हाथों से थाम लिया और हिचकियाँ बाँधकर आहिस्ता-आहिस्ता रोने लगा जैसे कोई अनुष्ठान हो। यह एक अनूठा अनुष्ठान था जिसमें आदमी अपनी ज़िन्दगी का तर्पण जीते-जी अपने आँसुओं से कर रहा था।

वह बर्दाश्त नहीं कर सका। आँसुओं के साथ उसकी एक चीख़ निकल गयी। फिर दूसरी...तीसरी...उसके हाथ तहख़ाने के पत्थर से फिसल गये। वह

खुलकर रो रहा था जैसे नदी में बाढ़ आ गयी हो।

एक तरफ़ से दो आदमी दौड़ते हुए आये और 'चोर-चोर' चिल्लाते हुए उसे पीटने लगे। झापड़ और लातें पड़ते ही वह चुप हो गया। शायद वह कुछ कह रहा था जिसे कोई सुन नहीं रहा था। सब उसे हाथों और पैरों से मार रहे थे। चार लोग और आ गये थे। जब उनके हाथ-पैर थक गये तो वे रुक गये। वह बीच में खड़ा था। कोई टॉर्च ले आया और उसने रोशनी गंगू के चेहरे पर मारी।

"इतना तो नहीं मारा कि तू रो दे", एक ने हँसते हुए कहा।

गंगू के चेहरे पर आँसू थे। वह चुप था।

"क्या चुराया?" दूसरे ने पूछा।

उसकी तलाशी ली गयी।

"कुछ नहीं", कोई बोला।

"यहाँ क्यों खड़ा था?" किसी ने पूछा।

"रो रहा था", गंगू बोला।

सब हँसे।

तभी किसन दौड़ता हुआ आया और उसने गंगू को गले से लगा लिया।

"यह मेरे साथ रहता है", किसन ने आँखें तरेरीं। "जाओ सो जाओ।"

किसन गंगू को गले में बाँह डाले झोपड़ी में ले गया।

सुबह-सुबह जब किसन बाहर आया तो देहरी पर एक कुत्ता और कुतिया अपना-अपना पीछा आपस में जोड़े विपरीत दिशाओं में देखते हुए जीभ निकाले हाँफ़ते खड़े थे। किसन ने एक डंडा उठाया और उनके सन्धि-स्थल पर माँ की गाली के साथ मारा। दोनों कें-कें करते हुए अपनी-अपनी तरफ़ चले गये।

उनकी मिली-जुली कें-कें से गंगू की आँख खुल गयी।

कोई इन्तज़ार नहीं

कर्नल राठौर का बेटा कैप्टन राठौर कश्मीर की एक मुठभेड़ में मारा गया।

यह ख़बर कल शाम नन्दलाल को मिल गयी थी। अगले दिन इतवार था। वह सुबह नहा-धोकर नाश्ता करके मकान-मालिक के घर जाने के लिए नीचे उतरा। उसने कुँवर राजेन्द्रसिंह को सूचित करने के लिए घंटी बजाई। उसकी पत्नी ने बताया कि वे तीन दिन पहले इलाहाबाद अपील करने चले गये। वह अकेला विशाल खंड की तरफ़ बढ़ा।

दरवाज़ा नौकर ने खोला। हॉल में सोफ़े पर कर्नल राठौर विराजमान थे। उनकी जनरल मॉनेक शा वाली मूँछें कुछ बेतरतीब लगीं। दाढ़ी ताजी बनी थी। कर्नल का चेहरा भावहीन था जैसे कोई पत्थर की पारदर्शी चादर पड़ी हो। चेहरे के अलावा पूरा शरीर कड़क लग रहा था—पेंट-कमीज़ में कोई सिलवट नहीं थी। नन्दलाल की नज़र बरबस उस शराब के गिलास पर पड़ी जो कर्नल के सामने मेज़ पर रखा था। सुबह-सुबह शराब! नन्दलाल का माथा ठनका। जब तक कर्नल ने आँखें उठाईं नन्दलाल सामने सोफ़े पर बैठ गया था।

"मुझे गहरा अफ़सोस है", नन्दलाल ने कहा।

कर्नल ने दोनों हाथ हवा में फैला दिये।

"यह कैसे हुआ?"

"कश्मीर की पोस्टिंग में ऐसा हादसा कभी भी हो सकता है।"

"वह कहाँ तैनात था?"

"अनन्तनाग में।"

"जो अमरनाथ की गुफ़ा के रास्ते में है!"

"हाँ।"

चुप्पी। हॉल की एक खिड़की खुली थी। हॉल में एक तरफ़ उजाला था, दूसरी तरफ़ कुछ धुंधलका था जहाँ कर्नल बैठे थे।

"आपको कब पता चला?" नन्दलाल ने पूछा।

''तीन दिन पहले फ़ोन आया था कि कैप्टन राठौर एक एम्बुश पर गये थे, उनका पता नहीं चल रहा'', कर्नल बोले, ''फिर फ़ोन आया कि उनका शरीर प्लेन से आपके पास भेजा जा रहा है। कल सुबह मुझे बेटा मिला। शाम को मैंने उसे आग दी।''

कर्नल ने मेज़ से गिलास उठाकर एक घूँट पिया। उनका हाथ नहीं काँप रहा था। नन्दलाल की नज़र गिलास पर थी जो मेज़ से उठकर कर्नल के होठों तक गया था। कर्नल की नज़र नन्दलाल की नज़र पर थी।

''अब मुझे कोई इन्तज़ार नहीं है'', कर्नल ने साँस छोड़ते हुए कहा।

नन्दलाल उनकी ओर अपलक देख रहा था।

''पहले मुझे उसकी छुट्टियों का इन्तज़ार रहता था'', कर्नल कह रहे थे। ''फिर उसकी शादी का इन्तज़ार शुरू हुआ जो इन जाड़ों में होने वाली थी।''

कर्नल ने एक क्षण ऊपर छत की तरफ़ देखा। फिर बोले : ''अब कोई इन्तज़ार नहीं।''

वे शायद बेतरतीब मूँछों में मुस्कराए। नन्दलाल को शक़ हुआ। मगर जब उसने फिर उनके चेहरे पर नज़र जमाई तो उनकी आँखें बोलती-सी लगीं : कोई शक़!

नन्दलाल को प्रिया के विवाह का इन्तज़ार था। अम्मा को चौथा धाम कराने का इन्तज़ार था। गंगू का दुख दूर करने का इन्तज़ार था। इन दिनों कभी-कभी रात को बिस्तर पर लेटे हुए उसे वैसी ही बेचैन तड़प और उम्मीद महसूस होती जिसे फ़िल्मों और उपन्यासों में प्रेम कहते हैं। उसे राधा के साथ रहने का इन्तज़ार था। वह इसी इन्तज़ार मे जी रहा था।

''मुझे अब कोई इन्तज़ार नहीं'', कर्नल ने फिर ऐलान किया।

उन्होंने फिर गिलास उठाकर एक बड़ा घूँट लिया।

नन्दलाल उठने ही वाला था कि तीन लोग हॉल में घुसे और उन्होंने कर्नल के सामने हाथ जोड़ दिये।

''आप लोग कौन हैं?'' कर्नल ने पूछा।

''रामसैनिक'', एक बोला।

तब नन्दलाल ने ग़ौर किया कि तीनों सफ़ेद कुर्ता-पाजामा पहने थे और उनके गले में भगवा दुपट्टा था।

''रामसैनिक!'' कर्नल ने भवें ऊपर उठाईं,'' रामसैनिक तो बन्दर थे। क़िब्ला, आपकी पूँछें तो नज़र नहीं आतीं।''

''हम इक्कीसवीं सदी के रामसैनिक हैं'', एक ने गर्वीली आवाज़ में कहा, ''हमें पूँछ की ज़रूरत नहीं।''

''फ़रमाइए'', कर्नल ने कहा।

''हम आपका अभिनन्दन करना चाहते हैं।''

''क्यों?''

''आपके बेटे ने आतंकवादियों से अमरनाथ धाम की रक्षा करते हुए अपनी जान दे दी।''

''बख़ुरदार'', कर्नल ने सपाट स्वर में कहा, ''वह अपनी ड्यूटी बजा रहा था। सरकार ने बताया कि उसने देश के लिए अपनी जान कुर्बान की।''

''अपना धर्म ही अपना देश है'', एक दाढ़ीधारी युवक गम्भीर स्वर में बोला जो अभी तक चुप था।

''मैं देश को भूगोल का मामला समझता था'', कर्नल मुस्कराए।

तीनों चेहरे बुझ गये।

दाढ़ीवाले का स्वर अपरिवर्तित था, ''क्या आप हमारे अभिनन्दन में आयेंगे?''

''कल मैंने अपने बेटे को जलाया है'', कर्नल खड़े हो गये, ''आज आप मेरा अभिनन्दन करना चाहते हैं!''

''आज ज़रूरी नहीं है। हम तेरहवीं बाद कर लेंगे।''

''तेरहवीं बाद कभी नहीं'', कर्नल चीख़े।

नौकर अन्दर आ गया। तीनों अविचलित खड़े थे।

नौकर की तरफ़ देखते हुए कर्नल ने तीनों की ओर इशारा किया, ''इन्हें गेट तक छोड़ दो।''

''हम स्वयं चले जाएँगे'', दाढ़ीवाले ने आश्वस्त स्वर में कहा, ''हमें एक फ़ोटो चाहिए।''

''किसकी?'' कर्नल ने तेज़ नज़रों से देखा।

''कैप्टन राठौर की।''

''नहीं है।''

''तो अपनी दे दीजिए।''

''किसलिए?''

''हम सम्मान करेंगे।'' दाढ़ीवाले की आवाज़ ठंडी और चेहरा पत्थर का था।

''मैंने आपको मना किया!'' कर्नल का स्वर ऊपर उठा।

''देश में कोई ऐसा क़ानून नहीं'', दाढ़ीवाला ठंडा था, ''जो हमें आपका सम्मान करने से रोके।''

कर्नल किंकर्तव्यविमूढ़ थे। उसी क्षण दाढ़ीवाले के बगल में खड़े नौजवान ने अपने हाथ के मोबाइल से कर्नल की तस्वीर ले ली। फिर वे तीनों पीछे मुड़े

और बाहर चले गये।

गोधूलि की वेला में कर्नल की कोठी के सामने पार्क में एक मंच बन गया था। मंच से माइक पर ऐलान हो रहा था कि लोग जल्दी अपने घरों से बाहर पार्क में आ जाएँ। कुछ ही देर में सभा आरम्भ होगी जिसमें शहीद कैप्टन राठौर को श्रद्धांजलि दी जाएगी। मंच के सामने पार्क में खेलते लड़के इकट्ठे हो गये थे। धीरे-धीरे लोग आने लगे। मंच के सामने दरी पर लड़के बैठ गये और दरी के पीछे कुर्सियों पर लोग बैठे। मंच पर एक ओर कर्नल राठौर की तस्वीर रखी थी जिसमें मूँछें नहीं थीं। तस्वीर ऊपर माथे पर ख़त्म हो जाती थी जिससे उनके अधेड़ बाल गायब हो गये थे। चेहरा किसी तिलिस्म की तरह युवा लगता था जिसे फूलों की माला ने घेरकर आधा छिपा दिया था।

"भाइयो और बहिनो", दाढ़ीवाला युवक गले में भगवा दुपट्टा डाले माइक के पीछे बोल रहा था। चौथाई पार्क मैं लोग थे, लोगों के पीछे हरी घास थी। हवा साँवली हो गयी थी। पार्क के चारों ओर सड़क के परे आलीशान कोठियाँ थीं।

"गोधूलि की इस वेला में हम लोग भारतमाता के सपूत कैप्टन राठौर को अपनी विनम्र श्रद्धांजलि देने जमा हुए हैं। वह भारतमाता का ऐसा सपूत था जिस पर हर भारतीय माँ को गर्व होगा। हम लोग जिस समय में जी रहे हैं, वह बड़ा कठिन समय है। हमारे धर्म को कभी इतना खतरा नहीं था। पहले ख़तरा आक्रान्ताओं के रूप में बाहर सीमा पार से घोड़े पर चढ़कर या पानी पर तैरता आता था। अब ख़तरा हमारे बीच में रहता है और हमें कुछ पता नहीं चलता। हमें तभी पता चलता है जब देश की धरती पर यहाँ-वहाँ धमाके होते हैं और लोग—हमारे लोग—कीड़ों की तरह मरते हैं।

"प्यारे भाइयो और बहिनो, हमारा एक आदमी मरता है तो जैसे हमारा सगा भाई हमसे बिछुड़ता है। यह पारिवारिक क्षति है। एक ओर हमारा परिवार सिकुड़ता है, दूसरी ओर उनका परिवार दिन-दूना रात-चौगुना बढ़ रहा है। एक दिन ऐसा आयेगा कि वे हमें पीछे छोड़ देंगे।

"वे कब से हमारे धर्म-स्थलों के पीछे पड़े हैं जब उनके घोड़ों की धूल हमारी गलियों में उड़ती थी। कैप्टन राठौर सब जानते थे। इसीलिए वे लखनऊ छोड़कर कश्मीर गये और उन्होंने अनन्तनाग में आतंकियों से टक्कर लेते हुए अपने प्राणों की आहुति दी। ये आतंकी अमरनाथ की ओर बढ़ रहे थे।"

कर्नल राठौर अपनी कोठी की छत पर खड़े अपने दोनों हाथ और होंठ हिला रहे थे। लेकिन वे गुड्डे की तरह लगते थे जिसकी कोई आवाज़ नहीं थी। उस ओर देखते हुए दाढ़ीवाले नौजवान ने माइक पर भारी स्वर में कहा :

"हम कर्नल राठौर का दुख समझते हैं। उनका दुख हमारा दुख है। हम जानते हैं कि वे क्यों कोठी के बाहर नहीं आ रहे। हम यहीं से उन्हें नमन करते हैं।"

नौजवान ने कर्नल की कोठी की तरफ़ हाथ जोड़ दिए। उसकी आवाज़ पार्क में गूँज रही थी।

"हमारी सोने की तरह पुरातन संस्कृति हमें यहीं सिखाती है। हमें अपने उन सपूतों को अपने दिल में बिठाना है जिन्होंने धर्म की रक्षा के लिए अपनी जान दी।"

कुछ लोगों ने सिर मोड़कर देखा कि कर्नल अपनी छत पर दोनों हाथ इधर-उधर फेंकते हुए उछल रहे थे। दाढ़ीवाले युवक ने मंच से फिर उसी तरफ़ देखा और माइक में कहा : "कर्नल साहब देश-भक्ति के आवेश में हैं। देश, संस्कृति और धर्म असल में तीनों एक हैं। मौत से पहले आदमी इनको गले न लगाए क्यूँ!"

कर्नल छत से ग़ायब हो गये थे।

इधर छत ख़ाली हुई, उधर माइक के पीछे दाढ़ीवाले युवक की जगह सपाट चेहरे वाला युवक आ गया। दरअसल दाढ़ीवाला मंच के पीछे कूदकर कर्नल की कोठी की ओर भागा था क्योंकि उसे अन्देशा हुआ था कि कहीं कर्नल पार्क में मंच पर आने की कोशिश न करें। वे घर से बाहर नहीं निकले। कुछ पल दाढ़ीवाला गेट पर संतरी की तरह खड़ा रहा। फिर उसने एक गहरी साँस ली, एक बार तिरछी नज़र से बन्द कोठी की तरफ़ देखा और वापिस पार्क की ओर चल दिया जहाँ सपाट चेहरा "भाइयो और बहिनो" बोले बिना ऐसे बोल रहा था जैसे बोलते-बोलते उसकी दाढ़ी अचानक ग़ायब हो गयी हो :

"यह सिर्फ़ अमरनाथ की गुफा के बर्फ़ीले लिंग की बात नहीं है। अयोध्या में रामलला मलबे पर बैठे अपने मन्दिर का इन्तज़ार कर रहे हैं। हिन्द महासागर की लहरों में लंका और हिन्दुस्तान के बीच झूलता रामसेतु कभी-कभी यह सोचकर काँप जाता है कि कल वह रहे न रहे, क्या पता? रामसेतु में राम की आत्मा है, सीता का विरह है, और हनुमान का पराक्रम है। हमारी सरकार इन सबको जीभ चिढ़ा रही है। बताइए, क्या राम बनवास गये?"

"हाँऽऽ," सामने भीड़ बोली।

"क्या सीता मैया को रावण लंका हर ले गया?"

"हाँऽ ऽ ऽ।"

"क्या हनुमान उन्हें ढूँढ़ते हुए अशोक वाटिका पहुँचे और उन्होंने सीता मैया को राम की अँगूठी दिखाई?"

"हाँऽ ऽ ऽ।"

“क्या हनुमान ने अपनी पूँछ से लंका जलाई?”

“हाँ।” पार्क गूँजा।

“क्या नल-नील ने रामसैनिकों को समुद्र पार करने के लिए रामसेतु बनाया?”

“हाँऽ ऽ ऽ।”

“क्या राम ने रावण को मारा?”

“हाँऽ ऽ ऽ?” पार्क फिर गूँजा।

“क्या राम सीता को लेकर अयोध्या लौटे जहाँ उनका जन्म हुआ था?”

“हाँऽ ऽ ऽ!” लोग चिल्लाए।

“देखिए”, सपाट चेहरे वाला मंच पर मुस्कराया”, सरकार को पता नहीं कि राम थे भी या नहीं!”

पार्क में सन्नाटा। फिर हँसी। और हँसी।

“क्या आप ऐसी सरकार चाहते हैं?”

“नहींऽ ऽ ऽ।”

“बोलो जै श्रीराम!” दाढ़ीवाला भी माइक के पीछे आ गया।

“जैश्रीराम! जैश्रीराम!”

पार्क गूँजता रहा।

चुनाव दूर नहीं थे।

कर्नल राठौर के घर से लौटते हुए जब नन्दू की मोटरसाइकिल लोहिया पार्क की ओर मुड़ी तो उसकी गति कुछ तेज़ हो गयी। इसी सूनी सड़क पर कारें भी तेज़ दौड़ रही थीं। सड़क चौड़ी थी। दो गाड़ियाँ भी एक-साथ दौड़ सकती थीं। वह एक गाड़ी के बायीं ओर चला जा रहा था। सहसा कोई मोटरसाइकिल पीछे से बहुत तेज़ आयी और गाड़ी और उसकी मोटरसाइकिल के बीच लहराती हुई ऐन उसके सामने आकर आगे चली गयी। एक क्षण को नन्दू की हीरो होंडा ओर सामने लड़के की मोटरसाइकिल एक-दूसरे को छूती लगीं। नन्दू का दिल धक् से रह गया। उसे लगा, टक्कर हो जाएगी। मगर टक्कर नहीं हुई। उसका दिल धड़कता रहा। यह पीछे से भी पता चलता था कि अगली मो'बाइक पर बैठा लड़का बीस-बाइस के आस-पास था। वह बहुत जल्दी में था। सबसे आगे निकल जाना चाहता था। घर पहुँचकर वह पट्ट लेट जाएगा और लेटा रहेगा, नन्दू ने सोचा। जब नन्दू लोहिया पथ के चौराहे पर रुका तो उसने चारों ओर देखा। वह लड़का दिख नहीं रहा था। शायद अपने घर पहुँचकर पट्ट लेट गया था।

जब नन्दू अपने घर की सीढ़ियाँ चढ़ रहा था तो उसका दिल सम पर था।

बन्द दरवाज़े के सामने खड़े हुए उसने घंटी बजाई। अन्दर से अम्मा की आरती गाने की आवाज़ आ रही थी। लेकिन वह आवाज़ अकेली नहीं थी। उसके साथ एक मर्द की आवाज़ थी जो गंगू की हो सकती थी। उसके साथ एक लड़की का स्वर भी था। घर में लड़की तो प्रिया ही थी। नन्दू ने प्रिया को इस तरह आरती गाते नहीं सुना था जब से वह बड़ी हुई। उसे अचम्भा हुआ। तभी दरवाज़ा खुला और नन्दू ने देखा कि सामने होंठ हिलाती प्रिया खड़ी थी : भक्त जनन के संकट क्षण में दूर करे।

घर में आरती गूँज रही थी :

ओम् जय जगदीश हरे, स्वामी जय जगदीश हरे ऽ ऽ
भक्त जनन के संकट, क्षण में दूर करे ऽ ऽ ऽ
ओम् जय जगदीश हरे,

नन्दू को लगा कि उसका घर अचानक किसी विकट संकट से घिर गया है और उसे सामूहिक प्रार्थना की ज़रूरत है। वह ज़रूर प्रार्थना का क्षण था जब उसकी मो'बाइक लड़के की मो'बाइक से सड़क पर टकरानेवाली थी। पर तब प्रार्थना के लिए वक़्त नहीं था। नन्दू कभी-कभी प्रार्थना करता था जब वह पानी-पानी होता। छलिया दुख कोई भी रूप धरकर आ जाता...मगर प्रार्थना किसे सम्बोधित होती, वह ख़ुद नहीं जानता था। क्या हवाओं को? या धूप और पानी को? या बादलों को? या चिड़ियों को-जो आकाश में निर्द्वन्द्व घूमती थीं?

ओम् जय जगदीश हरे ऽ ऽ ऽ...

नन्दू अम्मा के कमरे की तरफ़ गया जहाँ प्रिया गाती हुई गयी थी। उसका अनुमान सही था। गंगू हाथ जोड़े आँखें मूँदे पीछे बैठा था। नन्दू उसके पीछे कुर्सी पर बैठ गया। घर में प्रार्थना के समवेत स्वर गूँज रहे थे। गंगू ने एक बार आँख खोलकर देख लिया था कि नन्दू आ गया है। फिर उसने आँख बन्द कर ली थी और होंठ हिलाना शुरू कर दिया था। नन्दू सोच रहा था कि जब कभी वह कुछ ज़्यादा बेचैन होता तो अपना राशि-फल देखता था जिसमें उसे भरोसा नहीं था। वह बिच्छू के साथ दर्ज वृश्चिक राशि का फल देखता और आँखें बन्द कर लेता। क्या प्रार्थना अम्मा, गंगू और प्रिया के लिए राशि-फल थी जिसमें वे लोग विश्वास करते थे? क्या सचमुच कोई था जो उनके संकट क्षण में दूर कर सकता था?

प्रिया शायद विश्वास करने की भरपूर कोशिश कर रही थी।

जब प्रार्थना ख़त्म हो गयी तो नन्दू ने गंगू से हॉल में आमने-सामने बैठै हुए पूछा, "कैसा चल रहा है?"

''क्या?'' गंगू ने आँखें ऊपर उठाईं।

''नौकरी।''

''ठीक।''

''कोई दिक्कत तो नहीं।''

''नहीं।''

हो सकता है, प्रार्थना का असर हो, गंगू काफ़ी आश्वस्त लग रहा था। फ़िलहाल उसके चेहरे पर तनाव की कोई रेखा नहीं थी : सिर्फ़ उभरी हुई हड्डियाँ निरीह लग रही थीं। उसके कमीज़-पाजामा नये थे। उसने बताया था कि चड्ढा ने उसे दो हज़ार अग्रिम दे दिया था ताकि वह दुकान में गन्दे कपड़े पहिनकर न आये।

''भैया, एक बात पूछूँ,?'' सहसा गंगू ने पूछा।

''पूछो।'' नन्दू मुस्कराया।

''बिटिया की उम्र कितनी होगी?''

''यहीं कोई तेइस वर्ष।''

''तुमने अभी तक उसका ब्याह क्यों नहीं किया?''

''मैंने क्या'', नन्दू मुस्कराया, ''उसी ने नहीं किया।''

''क्या बिटिया खुद अपना ब्याह करेगी?''

''हाँ।'' नन्दू हँस रहा था।

गंगू सामने उसी की तरफ़ देख रहा था। उसे ऐसे बाप पर ताज्जुब हो रहा था जिसकी तेइस साल की बेटी अनब्याही घर में बैठी थी और जो हँस रहा था।

''तो क्या लड़का भी वह ख़ुद देखेगी?'' गंगू ने बात आगे बढ़ाई।

''हाँ।''

क्या बेशर्मी है? गंगू ने सोचा। फिर कहा :

''क्या उसने देखा?''

''हाँ।''

''क्या तुम्हें भी अच्छा लगा?'' गंगू ने खुश होकर पूछा।

''मैंने नहीं देखा।''

''क्या तलवार से ब्याह करोगे?'' गंगू की खुशी जिस तरह आयी थी, उसी तरह चली गयी।

''ब्याह तो जब होगा, कचहरी में होगा।'' नन्दू का चेहरा निर्विकार था।

''कचहरी में ब्याह?''

''हाँ।''

''अरे'', गंगू हँसा, ''ब्याह भी कोई मुकदमा है।''

''पता नहीं'', नन्दू मुस्करा रहा था।

गंगू को लगा जैसे वह किसी भूलभूलैया में फँस गया है। उसने बाहर आने की चेष्टा करते हुए पूछा—

''उसका नाम क्या है?''

''असलम शाह।''

गंगू बाहर आने के लिए हाथ-पैर फड़फड़ाते हुए भूलभूलैया में और भी ज़्यादा फँस गया था।

''वह मुसलमान है।'' उसकी भवें ऊपर उठ गयीं।

''हाँ।'' नन्दू की मुस्कान जारी थी।

''तुम मुस्करा रहे हो?'' गंगू हैरान था।

''क्यों, हिन्दू-मुसलमान में क्या फ़र्क है?''

''तुम्हारे घर में नहीं होगा'', गंगू ने साँस ली, ''बाहर!''

''बाहर क्या?''

''किसन बता रहा था कि कल वह जिस कोठी में काम कर रहा था, वहाँ चोरी हो गयी। मालिक पुलिस ले आया। हवलदार ने सारे मजूरों को एक कतार में खड़ा करके सबका नाम पूछा। जब पाँचवें ने अपना नाम मोहम्मद बताया तो हवलदार ने उसे पहला झापड़ मारा। सबकी तलाशी ली गयी। कुछ नहीं मिला। शाम को चोरी की अँगूठी कूड़े के ढेर में मिल गयी।''

प्रिया अपने ब्याह की चर्चा हॉल के दरवाज़े पर ठिठककर ओट में खड़ी सुन रही थी। जब हॉल में चुप्पी हुई तो वह लौटकर अपने कमरे में चली गई। मोहम्मद की कहानी से उसे आशिक़ अली की कहानी याद आ गई थी। वह चाहती नहीं थी। वह बिलकुल नहीं चाहती थी। मगर उसके दिमाग में यह ख़्याल कौंधा कि क्या ऐसी ही कहानी असलम की भी हो सकती थी? वह अपने पलंग पर औंधी गिरी। उसका अचानक मन हुआ था कि वह पलंग पर लेट जाए, पर लेटते हुए वह पट हो गई थी। यह पलंग पर लेटते हुए उल्टा हो जाना कुछ दिन पहले ही शुरू हुआ था। जब अम्मा ने उसे पहली बार इस मुद्रा में देख तो हँसकर कहा कि तू बचपन में जब गुस्सा होती थी तो इसी तरह लेटती थी। बचपन में तो गुस्सा अम्मा पर आता होगा या पाप पर या किसी सहेली पर। अभी उल्टा लेटने के पीछे गुस्सा किस पर केन्द्रित था, समझ में नहीं आता था। वह गुस्से का लक्ष्य ढूँढ़ती तो वह बिखरकर सारे शहर में फैल जाता और हवा की तरह गोमती और इमामबाड़े और हज़रतगंज को घेर लेता। फिर गुस्सा आँसुओं में पिघल जाता और आँखों में छलकने लगता।

एकाएक प्रिया के कानों में गंगू चाचा के जाने और दरवाज़ा बन्द होने की आवाज़ आई। फिर उसने नन्दू की पदचाप सुनी जो बाथरूम में बन्द हो गई। पिछले सप्ताह उसने टी.वी. हॉल में लगा दिया था क्योंकि वह कभी-कभी रात को कोई फ़िल्म देखती थी। गोकि यह इतवार का दिन था, मगर अभी उसका मन लगातार कोई एक बम्बइया या हॉलीवुड की फ़िल्म देखने का नहीं था। उसने टी.वी. खोल दिया और सामने रिमोट लेकर बैठ गई। परदे पर सास-बहू थीं जिनकी आपस में बातचीत चल रही थी जिसे जिरह भी कहा जा सकता था। जिरह का विषय सास का बेटा था। इसके पहले कि कोई सजी-धजी औरत नकली आँसू बहाए, प्रिया ने चैनल बदल दिया। परदे पर शेरनी हिरन के पीछे दौड़ रही थी और उसके शावक भोजन की प्रतीक्षा कर रहे थे। जंगल ख़ूबसूरत था। परदे पर कभी नदी बहती, कभी हताश हिरन घास पर छलाँगें मारता। इसके पहले कि शेरनी हिरन को दबोचे और उसके जिस्म को काग़ज़ की तरह फाड़े प्रिया ने शावकों के लाँग शॉट पर रिमोट का बटन दबा दिया। परदे पर ज़बर्दस्त ठहाका उभरा और मुँह फाड़े वह आदमी जिसके मुँह में ठहाका था। उसके बगल में बैठी एक औरत दाँत निकाले हँसे जा रही थी जैसे उसे हँसने का ठेका मिला हो। उनके सामने मंच पर गाँव का मज़ाक बनाता एक संजीदा आदमी खड़ा था। मज़ाक में गाँव का रहन-सहन, बोली-बानी शामिल थे जैसे गाँव खुद एक मज़ाक हो। प्रिया को हँसी नहीं आयी। उसने ऊबकर चैनल बदल दी। पचास फ़ीट गहरे गड्डे में एक पाँच साल का बच्चा गिर गया था और भारतीय सेना उसे ज़िन्दा निकालने का प्रयास कर रही थी। जबसे चैनलों की संख्या तीन अंकों तक पहुँची बच्चे गिरने को बहुत गहरे गड्ढे ढूँढ़ने लगे थे ताकि सेना वहाँ आये और चैनलें अहर्निश चलती रहें। यह प्रयास शाश्वत था। चैनल चलती रहेगी। अगली चैनल पर बिहार के बाढ़-पीड़ितों के राहत-अभियान पर बहस चल रही थी जो सेना की मदद के बावजूद सन्तोषजनक नहीं था—अलबत्ता सेना गड्ढे में गिरा बच्चा निकालने में अन्ततः सफल थी। प्रिया का मन नहीं लगा। बटन दबाने पर एक बॉलीवुड नृत्यांगना की छवि उभरी जो लड़के-लड़कियों को एक-साथ नाचना सिखा रही थी। वह अपने चेहरे पर हाव-भाव दिखाती और हाथ-पैर ऐसे चलाती जैसे वह गुड़िया हो। वह लड़के-लड़कियों को भी गुड्डा गुड़िया बनना सिखा रही थी ताकि वे छोटे पर्दे की स्पर्धा में लाखों रुपये जीत सकें। छोटे पर्दे पर रुपये जीतने के जुएघर खुले थे। हर चीज़ पर रुपये का दाँव था। नाचने, गाने, मज़ाक बनाने, और ऊलजलूल सवालों के जवाब देने पर लाखों का जुआ था। जुआ जीतने के लिए बालक-बालिकाएँ वयस्कों की तरह इश्क के तराने गाते और उन्हीं तरानों पर नाचते थे। जुए के मदारी उन्हें बताते कि अभी तुम्हारे शरीर या स्वर में वह

लय नहीं आयी। रुपए के लिए लड़कपन दाँव पर लगा था और अभिभावक ताली बजा रहे थे। इन दिनों ख़बरिया चैनलों पर नाभिकीय सन्धि के साथ अपने प्रधानमन्त्री का जॉर्ज बुश को यह सन्देश था कि आपको भारतीय जनता प्यार करती है—बेशक़ अमरीकी जनता आपको न चाहे। अमरीका में चुनाव की गहमागहमी थी। इस बार गोरा राष्ट्रपति होगा या काला? सेन्सेक्स की तरह पूर्वानुमान उठते-गिरते थे। एकाएक पर्दे पर आतंकवाद की चर्चा शुरू हो गयी जो देश में बढ़ता जा रहा था जैसे-जैसे चुनाव पास आ रहे थे। लम्बी, सफ़ेद दाढ़ी में छिपे एक बुद्धिजीवी का कहना था कि राजनीतिक शक्तियाँ लोगो की मासूम धार्मिक भावना का दोहन कर उन्हें अपने वोट-बैंक में बदलना चाहती है। ताक़त के लिए आदमी की आत्मा कुचली जा रही थी।

"क्या देख रही हो?" नन्दू ने पीछे से आकर कहा।

"भारतवर्ष।" वह हँसी।

वह अब कुछ हल्का महसूस कर रही थी। शायद टी.वी. की हर क्षण बदलती छवियों ने उसका मन छितरा दिया था। नन्दू उसके सामने आकर बैठ गया। उसे प्रिया का प्रार्थना गाना याद आ रहा था।

"एक बात कहूँ", नन्दू ने कहा।

"कहिए।"

"क्या तुम सचमुच असलम से शादी करना चाहती हो?"

प्रिया इस सीधे सवाल की गोली के लिए तैयार नहीं थी। उसके चेहरे की मुस्कान ग़ायब हो गयी।

"हाँ", उसने सम्भलकर कहा।

अब नन्दू हँसे, "तो कर लो!"

प्रिया इस सीधे जवाब के लिए भी तैयार नहीं थी। वह सहसा संजीदा हो गयी।

"कुछ दिक्कतें हैं", वह बोली।

"दिक़्क़तें हमेशा रहेंगी", नन्दू ने कहा, "जब एक हिन्दू लड़की मुसलमान लड़के से शादी करेगी।"

"तो क्या करें, पापा?"

"दिक़्क़तों का सामना करो।"

"असलम कहता है कि उसकी अम्मी यह निकाह क़बूल नहीं करेगी और मैं उस घर और मौहल्ले में नहीं रह पाऊँगी।"

"तो तुम लोग इस घर में रहो।" नन्दू मुस्करा रहे थे।

"और अम्मा?"

"उन्हें मैं मना लूँगा।"

प्रिया पापा की तरफ़ टुकुर-टुकुर देख रही थी और सोच रही थी कि उसकी दिक़्क़तें इतनी आसान हैं!

प्रिया ने नन्दू के आते ही टी.वी. बन्द कर दिया था। वह सोफ़े से उछलकर उठी और कुछ दौड़ती-सी अपने कमरे में गयी। उसने मोबाइल उठाकर असलम का नम्बर मिलाया। हॉल में नन्दू ने रिमोट उठाकर टी.वी. का परदा खोल दिया था। लेकिन उसका मन नहीं लगा। सिगरेट पीने का मन हुआ। वह ज़ीने से नीचे उतरा और उसने अपनी मो'बाइक में किक मारी।

पान की दुकान पर सिगरेट जलाकर जब उसने पीठ मोड़ी तो देखा कि कुँवर खड़े मुस्करा रहे थे। उनके मुँह में पान था और होठों में सिगरेट थी।

"बड़े ख़ुश लग रहे हैं, सिंह सा'ब", नन्दू ने उनके पास आकर कहा।

"कुछ देर पहले इलाहाबाद से लौटा हूँ", कुँवर ने सिगरेट का एक कश लेकर कहा।

"काम हो गया?"

"हाँ, मैंने अपील ठोक दी", कुँवर ने कुछ ऐसे इत्मीनान से कहा जैसे उन्होंने अपने जीवन का अर्थ पा लिया हो, "अब तारीख़ पड़ेगी।"

"आप कितने ख़ुशनसीब हैं, सिंह सा'ब!" नन्दू मुस्करा रहा था।

"क्यों?"

"आपके पास अपील है।"

कुँवर कुछ समझे नहीं। न उन्होंने कुछ समझने की कोशिश की। उनका इत्मीनान उनके चेहरे पर फूट रहा था। उसी रोशनी में उन्होंने कहा—"मैंने संगम पर डुबकी लगाई...ऐन उसी जगह जहाँ गोरी गंगा और साँवली जमना मिलती हैं। कहते हैं, ऐसी डुबकी से मनोकामना पूरी होती है।"

"और मोक्ष मिलता है", नन्दू ने मुस्कराते हए जोड़ा।

"मैं अपील जीत जाऊँ", कुँवर बोले, "मेरे लिए यहीं मोक्ष है।"

जब शाम को कुँवर ने संगम-स्नान और मोक्ष की बात अपने घर में कही तो मन्नू बगल के सोफ़े पर बैठा सुन रहा था। उससे रहा न गया। वह बोला, "मैंने राजकुमार अंकल को आगरा फ़ोन किया था।"

"किसलिए?" कुँवर ने निगाहें मोड़ीं।

"केस के बारे में।"

"क्या बोले?"

"कुछ नहीं बोले", मन्नू ने कहा, "चुप रह गये।"

"उस बेचारे को क्या मालूम?" कुँवर ने सफ़ाई दी", इलाहाबाद के बड़े

वकील काट्ज़ू ने कुछ ऐसे नुक़्ते निकाले हैं कि हमारा जीतना तय है।''

मन्नू और शोभा कुँवर कीओर देख रहे थे। उनकी नज़र में हैरानी और दिमाग़ में परेशानी थी। कोई लाचारी-सी उन्हें घेर रही थी।

कुँवर प्रसन्न थे।

तवक़्क़ो की तलाश

असलम और प्रिया का विवाह अदालत में मुकदमे की तरह सम्पन्न हुआ।

गंगू को एक गवाह बनाया गया था। वह कचहरी में दुल्हा और दुल्हन को एक-दूसरे को माला पहनाते देखता रहा। जब उनके दोस्तों ने तालियाँ बजाईं तो गंगू ने भी तालियाँ बजा दीं। तालियाँ बजाते हुए नन्दू की आँखें नम हो गयीं। जब गंगू ने उसकी तरफ़ देखा तो वह मुस्करा रहा था। पीछे खड़ी राधा ने उसे बधाई दी और आगे बढ़कर प्रिया को गले लगा लिया। राधा इस बीच घर आकर कई बार अम्मा और प्रिया से मिल चुकी थी। पहली बार ही अम्मा ने उसे पहचान लिया था।

हालाँकि नन्दलाल उन्हें कहीं बाहर सुहागरात मनाने का ख़र्च देना चाहता था, लेकिन असलम और प्रिया ने सोचा कि वे कचहरी से सीधे नेहरू एनक्लेव जाएँगे जहाँ तीसरी मंज़िल पर एक कमरा उन्होंने किराये पर लिया था। तीसरी मंज़िल पर वह अकेला कमरा था जिससे रसोई और बाथ-रूम जुड़े थे, बाक़ी खुली छत थी जिस पर दौड़ लगाई जा सकती थी। असलम ने यहीं कहा था जब पहली बार वे यह कमरा देखने आये थे। शादी के दिन उन्होंने गृह-प्रवेश किया और दोस्तों के जाने के बाद वे एक-दूसरे को बार-बार चूमते रहे जैसे यहाँ मिलने नहीं बिछुड़ने आये हों।

अकेले कमरे में फ़र्श पर चटाई बिछी थी। चटाई पर दीवार से सटा गद्दा था जिस पर सफ़ेद चादर पड़ी थी। एक सिरे पर एक-दूसरे से जुड़े दो सफ़ेद तकिये थे। दूसरे सिरे पर एक कम्बल था। अभी रजाई का मौसम शुरू नहीं हुआ था। अगर ठंड लगी तो क्या करेंगे, प्रिया ने पूछा था। असलम ने कहा था, एक-दूसरे को ओढ़ लेंगे। बिस्तर के सामने दो बेंत की कुर्सियाँ रखी थीं और उनके बीच लम्बोतरी टेबिल थी। एक कोने में एक अलमारी थी जिसमें दोनों के कपड़े रखे थे। अलमारी में चार खाने थे। शुरू में दोनों ने दो-दो खाने लिए। फिर तीसरे खाने में प्रिया की जीन्स या टॉप आने लगे। कभी उसकी ब्रा या पैंटी भी तीसरे

या चौथे खाने में पहुँच जाती। कभी-कभी पैंटी का पता असलम को बाथरूम में चलता तब वह चिल्लाकर प्रिया से अपनी चड्डी माँगता।

कमरे में और कुछ नहीं था। कोई ज़रूरत भी नहीं है, असलम कहता। प्रिया 'हाँ' में सिर हिला देती। स्वर्ग में चीज़ें नहीं हैं, प्रिया कहती, देवी-देवता हैं। और अप्सराएँ हैं, असलम कहकर हँसने लगता। दोनों ने कहा नहीं। मगर दोनों मॉल में रोज़-रोज़ चीज़ों के पहाड़ देखकर थक जाते थे और उनकी आँखें इन पहाड़ों से निजात पाने को तरसती थीं। दोनों इस बात पर कभी-कभी ख़ुश होते कि उनके पास ज़्यादा पैसे नहीं हैं—ज़्यादा पैसे होते तो वे भी शायद ज़्यादा चीज़ें खरीदते। रसोई में मेहमानों के लिए छः प्लेटें थीं। थाली एक ही थी जिसमें दोनों एक-साथ खाते थे। चार कटोरियाँ और छः चम्मच थे। एक प्रेशर-कुकर था, एक तवा था और दो पैन थे। गैस ग्रह-प्रवेश से पहले आ गयी थी।

सुहाग-रात की शाम प्रिया ने पुलाव और मटर-पनीर बनाया क्योंकि वे उस शाम नीचे की दुनिया में नहीं उतरना चाहते थे। उससे पहले वे देर तक छत पर घूमते रहे थे। उन्होंने एक-दूसरे को फ़न रिपब्लिक और लोहिया पार्क की रोशनियाँ दिखाई थीं। प्रिया ने विश्वास खंड में अपने घर की ओर इशारा किया था। असलम ने वीरान कछार की तरफ़ उँगली उठाई थी जो क्षितिज तक फैला था और जिसके परे गोमती नदी थी जिसके किनारे यह शहर दो-ढाई सदी पहले बसाया गया था जो चारों ओर खुला था।

"अपने शहर को कभी किसी दीवार से नहीं घेरा गया", असलम ने कहा।

प्रिया उसके चेहरे की तरफ़ देख रही थी। उसे अपने पापा का शहर झाँसी याद आ रहा था जो परकोटे से घिरा था। झाँसी में कोई नदी भी नहीं थी।

"नदी कहाँ है?" प्रिया ने कछार के पार देखने की कोशिश की।

"शायद अँधेरे में खो गयी है", असलम ने प्रिया की नज़र का पीछा करते हुए कहा।

छत पर अँधेरा घिर आया था। बस्ती की रोशनियाँ छत पर नहीं पहुँचती थीं। छत से बस्ती की सड़कों पर बिजली के खम्भे दीखते थे। इमारतों में रोशनियाँ दुबककर बैठी थीं। बस्ती अँधेरे से घिरी थी जो आसमान तक फैला था। कुछ देर वे एक-दूसरे की कमर में हाथ डाले अँधेरे को निहारते रहे और टहलते रहे जैसे छत पार्क हो और पार्क में उनके सिवा कोई न हो। वे बीच-बीच में एक-दूसरे को चूमते और फिर घूमने लगते। जब वे एक कोने में रुके तो उन्होंने देखा कि कोई कछार के अँधेरे से हाथ में ख़ाली बोतल लिए बाहर आ रहा था। बीच की सड़क पर दो कुत्ते आपस में झगड़ रहे थे या खेल रहे थे। उनका कभी-कभी भोंकना उनका गुस्सा था या खेल का हिस्सा था, कुछ पता नहीं चलता

था। दूसरी ओर बस्ती के बीच सड़क पर दो लड़कियाँ तेज़-तेज़ चल रही थीं। उनके पीछे एक बूढ़ा छड़ी लिए ख़रामा-ख़रामा जा रहा था। विपरीत दिशा से एक बड़ी गाड़ी तेज़ रफ़्तार से आयी और चली गयी। एक लड़का कुछ गाता हुआ आया। छत पर उसके स्वर साफ़ नहीं सुनाई देते थे। तभी सड़क से कोई कौआ काँव-काँव बोला जैसे वह चिड़ियों की दुनिया छोड़कर नीचे आदमियों की दुनिया में चला गया हो।

''क्या हम ऊपर चिड़ियों की दुनिया में रह रहे हैं?'' प्रिया ने कहा।

''हाँ'', असलम मुस्कराया, ''चिड़ियों की दुनिया में अँधेरा है।''

''पेड़ों की शाखों पर बिजली के बल्ब नहीं होते।''

''न पेड़ पर कोई मीटर लगा होता है'', असलम हँसा।

प्रिया ने ऊपर देखा : आसमान में तारे निकल आये थे। चाँद का कोई अता-पता नहीं था।

''ऊपर की दुनिया में तारों के बल्ब हैं'', प्रिया बोली।

''उनका वोल्टेज कम है'', असलम फुसफुसाया।

''हाँ, धरती से कम लगता है।''

''धरती पर तारे बस देखने-भर के हैं।''

''शो-पीसेज़!'' प्रिया मुस्कराई।

''हाँ।'' असलम छोटी-सी हँसी हँसा।

फिर वे एक-दूसरे की कमर में हाथ डाले कमरे में आ गये। कमरे में असलम ने उसे इतनी देर तक चूमा कि प्रिया की साँस रूँधने लगी। सहसा वह यह कहते हुए छिटक कर अलग हुई :

''ऐसे नहीं मरना!''

असलम के होंठों का अपने होठों पर बढ़ता दबाव प्रिया को इतना प्रीतिकर लगा कि उसने आँखें मूँद ली थीं। यह सुहावना दबाव आहिस्ता-आहिस्ता उन हदों तक पहुँचा जहाँ आँखें अपने को भूल गयीं। यह हवा में तार पर चलने की तरह था। तार पर चलना चमत्कार था—चाहे कोई गिरकर मर जाए। तभी वह छटपटाई और आँखें खोलकर बोली, ''ऐसे नहीं मरना।'' असलम देह की हदें भूल गया था। वह पशेमान हुआ। प्रिया रफ़्ता-रफ़्ता सहज होकर मुस्कराने लगी। शायद पार्क में या नदी किनारे दिल में कुछ खटका बना रहता था। प्रिया को लगा जैसे उसने पहली बार पूरी तरह आँखें मूँदी थीं जब असलम ने उसे अभी चूमा। यह ऊपर की दुनिया में ही हो सकता था।

''अच्छा हुआ हमने शादी कर ली'', असलम ने पुलाव का निवाला मुँह में डालते हुए कहा।

''हमने नहीं'', प्रिया हँसी, ''मैंने!''

''मैं हिम्मत नहीं जुटा पा रहा था।''

''मुझे तो हिम्मत पापा ने दी।''

''थैंक यू, पापा!'' असलम हँसा।

उसे एकाएक अब्बू की याद आयी। उनकी चितकबरी दाढ़ी में एक निरीहता थी जो किसी भी मध्यमवर्गीय रिटायर्ड आदमी के चहरे पर उतर आती है चाहे वह नवाब वाजिद अली शाह का पोता ही क्यों न हो। शायद उस चेहरे पर चमक उसी शाम आती थी जब वे अवध रॉयल फ़ैमिली एसोसिएशन की मीटिंग में जाते थे। लौटकर अचकन उतारते हुए वह चमक भी उतर जाती थी। जब असलम ने प्रिया से अपनी शादी और शादी के बाद नेहरू एन्क्लेव में रहने की बात कही तो अब्बू चुप हो गये और अम्मी रोने लगी। बिना मज़हब बदले प्रिया को अपने घर में लाना अम्मी की समझ से बाहर था और मज़हब बदलना असलम की समझ से बाहर था। वह प्रिया से इसका ज़िक्र भी नहीं कर सकता था। तब अम्मी के आँसू ही बचते थे और यह वादा कि असलम हर इतवार को प्रिया को लेकर घर ज़रूर आयेगा। अब्बू चुप रहे थे। उन्होंने अम्मी से यह ज़रूर कहा था कि अकबर की बैगम जोधाबाई हिन्दू थीं और फतेहपुर सीकरी के किले में उनका रनिवास था जहाँ वे कृष्ण की पूजा करती थीं जिनका रूप वाजिद अली शाह रखा करते थे। अम्मी आँसुओं में हँस पड़ी थीं।

''असलम शहंशाह नहीं है।''

''उसकी नसों में नवाबों का ख़ून तो है'', अब्बू मुस्करा रहे थे।

मुस्कराते अब्बू को अम्मी ने कातर नज़रों से देखा था और कहा था : ''विरसे में यहीं मिला है।''

अम्मी रो पड़ी थीं।

''क्या सोच रहे हो?'' प्रिया ने पूछा।

''अम्मी की याद आ गयी'', असलम बोला।

प्रिया कुछ देर पहले उसके चेहरे को टुकुर-टुकुर देखती रही। फिर बोली, ''जानते हो, असलम?''

''क्या?''

''मुझे माँ की याद नहीं आती'', वह मुस्कुराई। ''क्योंकि उसकी मुझे कोई याद ही नहीं है।

प्रिया की मुस्कान पर कोई छाया गिरी।

''ऐसा कैसे हो सकता है?''

''मुझे उसकी तस्वीर याद है'', वह हँसी।

अब असलम की प्रिया को टुकुर-टुकुर देखने की बारी थी।

''पर मेरी असली माँ तो अम्मा ही हैं'', वह मुस्करा रही थी।

एक औरत पूरी धरती को पाल सकती है, प्रिया के मन में कुछ ऐसा ख़्याल आया—जैसे एक आदमी धरती की सारी औरतों को प्यार करता है।

''अम्मा मेरी शादी से आधी खुश हैं'', प्रिया ने कहा।

''आधी कैसे?''

''उनकी यह समझ में नहीं आता कि जिस लड़के से मैंने शादी की, उसका नाम असलम कैसे है?''

असलम तय नहीं कर पाया कि वह इस बात पर हँसे या चुप रहे। मगर जब प्रिया हँसी तो वह भी हँसने लगा। हँसने के बाद प्रिया ने कहा,''अम्मा ने मन्नत मानी थी कि जब मेरी शादी होगी तो वे अयोध्या रामलला के दर्शन करने जाएँगी।''

''जरूर, क्यों नहीं!''

''वे कल अयोध्या जाएँगी'', प्रिया बोली।

''अकेली?''

''नहीं, गंगू चाचा के साथ जाएँगी। पापा को छुट्टी नहीं मिली।''

गंगू चाचा के बारे में असलम ने पूछा। प्रिया ने बताया कि पापा के बचपन के दोस्त हैं और पापा उन्हें भाई जैसा मानते हैं। उसने यह भी कहा कि वे गाँव में अपना खेत बेचकर शहर आ गये हैं और एक झुग्गी-बस्ती में रहते हैं।

''जब भाई हैं तो साथ क्यों नहीं रहते?'' असलम ने कहा।

''भाई नहीं, भाई जैसे।''

''जैसे नेता हर रोज़ कहते हैं कि हिन्दू-मुसलमान भाई जैसे हैं'', असलम के मुँह से निकला।

प्रिया की राजनीति में ज़्यादा दिलचस्पी नहीं थी। यह भी था कि असलम जब मुसलमान की बात करता तो उसके स्वर में तल्ख़ी होती थी जो प्रिया को अच्छी नहीं लगती थी। जब वह बाथ-रूम से लौटी तो असलम खिड़की के पीछे खड़ा खिड़की के बाहर बस्ती में देख रहा था जहाँ अँधेरा था। ''मुझे तो ठंड लग रही है''—वह यह कहते हुए लेट गयी। उसने कम्बल छाती तक ओढ़ लिया था।

इस बीच असलम की नज़रें ऊपर उठी थीं और वह आकाश में टिमटिमाते तारों की ओर देख रहा था जैसे वह पहली बार तारों को देख रहा हो। क्षण-भर वह मन्त्रबिद्ध रहा। फिर पलटा। वह इस तरह कम्बल के अन्दर घुसा जैसे वे रोज़ इसी तरह साथ-साथ लेटते हों। पहले उसने प्रिया की देह की गर्माहट

महसूस की, फिर उसकी देह।

"इस तरह हम पहली बार लेटे हैं", प्रिया ने कहा।

"कोई मौक़ा ही नहीं मिला।"

"तुमने मौक़ा निकाला ही नहीं", प्रिया हँसी।

"मौक़ा निकालता तो तुम आ जातीं?"

"यह मौक़े पर ही पता चलता", वह खिलखिलाई।

एक चुम्बन के बाद असलम ने कहा—"एक-दो बार मौक़ा था।"

"फिर?"

"मगर मैं उसे पूरा न कर सका।"

"क्यों?"

"मुझे अपने शज़रे के सिरमौर याद आ गये", वह हँसा, "वे इसी तरह अपने महल में मौक़े निकालते थे। उन्हें जितने मौक़े मिले, कम पड़े। मुझे तो एक ही चाहिए था। मैं इन्तज़ार कर सकता था।"

अँधेरे में प्रिया की आँखें चमकीं।

वे दोनों एक-दूसरे से लिपट गये। सहसा उन्हें अपने कपड़े बीच में फँसे परदों की तरह लगने लगे। किसी को पता नहीं चला कौन हाथ किस जिस्म से क्या परदा खींच रहा है। आहिस्ता-आहिस्ता वे उसी स्थिति में आ गये जिसमें वे माँ की देह से निकलकर आये थे। कम्बल के भीतर वे छटपटाते हुए लगते। बार-बार वे एक दूसरे की देह को महसूस करते जैसे उन्हें तसल्ली न हो रही हो। कभी-कभी ऐसा लगता मानों उन्हें अपनी देह पर भरोसा नहीं है। इसीलिए वे तड़पकर एक-दूसरे की देह में उम्मीद ढूँढ़ते। कम्बल के अन्दर-बाहर अँधेरा था। उन्हें लगता जैसे उनकी देह के अन्दर भी अँधेरा है और वे रोशनी का तिनका ढूँढ़ रहे हैं। वे उसी की तलाश में हाँफ़ते हुए एक दूसरे की देहों में दौड़ रहे थे। एकाएक उनके हाथ एक-साथ रोशनी की एक किरण पर पड़े। उन्हें क्षण-भर लगा कि किरण को दीये की तरह लिए दूसरी देह भी अपनी है। उस क्षण उनकी देहों की रेखाएँ मिट गयी थीं : उन्हें भरोसा मिल गया था! एक-दूसरे का हाथ पकड़े हुए वे जहाँ पहुँचे थे, वहाँ अँधेरा नहीं था।

न वहाँ मृत्यु थी।

इतवार का दिन था। नन्दू ने तीन बार आँखें खोलकर बन्द कर ली थीं और करवट बदल ली थी। दिन चढ़ आया था। न वह सो रहा था, न जाग रहा था। उसे यह धुँधलका अच्छा लग रहा था। इस नीम अँधेरे में एक तिलिस्म था। इसमें

कुछ भी यथार्थ हो सकता था। अपने दरवाज़े की घंटी को उसने भ्रम समझा। वह यह भूल गया था कि घर में अम्मा नहीं है। दूसरी घंटी उसे सपने में बजती लगी। जब तीसरी घंटी कुछ देर तक घर में गूँजी तो उसकी आँखें खुल गयीं जैसे कानों का साथ दे रही हों। वह कुछ लड़खड़ाते क़दमों से दरवाज़े की तरफ़ गया। दरवाज़ा खोलते ही उसकी आँखें खुली की खुली रह गयीं। सामने राधा खड़ी थी। सुबह-सुबह बसन्ती साड़ी में लिपटी वह बीस साल पहले की तरह सुन्दर लग रही थी। एकबारगी उसे शक़ हुआ कि कहीं वह दिल्ली में अपने ओल्ड राजेन्द्रनगर के फ़्लैट में तो नहीं खड़ा है। उसने अपने को झकझोरा जैसे कुत्ता कान फड़फड़ाता है। नहीं, यह बीस साल बाद का लखनऊ था। वक़्त का कोई फ़रेब नहीं था। वक़्त तीर की तरह सीधा चल रहा था।

जब वह अन्दर आ गयी तो नन्द ने उसे अपनी समय की सैर सुनाई। वह हँस पड़ी। हँसते हुए और भी दिलकश लगी। फिर अपनी हँसी बटोरते हुए उसने झिड़की-सी दी, ''इतनी देर से उठे हो!''

उस दिन पहली बार नन्द को लगा कि राधा घर की मालकिन की तरह बोल रही है। वह मुस्कराने लगा। उसने कहा, ''अब यह मत कहना कि ग़लती करते हो और हँसते हो।''

वह हँसी। फिर बिना कुछ कहे वह किचन में गयी और उसने गैस पर केतली में पानी रख दिया।

''क्या कर रही हो?'' दरवाज़े पर खड़े हुए नन्दू ने पूछा।

''चाय बना रही हूँ'', वह मुस्कराई।

बिलकुल घर की मालकिन की तरह! जैसे वे सदियों से साथ-साथ रहते हों और वह सुबह-सुबह मन्दिर गयी हो और लौटकर आयी हो। जब वह चाय के दो प्याले मेज़ पर रखकर सीधी हुई तो नन्द ने उस सुबह पहली बार उसका चेहरा अपने हाथों में लिया और उसे भरपूर चूमा। फिर उन्होंने मेज़ पर बैठकर चाय के कप अपने होठों से लगाए।

''मुझे अन्दाज़ा नहीं था कि तुम इतनी सुबह आओगी'', नन्द ने कहा।

''मैं सुबह होने का इन्तज़ार कर रही थी।''

शायद नन्द ख़ुद उसके आने का इन्तज़ार कर रहा था गो कि उसे ख़ुद इसका पता नहीं था। क्या वह ख़ुद चाहता था कि राधा आये और उसे चाय बनाकर दे? उसने चाय का एक घूँट लेकर सोचा। क्या पलँग पर जगने और सोने के बीच धुँधलके में घूमना उसकी प्रतीक्षा ही थी? उसे एकाएक याद आया कि कर्नल राठौर ने सुबह-सुबह शराब का घूँट लेकर कहा था कि अब मेरी ज़िन्दगी में कोई इन्तज़ार नहीं है।

"मैं भी इन्तज़ार कर रहा था।"

"तुम सो रहे थे।" वह हँसी।

"मैं जानता था कि सुबह तुम्हारे साथ आयेगी।"

दोनों ने एक-दूसरे को देखते हुए चाय पी। खिड़की से जाड़ों की ख़ुशनुमा धूप मेज़ पर आ रही थी। धूप की एक लम्बी पट्टी मेज़ पर दोनों के बीच लेटी थी। चाय के प्याले धूप के दोनों ओर रखे थे। जब राधा चाय का कप उठाती या वापिस मेज़ पर रखती उसकी उँगली में पड़ी अँगूठी का हीरा चमकता। हीरे पर धूप की किरणें टकराकर चहुँ ओर फैल जातीं। नन्द की आँखें हीरे पर टिकी रहतीं।

"प्रिया-असलम कैसे हैं?" राधा ने पूछा।

"अपनी दुनिया बना रहे हैं", नन्द ने कहा।

"तुमने उनकी दुनिया देखी?"

"हाँ"

"कैसी है?"

"एक कमरा...और वे दोनों", नन्द मुस्कराया, "असली दुनिया तो दोनों के बीच में है।"

"कहाँ?"

"यहीं सड़क के पार नेहरू एन्क्लेव में। किसी दिन तुम्हें ले चलूँगा। आज शाम वे दोनों यहाँ आयेंगे।"

"अच्छा।"

नन्द बाथ-रूम में चला गया। राधा ने मेज़ पर पड़ा अख़बार उठा लिया। कुछ देर उसे पलटती रही। फिर वह किचन में घुसी। तफ़्तीश में उसे अंडे मिले। फ्रिज में अंडों के अलावा ब्रेड और मक्खन भी थे। उसने तीन अंडे निकालकर फोड़े और उन्हें मथने लगी। हाथ चलाते हुए वह गुनगुना रही थी। उसे अपने गुनगुनाने का पता नहीं था।

जब नन्द बाथ-रूम से बाहर आया राधा ने खाने की मेज़ पर ऑमलेट रख दिया। जितनी देर में वह कपड़े पहिनकर हॉल में आया मेज़ पर टोस्ट भी आ गये थे। हॉल में मुड़ते ही नन्द मेज़ देखकर दंग रह गया। ऐसा कभी-कभी प्रिया करती थी। उसे प्रिया की याद आयी—प्रिया की नहीं, प्रिया के चले जाने की। उसे पहली बार यह भरपूर अहसास हुआ कि प्रिया अब इस घर में नहीं रहेगी। जैसे ही उसकी आँखें छलकीं, उसने उन्हें पोंछ लिया। फिर वह बोला, "मेरे घर पर कब्ज़ा जमा रही हो।"

"हाँ", वह किचन से निकलते हुए मुस्कराई।

“सच!” नन्द ने उसकी कमर पकड़ते हुए कहा।

“हाँ।”

नन्द उसे अपनी ओर खींच रहा था। उसने उसका हाथ झटकते हुए कहा, “टोस्ट ठंडे हो जाएँगे।”

वे आमने-सामने बैठ गये। राधा ने टोस्ट पर मक्खन लगाकर नन्द के सामने खिसकाया। फिर दूसरे टोस्ट पर मक्खन लगाने लगी। नन्द उठकर फ्रिज से सॉस की बोतल निकाल लाया जिसके बिना वह ऑमलेट नहीं खाता था।

“अम्मा कब लौटेंगी?” ऑमलेट का टुकड़ा मुँह में डालते हुए राधा ने पूछा।

“कल शाम।”

“इतनी यात्रा बर्दाश्त कर लेंगी?”

“यह यात्रा नहीं है”, नन्द ने मुस्कराते हुए कहा।

“तो!”

“तीर्थ-यात्रा है। वे रामलला के दर्शन करने गयी हैं।”

“वहाँ तो मलबे के पहाड़ पर कुछ मूर्तियाँ रखी हैं”, राधा की आवाज़ में कुछ संशय था।

“इससे कुछ फ़र्क नहीं पड़ता”, नन्दू ने कहा, “मन राम को पैजनिया बजाते हुए ठुमककर चलते देखता है। यह मन थकता नहीं।”

दोनों टोस्ट के साथ ऑमलेट खा रहे थे। एक चुप्पी के बाद नन्द ने कहा—“अम्मा का एक धाम रह गया।”

“कौन-सा?”

“रामेश्वरम्”, नन्दू मुस्कराया।” अम्मा वहाँ राम-सेतु भी देखना चाहती हैं।”

“राम-सेतु आजकल अख़बारों में भी टँगा है”, राधा ने कहा।

“अम्मा अख़बार पढ़तीं हैं”, नन्द बोला, “वे रामायण सीरियल में राम-सेतु देखकर रो पड़ी थीं।”

“कब जाओगे?”

“फ़रवरी में जाने का इरादा है।”

“मुझे बताना”, राधा ने कहा, “मैं भी चलूँगी।”

नन्द एकटक उसे देख रहा था।

“ऑमलेट बढ़िया है”, उसने कहा।

वे कॉफ़ी पीने लगे। नन्द की नज़र फिर राधा की आँखों पर ठहर गयी : दोनों आँखों में एक-एक रोशनी का पुंज था। पिछले दो दशक़ों में इस रोशनी

में कोई फ़र्क नहीं आया था। इसी रोशनी में जिया जाता है, नन्द ने सोचा।

''अम्मा तो रामेश्वरम् मोक्ष की यात्रा पूरी करने जाएँगी'', नन्द ने कहा, ''तुम किस लिए जाओगी?''

''तुम्हारे लिए'', वह हँसी।

नन्द चुप था।

''जानते हो नन्द'', राधा ने कहा, ''मैंने समुद्र नहीं देखा।''

मेज़ पर फिर चुप्पी पसर गयी।

''तुमने देखा है?'' राधा ने पूछा।

''हाँ।''

''कहाँ?''

''तुम्हारी आँखों में।'' वह मुस्करा नहीं रहा था।

''किताब से बोल रहे हो।'' वह मुस्कराई।

''पता नहीं।'' वह अब भी नहीं मुस्करा रहा था,'' समुद्र देखकर मुझे ऐसा ही लगा था जैसे कभी-कभी तुम्हें देखकर लगता है।''

राधा मेज़ पर छाये नन्द को एकटक देख रही थी।

''रामेश्वरम् में दोनों हैं : समुद्र और राम'', नन्द कह रहा था, ''इसीलिए लोग वहाँ जाते हैं।''

''क्या सचमुच वहाँ मोक्ष है?'' राधा मेज़ पर झुक आयी।

''अम्मा को यहीं लगता है।'' नन्द अब मुस्करा रहा था।

''तुम्हें क्या लगता है?'' वह सामने मेज़ पर झुकी थी।

नन्द कुछ नहीं बोला। वह अपलक उसी रोशनी की तरफ़ देख रहा था जो राधा की आँखों में थी।

मेज़ से उठकर राधा लम्बे सोफ़े पर बैठ गयी। नन्दू उसी के बगल में बैठा। राधा कोने में बैठी थी। नन्दू उसकी गोद में सिर रखकर सोफ़े पर पसर गया। राधा मुस्कराई। उसके बालों में उँगलियाँ चलाने लगी।

''तुमने सोफ़े को पार्क बना दिया'', वह बोली।

वह कुछ नहीं बोला। उसने आँखें मूँद लीं। उसका मन हुआ कि वह ऐसे ही आँखें मूँदे पड़ा रहे। मगर उसकी देह तनने लगी। उसने करवट ली। आँखें खोलीं : सामने साड़ी के धुँधलके में राधा की नाभि का नन्हा-सा अँधेरा था। उसने अँधेरे को चूम लिया। राधा हँसी। उसे गुदगुदी हुई थी। वह हँसती रही।

नन्द राधा की कमर में हाथ डाले उठा। वह भी उठी। वह हँसे जा रही थी। वे अन्दर पलँग की ओर बढ़े। पलँग पर उसने बसन्ती साड़ी को औरत से अलग किया, फिर दूसरे वस्त्रों को। सिर्फ़ औरत बची। उसे पता नहीं चला था।

वह भी सफ़ेद चादर के नीचे अकेला आदमी बचा था। आदमी और औरत चादर के अँधेरे में पहले एक-दूसरे को टटोलते रहे। फिर जैसे अचानक कुछ याद आ गया हो दोनों हताश एक-दूसरे से लिपट गये। देह की अपनी पहचान थी। सदियों पुरानी।

कुछ देर बाद वह पलँग से उठकर बाथ-रूम होती हुई किचन में चली गयी। नन्द को उसका बाथ-रूम जाना याद रहा। उसकी आँखें बन्द थीं। बन्द रहीं। उसे ख़ुद पता नहीं चला कि वह जाग रहा है या सो रहा है।

राधा ने कुकर पर चावल और दाल चढ़ा दिये। सब्ज़ी के लिए वह मटर छीलने लगी। वह कुछ गुनगुना रही थी। कोई चालू फ़िल्मी गीत था। गीत के बोल उसे याद नहीं थे। सिर्फ़ धुन मन में अटक गयी थी जिसे वह गुनगुना रही थी। रसोई की खिड़की में कोई चिड़िया आकर बैठ गयी थी। चिड़िया बाहर नहीं देख रही थी जहाँ से आयी थी। वह अन्दर की तरफ़ देख रही थी जहाँ एक औरत खड़ी थी। क्या चिड़िया ने इसे भी बड़ी चिड़िया समझा जो अपनी तरह से चूँ-चूँ कर रही थी?। गुनगुनाती राधा ने चिड़िया की ओर नज़रें घुमाईं। चिड़िया फुर्र-से उड़ गयी। वह कुछ पल रसोई की खिड़क़ी के चौखट-भर आसमान में उड़ी। फिर वह आसमान के उस टुकड़े से बाहर निकल गयी जहाँ कोई ओर-छोर नहीं था।

जब नन्द ने आँखें खोलकर बाथ-रूम की ओर देखा तो उसका दरवाज़ा खुला था। उसे अन्देशा हुआ कि राधा कहीं चली तो नहीं गयी। वह झटपट उठकर गैलरी में आया। राधा किचन में खड़ी गुनगुना रही थी जैसे कामिनी गुनगुनाती थी। कामिनी अब दुनिया में नहीं थी। लेकिन उसकी स्मृति इतनी गहरी नहीं थी जितनी राधा की उपस्थिति थी। इस फ़र्क की जड़ राधा की असहज करनेवाली सुन्दरता नहीं थी। कुछ और था। यह नन्द के प्रथम प्रेम का बहाना नहीं था। या शायद वही था जिसने उसके वजूद को चादर की तरह ढँक दिया था।

''अरे'', नन्द ने किचन के दरवाज़े पर खड़े हुए कहा, ''खाना बनाने की क्या ज़रूरत थी? मैं फ़ोन करके पिज़्ज़ा मँगा लेता।''

''पिज़्ज़ा-फ़िज़्ज़ा मुझे अच्छा नहीं लगता'', राधा ने कहा।

''तो कुछ और मँगा लेता।''

''क्या मेरा बनाया खाना अच्छा नहीं लगता?''

''नहीं, यह बात नहीं।''

''तो!''

''मैं सोच रहा था कि तुम खाना बनाने आयी हो या मुझसे मिलने?''

''दोनों!'' वह हँसी, ''खाना बनाते हुए लगता है जैसे मैं अपने घर में

हूँ!''

''हूँ'', वह ध्यानस्थ हो गया।

असल में वह भविष्य में छलाँग मार गया था। कुछ क्षण पहले उसने अतीत में छलाँग मारी थी। उसे लगा कि उसकी दोनों मुट्ठियाँ भरी हैं। मुट्ठियों मे सिर्फ़ हवा थी। उसे यह पता नहीं था।

नन्द का मोबाइल बजा।

''हाँ, बेटा।''

''पापा, हम लोग आज शाम को नहीं आयेंगे।''

''क्यों?''

''अभी असलम के अब्बा का फ़ोन था। हम लोग वहाँ जाएँगे।''

''ठीक है।''

नन्द कुछ सोचता हुआ हॉल में चला आया। वह सोफ़े पर बैठा। उसने मेज़ पर पड़ा अख़बार उठा लिया। वह उसे यों ही पलटने लगा। मालेगाँव विस्फोटों से जुड़े दो-तीन लोगों के पकड़े जाने की खबर थी, जो हिन्दू संगठनों से सम्बद्ध बताए जा रहे थे। शक़ पक्के होते नज़र आते थे। क्या हिन्दू धर्म भी आतंकी विस्फोटों की ज़मीन बन रहा था? नन्द ने अख़बार वापिस मेज़ पर रख दिया और सोफ़े से सिर टिकाकर आँखें बन्द कर लीं। प्रार्थना ख़ून की प्यासी हो रही थी।

उसने आँखें खोलकर किचन की ओर देखा जहाँ राधा थी। किचन से आती उसके चलने की आवाज़ या चूड़ियों की खनक तसल्ली देती थी। घर में सुकून वापिस आ गया था।

दोपहर में खाने पर वे प्रिया और रोहित की बातें करते रहे जैसे उनके ही बच्चे हों। प्रिया की शादी हो चुकी थी। रोहित अगले वर्ष कभी भी अमरीका जा सकता था और शादी कर सकता था।

''रोहित की शादी के बाद जब तुम लखनऊ लौटो'', नन्द ने उसकी आँखों में झाँकते हुए कहा, ''तो इसी घर में लौटना।''

''बिना शादी के?'' उसने अपनी भवें ऊपर उठाईं।

''ठीक है'', नन्द मुस्कराया, ''शादी के बाद।''

वह हँसी। उसके दाँत चमके। होंठ दाँतों पर फैल गये।

जिस हँसी को नन्द ने हँसी समझा, उस हँसी में असमंजस था। वह उसके लाल होठों को ताक रहा था। वह लम्बे सोफ़े पर बैठी थी। वह कुछ उछलता-सा उसके बग़ल में आकर बैठ गया। उसकी आँखों में सिर्फ़ राधा के मुस्कराते होंठ थे। वह उन्हीं पर झुक गया। नन्द ने सोचा कि ऐसा सपना उसने कितने

बरस देखा था! फिर उसने सपना देखना छोड़ दिया था क्योंकि सपना आँखों से उतरकर उसकी हड्डियों में घुल गया। अभी वह उसके हाथों में थी तो सपना हड्डियों से निकलकर फिर हाथों में आ गया जिसे नन्द ने चूम लिया। वह उसे वापिस अपने सपने में ले गया।

ढलती दोपहर जब नन्द की आँख खुली तो एकाएक उसे लगा कि राधा सपने से निकलकर उसके पास लेट गयी है।

राधा अपने मोबाइल के संगीत से जागी। उसने आँखें खोलकर फ़ोन उठाया—दूसरी तरफ़ राहुल था।

''हाँ, बेटा।''

''कैसी हो, मम्मी?''

''अच्छी हूँ। बहुत जल्दी तुझे माँ की याद आ गयी!''

''मम्मी, पढ़ाई बहुत है।''

''सो तो होगी, बेटा।

''मम्मी, आज इतवार है।''

''हाँ।''

''इस वक़्त तुम कहाँ हो?''

''मैं'', उसने अचकचाकर नन्द को देखा, ''मैं अपने कमरे में हूँ, बेटा।''

''ठीक है'', उधर से आवाज़ आयी, ''मैं फिर फ़ोन करूँगा।''

फ़ोन कट गया।

उस शाम प्रिया और असलम को नहीं आना था। जब रात को रुकने के लिए नन्द ने इसरार किया तो राधा ने सवेरे स्कूल जाने की जल्दी और अपनी दूसरी साड़ी न होने के कारण बताए। नन्द ने उसे मुँह अँधेरे गेस्ट हाउस छोड़ने की भी पेशक़श की। मगर वह नहीं मानी। उसे आख़िरी बार चूमकर चली गयी।

रोज़ की तरह उस रात भी नन्दू पलँग पर अकेला लेटा। पर उस रात उसे अपना पलँग ऐसा बियाबान लगा जैसा पहले कभी नहीं लगा था।

अमरीका से शादी

कामवाली कमला की झाड़ू की आहट से मन्नू की नींद टूट गयी थी, मगर उसने आँख नहीं खोली। तभी उसके मोबाइल का संगीत बजा। उसने अधमुँदी आँखों से टटोलकर मोबाइल हाथ में लिया और उसका रौशन पर्दा देखा—उसकी समझ में कुछ नहीं आया।

"हलो!"

"हाय जानू।" यह कंचन की आवाज़ नहीं थी।

"कौन?"

"हाय, कुछ महीने में ही हमें भूल गये।"

"कौन?" मन्नू चकरा गया।

"हाय, अब हम कौन हो गये?"

मन्नू को अचानक याद आया कि जिस आवाज़ में थोड़ी ख़राश है, वह आवाज़ लीला की है। लेकिन लीला तो अमरीका चली गयी थी!

"लीला, तुम लखनऊ कब आयीं?"

"शुक्र है, हमारा नाम तो हुज़ूर को याद आया।" फिर कुछ रुककर, "तुम्हें याद करने को क्या लखनऊ आना ज़रूरी है?"

"क्या अमरीका से बोल रही हो?"

"हाँ", वह हँसी," "और तुम्हें अमरीका बुलाना चाहती हूँ।"

मन्नू को लगा जैसे कामवाली कमला अपनी झाड़ू लेकर उसकी बातें सुन रही है। कुछ महीनों पहले ऐसे ही सुबह के झुटपुटे में उसने पलँग से उठते हुए उसकी छातियाँ टटोली थीं। तब से उसकी दिलचस्पी मन्नू में कुछ ज़्यादा बढ़ गयी थी। उसने कमला को बाहर जाने का इशारा किया।

"कैसे?" वह बोला।

"अरे जानू, शादी करके और कैसे!" उसका स्वर समतल था।

वह हँसा, "तुम तो मुझे कंचन से मिलवाकर ख़ुद अमरीका चलीं गयीं

थीं।''

''वह तो पार्ट-टाइम अरेंजमेंट था।''

''अच्छा!'' वह फिर हँसा।

''तुम हँस रहे हो जानू'', उसकी आवाज़ की खराश कुछ बढ़ गयी। ''मैं सीरियस हूँ।''

''सच?''

''हाँ, क्या करूँ, पूरा अमरीका, छान मारा, तुम सा नहीं देखा!''

अब मन्नू को लीला की बात पर कुछ भरोसा हुआ। वह ऐसी ही बिन्दास थी। उसने कभी उसे ''लव यू'' नहीं बोला था। जब वह ''लव यू'' बोलता तो वह हँसने लगती थी। तब वह भी हँसने लगता। अब वह अमरीका में बैठी हुई (या खड़ी हुई, कौन जाने?) उससे उसका हाथ माँग रही थी।

''क्या शादी करने लखनऊ आ रही हो?'' मन्नू मुस्करा रहा था।

''जानू, पैसा बर्बाद करने से कोई फ़ायदा नहीं। मैं पेपर्स भेज रही हूँ। तुम वीसा ले लेना। महीने-भर में तुम यहाँ आ जाओगे। हम लोग यहीं शादी कर लेंगे। तुम्हें भी यहाँ बढ़िया जॉब मिल जाएगी।''

लीला संजीदा थी। शक़ की कोई गुंजाइश नहीं थी। फिर उसकी आवाज़ आयी, ''तुम कल फ़ोन करना।''

मन्नू पलंग से ख़ाली कमरे में उठा और खिड़की के बाहर देखने लगा जैसे खिड़की के बाहर अमरीका हो। उसे विश्वास नहीं हो रहा था। उसे विश्वास नहीं हा रहा था कि वह अगले माह अमरीका के आईनाख़ाने में क़दम रखेगा!

उसका मोबाइल फिर बजा। उसने फ़ोन उठाकर कंचन का नम्बर देखा और फ़ोन वापिस तिपाई पर रख दिया। संगीत बजता रहा। शोभा कमरे में घुसी और उसने खिड़की के सामने खड़े मन्नू से कहा—''फ़ोन क्यों नहीं उठा रहा, मन्नू?''

मन्नू पलटा। तभी फ़ोन बन्द हो गया।

शोभा ने कुछ क़दम चलकर मोबाइल उठाया और नाम देखकर उसे मन्नू की ओर बढ़ाते हुए कहा—''बहू का फ़ोन था। ले कर ले।''

मन्नू ठहाका मारकर हँसा, ''लो, वह बहू भी हो गयी।''

''क्यों?'' शोभा ने त्यौरियाँ चढ़ाई, ''अब उसके बहू होने में क्या कसर है? तू उसे हमें मिला चुका है।''

''मैं कल किसी और को मिला दूँ, तो?''

''तू कंचन को हमसे बहू की तरह मिला चुका है, बेटा।'' धूप निकल आयी थी। यह कड़े जाड़ों की धूप थी। उसे देखकर तसल्ली होती थी। मन्नू को ठंड लगी। उसने शॉल उठाकर ओढ़ लिया। शॉल उठाते हुए उसने मोबाइल

मेज़ पर रख दिया था। उसे उठाकर फिर मन्नू के हाथ में देते हुए शोभा ने कहा, "ले बात कर ले। शादी के पहले झगड़ा ठीक नहीं।" मन्नू ने हँसते हुए कहा, "शादी के बाद झगड़ा ठीक होगा, मम्मी?"

शोभा पीठ मोड़कर चली गयी थी। शायद उसने सुना नहीं। मन्नू हँस रहा था। उसने कंचन को फ़ोन नहीं किया। दिन-भर नहीं किया। उसने फ़ोन का जवाब भी नहीं दिया। कंचन ने उसे दिन में चार बार फ़ोन किया। मन्नू फ़ोन पर उसका नम्बर देखता और अपने फ़ोन का संगीत सुनता रहता। नई 'चालबाज़' फिल्म के गाने की धुन थी जिसे सुनकर गाने के बोल याद आते थे। यह फ़िल्म उसने पिछले हफ़्ते कंचन के साथ देखी थी। उसके फ़ोन का जवाब न देकर शायद वह उसके साथ कोई हिसाब चुकता कर रहा था जब बॉटेनिकल गार्डन्स में घुटने ज़मीन पर गड़ाए उसने कंचन का हाथ माँगा था—उसके घुटने में ख़ून निकल आया था।

मन्नू का ज़मीर साफ़ था। लीला कंचन से पुरानी प्रेमिका थी। अगर वह उससे शादी करना चाहे तो पहला हक़ उसी का बनता था। जब वह यहाँ थी, उसे चूमते हुए या चूमने के पहले वह अकसर 'लव यू' बोलता था। लीला ने कभी 'लव यू' नहीं बोला था। अमरीका जाकर उसने अपनी मोहब्बत का ऐलान किया। वाह, अमरीका, वाह! मैं तुम्हारी बाँहों में आ रहा हूँ। उसने तुरन्त अपनी ग़लती ठीक की: वह लीला की बाँहों में जा रहा था! क्या लीला की बाँहें अमरीका की बाँहें थीं?

अगली सुबह उसने अमरीका फ़ोन किया जब वहाँ रात थी। लीला उसकी आवाज़ सुनकर उछल पड़ी। वह लीला को उछलता हुआ नहीं देख सकता था। मगर फ़ोन पर उसके स्वर में किलकारी थी :

"हाय जानू, तुम्हारे फ़ोन का ही इन्तज़ार कर रही थी।"

"क्यों, क्या कोई शक़ था?"

"तुम छलिए हो जानू" वह हँसी, "तुम्हारा एतबार नहीं।"

"मैं तो तुम्हारा पुराना आशिक़ हूँ, लीला।" फिर क्षण-भर रुककर, "तुम्हें ही क़बूल करने अमरीका जाना पड़ा।"

"यह सच है, जानू", उसका स्वर अचानक भारी और धीमा हो गया, "मैंने यहाँ आकर तुम्हें जाना।"

"सच!" मन्नू की आवाज़ भावुक हो गयी।

"ख़ैर, कोई बात नहीं", लीला ने फ़ोन पर सात समुद्र लम्बी साँस ली, "हम अगले महीने अमरीका में मिलेंगे।"

"क्या तुमने पेपर्स भेज दिए?" मन्नू का स्वर समतल था।

"आज भेजूँगी।"

"मैं इन्तज़ार करुँगा।"

जब वह फ़ोन करके अपने कमरे से बाहर आया तो शोभा ने बताया कि पापा को बुख़ार है।

"क्यों?" मन्नू के मुँह से निकला।

"कल उन्हें हरारत थी। इसलिए इलाहाबाद नहीं गये। आज तारीख़ है। बुखार हो गया।"

"पापा फ़िकर बहुत करते हैं", मन्नू कुछ खीझ गया, "जिस मकान में रहना नहीं, उसके लिए जान दिए दे रहे हैं।"

शोभ टुकुर-टुकुर बेटे का चेहरा ताक रही थी। मन्नू दूसरे कमरे की तरफ़ मुड़ा जहाँ कुँवर लेटे थे। कुँवर ने रजाई ओढ़ी थी, मगर उनका चेहरा बाहर था और आँखें खुली थीं। मन्नू की नज़र जब उनसे मिली तो उसने जाना कि उन्होंने सब सुन लिया है। उसने पिता का हाथ छुआ : हाथ बुखार का हाथ था।

"मैं डॉक्टर को बुलाता हूँ, पापाजी," उसने कहा।

"कोई ज़रूरत नहीं", कुँवर बोले, "मैंने क्रोसीन ले ली है। बुख़ार उतर जाएगा।"

"आप इसे चढ़ने ही क्यों देते हैं, पापाजी!"

कुँवर बेटे का चेहरा अचम्भे से देख रहे थे। बेटा कह रहा था, "आपकी अपील की चिन्ता ही बुख़ार है।"

"तुम नहीं समझोंगे, मन्नू।"

"क्या?"

"मेरा सपना।"

"क्या?"

"मैं अपने बेटे के बेटे की नाल भी उसी मकान में गाड़ना चाहता हूँ, जहाँ हमारी नालें गड़ी हैं।"

"उस किराए के मकान में?"

"जब तक मेरा पोता आयेगा, मेरा मकान भी मेरा हो जाएगा।"

मन्नू भीतर-ही-भीतर उखड़ गया। उसे लगा कुँवर बुखार में बड़बड़ा रहे हैं। उसने यह कहते हुए पिता का चेहरा रजाई से ढँक दिया, "मुँह खोलेंगे तो क्रोसीन असर नहीं करेगी।"

रजाई ढँकने के साथ ही शोभा पलटी जो पीछे खड़ी पिता-पुत्र संवाद सुन रही थी।

बाहर निकलकर मन्नू ने कहा, "पापा को हींग की मंडी के मकान के सिवाय कुछ नहीं सूझता।"

"और कुछ बचा ही नहीं", शोभा के मुँह से निकला। फिर वह बेटे का चेहरा देखते हुए बोली, "मैं अभी तेरे लिए चाय लाती हूँ।"

शाम को कंचन का पाँचवीं बार फ़ोन आया। फिर मन्नू ने सिर्फ़ फ़ोन का संगीत सुना। रात को जैसे ही मन्नू की गाड़ी अन्दर घुसी, कंचन खुले गेट से अन्दर आ गयी। दोनों के बीच 'हाय' चलीं फिर वे अन्दर हॉल में आ गये। शोभा गाड़ी की भर्राहट सुनकर दरवाज़े में आ गयी थी। वह हाल में तीसरी ओर बैठी। मन्नू और कंचन आमने-सामने थे।

"मैं समझती थी, तुम बदल गये हो", कंचन का स्वर कड़क था। एक साँस लेकर वह फिर बोली, "पर मैं ग़लत थी। तुम छिछोरे तो थे; कायर भी हो, आज यह पता चला।"

शोभा कुछ घबराई-सी अन्दर जाने लगी।

"मम्मी जी, आप बैठी रहिए।" कंचन ने शोभा की ओर नज़र घुमाई।

"क्यों?" मन्नू की आवाज़ कमज़ोर थी।

कंचन हँसी। उसकी हँसी में आवाज़ नहीं थी। केवल टेढ़ी मुस्कान उसके भरे होठों पर तैर गयी।

"शाम को लीला का फ़ोन आया था", उसने कहा।

कुछ पल हॉल में सन्नाटा छाया रहा।

"उसने शादी के बारे में बताया", कंचन बोल रही थी।

"अच्छा", शोभा को हॉल में छाए तनाव को कम करने की जगह नज़र आयी।" क्या तुम्हारी सहेली की शादी हो रही है?"

"हाँ, मम्मी। आपके बेटे से।" वह मुस्करा रही थी।

"यह कैसे हो सकता है?" शोभा चौंकी, "ज़रूर कोई ग़लतफ़हमी है।"

"और क्या!" चुप मन्नू बोल पड़ा।

"कोई ग़लतफ़हमी नहीं है", कंचन का स्वर ठंडा था।" मन्नू अमरीका जा रहा है।"

"यह क्या हो रहा है?" शोभा अचानक उत्तेजित हो गयी, "मेरा बेटा अमरीका जा रहा है! किसी और से शादी कर रहा है!"

कुँवर कम्बल ओढ़े हॉल में यह कहते हुए घुसे:

"छोरी, क्या बके जा रही है? मन्नू अमरीका जा रहा है। तुझसे शादी नहीं कर रहा है।"

जब कुँवर एक सोफ़े पर बैठ गये तो कंचन ने निगाहें ऊपर उठाईं और कहा, "पापाजी, मैं ठीक कह रही हूँ। मन्नू अमरीका जा रहा है।"

"और हमें पता भी नहीं!" कुँवर ने अपनी तेज़ नज़रें मन्नू पर टिका दीं।

''पापाजी, कोई ग़लतफ़हमी है'', मन्नू का स्वर सधा था जैसे वह दफ़्तर में कोई प्रबन्धन-समस्या सुलझा रहा हो, ''मैं ठीक कर दूँगा।''

एकाएक कुँवर बुख़ार में चीखे, ''मैं कहे देता हूँ। तू कंचन से शादी करेगा और पोते की नाल आगरा में गड़ेगी।''

शोभा को हस्तक्षेप ज़रूरी लगा। उसने अपनी नज़रें खिड़की से मोड़ लीं जहाँ अँधेरे के सिवा कुछ नहीं था। वह बोली:

''शादी कोई खेल नहीं है कि गुड़िया बदल दी।''

''तेरी शादी होगी तो कंचन से होगी'', कुँवर फिर चीख़े। उन्हें खाँसी आ गयी।

खाँसी चलती रही। शोभा तुरन्त अन्दर से पानी ले आयी। तीन घूँटों से खाँसी रुक गयी।

''लेकिन मैं अब मन्नू से शादी करने को तैयार नहीं'', कंचन सोफ़े से उठते हुए बोली।

''क्यों?'' शोभा ने नज़रें ऊपर उठाईं।

''क्योंकि मन्नू अमरीका से शादी करना चाहता है'', कंचन का चेहरा सबसे ऊँचा था। वह खड़ी थी। जैसे ही वह खड़ी हुई कुँवर और मन्नू की निगाहें भी ऊपर उठ गयी थीं।

''छोरी'', कुँवर के माथे पर त्यौरियाँ चढ़ गईं,'' तू क्या बोल रही है? क्या मन्नू अमरीका की इमारतों से शादी करेगा?''

''हाँ।''

''तो मेरा पोता कहाँ से आयेगा?''

''अमरीका से'', कंचन अब हल्की थी और मुस्करा रही थी, ''मन्नू अमरीका में लीला, नीला या शीला—किसी से शादी कर लेगा।''

शोभा को गुस्सा आ गया, ''तुम क्या कह रही हो, कंचन! क्या मेरा बेटा बिकाऊ है?''

''हाँ, मम्मी'', वह हँसी, ''मन्नू बिकाऊ है!''

''कोई बड़ी ग़लतफ़हमी है'', मन्नू का सधा स्वर उठा,'' मैं सब ठीक कर दूँगा।''

''अब कोई ग़लतफ़हमी नहीं है'', इन शब्दों की ताल पर थाप देते कंचन के पैर उसे बाहर ले गये।

कोई नहीं उठा। जब बाहर के गेट की टन्नाहट अन्दर आयी तो कुँवर ने नज़र तिरछी करके मन्नू से पूछा, ''क्या तू सचमुच अमरीका जा रहा है?''

''पापाजी'', मन्नू ने आँखें ऊपर उठाईं। ''दरअसल मैं आपको बताने ही

वाला था..."

कुँवर को कुछ सुनाई नहीं दिया। उन्हें लगा वे सहसा बहरे हो गये हैं। मन्नू बचपन में कभी-कभी झूठ बोलता था। बड़ा होने पर वह घर में सच बोलता था या नहीं बोलता था। अभी उसकी आवाज़ बदल गयी थी जैसे सच और झूठ में कोई फ़र्क ही न हो।

जब मन्नू चुप हो गया तो कुँवर के मुँह से निकला : "मेरे सपने का क्या होगा?"

फिर वे उठे और अन्दर जाकर अपने बिस्तर पर लेट गये। उन्होंने सिर तक रजाई ओढ़ ली। जब कुछ देर बाद शोभा ने रजाई उठाई तो उनकी आँखें बन्द थीं और माथा जल रहा था। वह पलटी और एक हाथ में क्रोसीन और दूसरे में पानी लेकर लौट आयी। कुँवर को दवा देकर फिर रजाई से ढँक दिया गया।

उस रात मन्नू को खाना देकर जब शोभा बिस्तर पर लेटी तो उसे लगा कि वह दिन-दहाड़े लुट गयी है। उसने खाना नहीं खाया था। उसकी भूख कहीं और चली गयी थी। पेट चट्टान की तरह था। न जिस्म में कोई हरकत थी, न मन में कुछ बचा था। उसने आँखें कुछ ऐसे बन्द कीं जैसे कोई अपने घर का दरवाज़ा बन्द करता है और साँकल चढ़ा देता है।

सुबह जब घर की घंटी बजी और शोभा ने दरवाज़ा खोला तो सामने नन्दलाल खड़े थे। दरवाज़ा खोलते ही वे बोले, "कर्नल राठौर नहीं रहे। सिंह सा'ब की तबियत कैसी है? क्या वे भैंसा कुंड चलेंगे?" मन्नू शोभा के पीछे ऑफ़िस जाने को तैयार खड़ा था। उसने कहा, "अंकल, पापाजी की तबियत ठीक नहीं। मैं चलता हूँ।"

यह तय हुआ कि नन्दलाल भी मन्नू की गाड़ी में भैंसाकुंड जाएँगे और मन्नू उन्हें ऑफ़िस तक छोड़ देगा।

"क्या कर्नल बीमार थे?" रास्ते में मन्नू ने पूछा।

"नहीं।"

"तो।"

"वे जब जागते शराब पीते थे। सुबह उन्होंने चाय पीना छोड़ दिया था। उनका गिलास हमेशा भरा रहता था। जब वे मरे, उनके पलँग के पास गिलास रखा था।"

"क्यों?" मन्नू ने हैरत से नन्दलाल की ओर देखा, "ऐसा क्यों?"

"उनका बेटा एक्शन में मारा गया था। वे उसकी जुदाई न झेल सके। बिलकुल अकेले हो गये थे।"

"उनके पास दौलत तो काफ़ी थी।"

"हाँ, दिन-रात पीते थे", नन्दू ने मन्नू की ओर देखा। "पीते हुए अपने पाताल में उतर जाते थे जहाँ सिर्फ़ अँधेरा था।"

चौराहे पर गाड़ी मुड़ते ही एक साइकिलवाला सामने आ गया। मन्नू को ब्रेक लगाना पड़ा।

"देख के", नन्दू के मुँह से निकला।

"ग़लती उसी की थी", मन्नू ने खीझते हुए कहा।

"ग़लती हमेशा दूसरे की होती है, मन्नू", नन्दू मुस्कराया।

जब गाड़ी फिर सर्राकर दौड़ने लगी तो मन्नू ने पूछा, "अंकल, क्या आप इधर कर्नल सा'ब से मिले थे?"

"परसों ही शाम को मिला था। उनके पड़ोस में शाम को गया था। फिर उनके घर चला गया।"

"कैसे थे?"

"दारू का गिलास लिए बैठे थे। उन्होंने हँसते हुए अपनी पिछली बात दोहराई—अब मुझे कोई इन्तज़ार नहीं। सड़क पर गिलास लिए नहीं चल सकते थे, इसलिए घर से नहीं निकलते थे। दुबले हो गये थे। उनके चेहरे पर कोई छाया बार-बार आ जाती।"

यह मौत की छाया थी! नन्दू ने सोचा। कर्नल ज़िन्दगी से पल्ला छुड़ा रहे थे। उनकी ज़िन्दगी इतनी ख़ाली हो गयी थी कि उसे सिर्फ़ शराब भर सकती जैसे वे ख़ुद एक ख़ाली गिलास हों—बिलकुल ख़ाली, कोई बूँद भी नहीं, न कोई भ्रम!

"क्या?" मन्नू ने कहा।

गाड़ी अब नदी के पुल पर थी जिसके पार दाहिनी ओर भैंसा कुंड की ख़ाली सड़क थी।

"जब मैंने गिलास की ओर देखते हुए उसका ज़िक्र किया", मन्नू कह रहा था, "तो वे हँसकर बोले कि अच्छा है, मैं भक् से जल जाऊँगा। तुम्हें मरघट पर इन्तज़ार नहीं करना पड़ेगा। मुझे इन्तज़ार से नफ़रत है," वे बोले।

"मुझे भी", गाड़ी मोड़ते हुए मन्नू बोला।

भैंसा कुंड के पूरब में नदी थी, दूसरी तरफ़ सड़क थी जो ख़ाली थी। सड़क के दोनों ओर कुछ गाड़ियाँ खड़ीं थीं। मन्नू की गाड़ी सबसे ज़्यादा चमक रही थी।

जब वे सीढ़ियाँ उतरकर नीचे पहुँचे तो कर्नल को आग दी जा चुकी थी। आग किसी दूर के भतीजे ने दी थी जिसे पहले किसी ने नहीं देखा था। कोई यह भी फुसफुसाया कि यह कर्नल की दौलत का पहला दावेदार है, और भी

आयेंगे।

इन्तज़ार नहीं करना पड़ा। चिता जल्दी ही जल गयी। लौटते हुए मन्नू के दिमाग़ में यह सवाल उठा कि इतनी दौलत के रहते हुए कर्नल इतने अकेले कैसे हो गये?

शाम को जब वह घर लौटा तो कुँवर सोफ़े पर कम्बल ओढ़े बैठे थे। पलँग से सोफ़े पर आ जाना अच्छी बात थी। मगर सोफ़े पर कम्बल ओढ़े बैठना अच्छी बात नहीं थी। उसे पता नहीं था कि उन्होंने अभी इलाहाबाद वकील को फ़ोन किया था और वकील ने अगली तारीख़ अगले महीने बताई थी और कहा था कि अगली बार दस हज़ार ले आइए। यह वकील बहुत महँगा था, लेकिन दीवानी का सबसे अच्छा वकील था—वे अपने हींग-की-मंडी के मकान के लिए कुछ भी करने को तैयार थे। शायद यह मन्नू के अमरीका विस्फोट और अपनी गिरी तबियत की वजह से था कि उन्हें अपने आगरा के दोस्त राजकुमार की सलाह याद आ रही थी। राजकुमार के अनुसार उनकी अपील में कोई जान नहीं थी, उन्हें वक़्त और पैसा बर्बाद नहीं करना चाहिए। "मेरा वक़्त और पैसा किसलिए है", उन्होंने कहा था, "अगर मैं ज़मीन का वह टुकड़ा न बचा सकूँ जिसमें मेरी नाल गड़ी है।" अब कुँवर के मन में वहम के बुलबुले उठने लगे थे। मन्नू अमरीका जा रहा था। पता नहीं, लौटेगा या नहीं। क्या मुझे अपना वक़्त अपना पैसा बचाने में लगाना चाहिए?

मन्नू उनके पास सोफ़े पर आकर बैठ गया और उसने अपना हाथ उनके हाथ पर रखते हुए पूछा, "कैसी तबियत है, पापाजी?"

"ठीक है", अनमने-से कुँवर ने अपना हाथ खींच लिया।

"पापाजी, आपको बुखार है। आप पलंग पर लेटिए।"

जब कुँवर के जिस्म में कोई जुम्बिश नहीं हुई तो मन्नू ने किचन की ओर देखा जहाँ शोभा की आहटें जारी थीं। "मम्मी", उसने कहा, "यहाँ आओ। देखो, पापा को बुखार है। वे बाहर बैठे हैं।"

शोभा हॉल में आयी। उसने कहा, "ये फ़ोन करके देर से यहीं बैठे हैं। मैं चार बार टोक चुकी। उठते ही नहीं।"

कुँवर चुपचाप उठे और टहलते हुए अन्दर चले गये जैसे बाग़ में कम्बल ओढ़े टहल रहे हों।

"क्या बात है, मम्मी?" मन्नू ने माँ की और देखा, "पापा कुछ बोलते क्यों नहीं?"

"मुझसे भी नहीं बोलते", शोभा की आवाज़ डूबती-सी लगी, "दो शब्द ही दुहराते हैं।"

"क्या?"

"मकान और पैसा।"

"दोनों की आपको कोई दिक्कत नहीं होगी, मम्मी।" मन्नू ने दिलासा देते हुए कहा, "अमरीका में पैसा घास की तरह उगता है। जितना चाहोगी, काटकर भेज दूँगा।"

शोभा सामने सोफ़े पर आकर बैठ गयी थी। मन्नू उसी की ओर देख रहा था। उसने देखा कि माँ की दोनों आँखों में आँसू तैर रहे थे। आँसू न ढुलके, न ग़ायब हुए—जैसे स्थिर हों।

"क्या मम्मी!" मन्नू उछलकर लम्बे सोफ़े पर आ गया जहाँ शोभा बैठी थी। उसने अपनी एक बाँह से माँ के कन्धों को घेर लिया। तब शोभा ने उसकी ओर नज़रें घुमाईं और कुछ भारी होती आवाज़ में कहा : "क्या पैसे से सब हो जाता है, बेटा?"

"क्यों नहीं, मम्मी! पैसे से कुछ भी खरीद सकते हैं—कोई भी मकान, कहीं भी।" मन्नू मुस्करा रहा था।

"पर खाली मकान से क्या होगा?"

"खाली क्यों? उसे बेहतरीन फ़र्नीचर और परदों से सजा देंगे।"

"उसमें रहेगा कौन?"

"मेरी मम्मी और पापा।" वह हँसा।

"वे दिन-भर क्या करेंगे?"

"टी.वी. देखेंगे। कोठी के सामने खड़ी गाड़ी में सैर करेंगे।"

"फिर?"

"जब घूमकर लौटेंगे तो थक जाएँगे। फिर नौकरानी मेज़ पर खाना लगा देगी। वे खाना खाएँगे और सो जाएँगे।"

"बगलवाली कोठी में एक बूढ़ा जोड़ा ऐसे ही रहता है। जब मैं उन्हें देखती हूँ तो मुझे भूतों जैसे लगते हैं।"

"भूतों जैसे!" मन्नू ने माँ का चेहरा देखा, "क्यों?"

"दोनों अकेले।"

"जब दो हैं, तो अकेले कैसे?"

"उनके बीच की दरार खाली है।"

मन्नू हतप्रभ था। तभी उसने माँ की दोनों आँखों से एक-एक आँसू गाल पर लुढ़कते देखा।

"मन्नू!" शोभा की आवाज़ भर्रा गयी।

"क्या मम्मी?"

"क्या मैं पैसे से बेटा ख़रीद सकती हूँ?"

मन्नू ने फिर अपनी बाँह माँ के गले में डाल दी जो उसने हटा ली थी। फिर उसने कहा, "क्या मम्मी, जिसका साबुत बेटा सामने बैठा हो, उसे बेटा ख़रीदने की क्या ज़रूरत?"

"तू तो अमरीका जा रहा है", शोभा ने नज़रें घुमाते हुए कहा।

"अमरीका क्या चाँद पर है?" वह हँसा, " जैसे यहाँ से मुम्बई वैसे अमरीका।"

"कैसे?"

"जैसे यहाँ से मुम्बई रेल से जाने में एक दिन लगता है, वैसे ही अमरीका से हवाई जहाज से आने में एक दिन लगेगा।"

वह हँसी, "क्या तू अमरीका से उसी तरह आयेगा जैसे मुम्बई से आता?"

"बिलकुल।" उसका स्वर क्षीण था।

"तू मुम्बई में रहता", शोभा की आवाज़ हताश थी, "तो तेरी शादी यहाँ होती और तेरे बच्चे की नाल हींग की मंडी में गड़ती।"

"नाल हींग की मंडी में ही गड़ेगी, मम्मी," उसने नकली उत्साह से कहा जिसे शोभा नहीं पकड़ सकी।

"क्या तू बहू को लेकर जचगी के लिए यहाँ आयेगा?"

"वह तो मुश्किल होगा।"

"तो?"

"मैं नाल को हवाई डाक से भेज दूँगा।" वह मुस्करा रहा था।

शोभा हँसी नहीं। उसे लगा, वह फिर हार गयी। उसने हारे स्वर में कहा, "मैंने कंचन को बहू मान लिया था।" फिर थोड़ा रूककर, "तू ने बहू बदल दी तो मुझे लगता है कि मेरा बेटा बदल गया।"

"मम्मीऽ ऽ", मन्नू की बाँह अभी माँ के गले में पड़ी थी, "तुम तो ऐसे कह रही हो जैसे कंचन के साथ मेरे सात फेरे हुए हों।"

"यह फेरों की बात नहीं है, मन्नू।"

"तो!"

"यह मन की बात है।"

"मन!" मन्नू हँसा, "यह मन क्या होता है? आग को घेरे सात फेरे होते हैं।"

शोभा गर्दन मोड़कर उसे एकटक देख रही थी। उसके मुँह से निकला, "जैसे तू अमरीका में सात फेरे लेगा।"

मन्नू ने अपनी बाँह माँ के कन्धे से हटा ली थी। उसने कहा, "अमरीका

आग के फेरे नहीं मानता। वहाँ शादी अदालत में होती है।''

''मकान के मुकदमे की तरह!'' उसकी नज़रें बेटे पर थीं।

''हाँ, मैं तस्वीर भेजूँगा।''

''अब तो मन्नू'', शोभा ने अन्तिम हताशा में कहा, ''तू तस्वीरों में ही आएगा!''

मन्नू ऐसे चुप हुआ जैसे उसके पास कोई जवाब न हो। शोभा ऐसे चुप हुई जैसे उसके पास कुछ कहने को न हो। उसने यह ज़रूर पूछा, ''तू कब जाएगा?''

''अगले माह'', मन्नू ने कहा।

फिर वह ऐसे झटके से उठा जैसे अभी जा रहा हो। वह अपने कमरे में गया। उसने अलमारी से व्हिस्की की बोतल निकाली और उसे खोलकर एक बड़ा घूँट लिया। बोतल मेज़ पर रखकर वह रसोई से गिलास और फ्रिज से पानी और बर्फ़ ले आया। तब उसने एक बड़ा पैग बनाया और धीरे-धीरे पीने लगा। उसे पता नहीं चला। पैग जल्दी ख़त्म हो गया। उसने दूसरा पैग बनाया।

शराब से भूख जाग गयी। उसने मेज़ पर रखी दोनों सब्जियों के डोंगे खाली कर दिए। रोटियाँ अलबत्ता बचीं थीं। मन्नू के अपने कमरे में जाने के बाद शोभा ने फ्रिज से दही निकाला और एक रोटी खाने की कोशिश की। मगर दो निवालों के बाद लगा कि उसे भूख नहीं है। भूख न लगने का एक कारण यह भी हो सकता था कि मन्नू ने आज उसे न साथ बैठने को कहा था, न डोंगों में सब्ज़ी छोड़ी थी। क्या उसने शराब अपनी आदत तोड़ने के लिए पी थी?

शोभा के सामने अचानक टी.वी. का काला पर्दा चमका। उसने रिमोट उठाकर बटन दबाया। पर्दा दीप्त बिम्बों से भर गया। पर्दे पर कृष्ण मोर-मुकुट और पीताम्बर धारे रास-लीला कर रहे थे। पृष्ठभूमि में कदम का पेड़ और बहती जमना का प्रभाव था। कृष्ण भगवान अपनी लीला में मुस्करा रहे थे जैसे यह दुनिया बनाकर बहुत खुश हों! पर यह कैसी दुनिया थी जिसमें बेटा माँ को छोड़कर जा रहा था? परदे पर हर गोपी के साथ कृष्ण थे। शोभा के सामने वही दृश्य था जो उसने बचपन से कैलेंडरों में देखा और कथाओं में सुना था। वह मन्त्र-मुग्ध परदे को निहार रही थी। जैसे ही रास ख़त्म हुआ शोभा ने ख़ाली परदे को हाथ जोड़ दिये और रिमोट का बटन दबा दिया। परदा फिर काला हो गया।

अँधेरे में कुँवर की आँखें चमकीं। उनका सिर रजाई से बहार था।

''सोए नही?'' शोभा ने पूछा।

''नींद नहीं आ रही'', कुँवर ने कहा।

''बुखार तो नहीं?'' यह कहते हुए शोभा ने उनके माथे पर हाथ रखा।

"बुखार तो नहीं है।"

"मन्नू अगले महीने जा रहा है", कुँवर बोले।

"क्या तुम सुन रहे थे?"

"हाँ।"

"हम अकेले हो जाएँगे", शोभा ने कहा।

"हाँ, फिर यहाँ क्या करेंगे?"

"और वहाँ क्या करेंगे?"

"वहाँ मतलब?" कुँवर अँधेरे में मुस्कराए।

"हींग-की-मंडी में!"

"अपने मकान में रहेंगे।"

"अपील जीतेंगे, तभी तो अपना मकान होगा।"

"हम अपील जीतेंगे।"

"जैसे यह भी तुम्हारे हाथ में है", शोभा बुदबुदाई।

"जो कुछ हमारे हाथ में है, वह करेंगे", कुँवर बुदबुदाए।

कुँवर ने रजाई से मुँह ढाँप लिया। शोभा अपनी रजाई में घुस गयी जैसे अँधेरे में घुसी हो। उसने बत्ती नहीं जलाई थी।

मन्नू के अमरीका-विस्फोट से पहले जब कुँवर राजेन्द्रसिंह आनेवाले दिनों के बारे में सोचते थे तो उनका मन पुलक से भर जाता था। कंचन मान गयी थी कि पहली जचगी आगरा में होगी और कुँवर के बेटे के बेटे की नाल भी वहीं गड़ेगी जहाँ उसके बाप की और बाप के बाप की गड़ी थी। कितना सुहाना होगा वह दिन! फिर वे तसव्वुर करते कि वे अपने बड़े होते पोते के साथ फ़तेहपुर सीकरी गये हैं और उसे किले के आँगन में घुमा रहे हैं जहाँ एक तरफ़ सरोवर है और दूसरी तरफ़ चौपड़ बिछी है जिसमें मोहरों की जगह दासियाँ बैठती थीं जैसे रियाया ही सल्तनत का मोहरा हो। वे किले पर छाए मुक्त आकाश की कल्पना करते और निहाल हो जाते क्योंकि उनकी उँगली उनका पोता पकड़े होता। फिर तसव्वुर में डूबे कुँवर ने अँधेरी रजाई में बेचैनी से करवट बदली। उन्हें लगा, वे यह ऊटपटाँग क्या सोच रहे हैं! उन्हें मालूम था कि अमरीका से माँ-बाप के साथ जो छोटे बच्चे आते थे, उन्हें यहाँ का हवा-पानी माफ़िक नहीं बैठता था। क्या पता, पोते की नाल ज़बर्दस्ती हींग-की-मंडी में गाड़ ही दें तो वह बीमार हो जाए? मन्नू कहता था कि वह अमरीका जाएगा, पर लौट आएगा। वह शायद माँ-बाप को दिलासा देने के लिए ऐसा कहता था। लोग कहते कि जो अमरीका जाता है लौटकर नहीं आता। अमरीका धरती का स्वर्ग है। कोई स्वर्ग से लौटता है!

कुँवर अँधेरे में उठे। पेशाब की। लौटकर फिर रजाई के अँधेरे में घुस गये। मन्नू अगले माह चला जाएगा। सोचकर ही हौल पड़ता था। ऐसा लगता कि बेटे के जाने से वे अनाथ हो जाएँगे। नहीं, पैसे की बात नहीं थी। उनके पास पैसा काफ़ी था। वी.आर.एस. की रकम ब्याज खाती हुई और मोटी हो रही थी। पता नहीं, क्या बात थी? शायद उनका अपील पर भरोसा टूट रहा था। उन्हें लगता था कि अगर मन्नू कंचन से नाता तोड़कर अमरीका से शादी करने जा सकता है, तो वे भी अपनी नाल की अपील कैसे जीत सकते हैं? अमरीका से कोई अपील मुमकिन नहीं थी। वे अँधेरे में बुदबुदाए। यों अमरीका और अपील में कोई रिश्ता नहीं था। मगर जिस तरह मन्नू रिश्तों से खेल रहा था, कोई भी रिश्ता बन सकता था। अँधेरे में आँखें खोलने और बन्द करने में कोई फ़र्क नहीं था। कुँवर ने आँखें बन्द करके दायीं करवट ले ली। अगले माह उन्हें अपनी ओर सरकता रेगिस्तान नज़र आने लगा जो अनन्त था और जहाँ कोई अपील नहीं थी। हींग-की-मंडी से पश्चिम की ओर बढ़ते हुए रेगिस्तान शुरू हो जाता था। पश्चिम की ओर बढ़ते रहो तो एक दिन पैर अमरीका पहुँच जाएँगे! तो क्या अमरीका भी रेगिस्तान था? स्वर्ग का रेगिस्तान! कुँवर की आँखों में एक विराट् रेगिस्तान फैला था जिसमें रेत के टीले थे और रेत की पहाड़ियाँ थीं और तेज़ हवाएँ चल रही थीं जिनमें सूँ-सूँ की हहराती आवाज़ें थीं। रेत पर धूप फैली थी। धूप में रेत को घेरे रोशनी के वृत्त थे जो दूर कहीं पानी-से लगते थे।

कुँवर को पता नहीं चला कि वे सो रहे हैं या जाग रहे हैं।

कोई अपील नहीं

सपने में सपने जैसा नहीं लगता। लगता है कि हम सचमुच जी रहे हैं। प्रिया इन्तज़ार कर रही थी। असलम तीन दिन से मॉल नहीं आया था। तीन दिन से उसने असलम की गहरी आवाज़ नहीं सुनी थी—इतनी गहरी और कोई आवाज़ नहीं थी। उसे बुखार था। वह मॉल आ गया होगा, प्रिया ने मॉल की सीढ़ियाँ चढ़ते हुए सोचा। शायद उसने दो सीढ़ियाँ एक-साथ लाँघी थीं। उसका पैर फिसला। वह गिरने वाली थी। तभी वह डरी और उसकी नींद टूट गयी। वह रजाई के अन्दर असलम की बाँह का सिरहाना किये लेटी थी। सीढ़ियाँ सपने में छूट गयीं थीं। असलम चित लेटा सो रहा था। प्रिया ने अँधेरे में उसे देखा और मुस्कराई। फिर वह असलम की बाँह चूमने लगी। बाँह से होती हुई वह उसके कान तक पहुँच गयी। उसने असलम की ओर करवट ले ली थी। उसकी एक टाँग उसकी टाँगों पर फैल गयी थी। आहिस्ता-आहिस्ता प्रिया की देह उसकी देह पर सरक गयी थी। दोनों जिस्म एक-दूसरे को जान गये थे। वे आपस में चुहल करने लगे। फिर एक-दूसरे से लिपट गये। असलम की दोनों बाँहो ने उसे घेर लिया। उसकी दोनों आँखें बन्द थीं जैसे वह कोई सपना देख रहा हो। प्रिया ने भी आँखें बन्द कर ली थीं जैसे आँखों की अन्दर ज़रूरत हो। वे अपनी देह की गलियों से होते हुए कहीं और जा रहे थे।

"यहीं बहिश्त है", असलम ने प्रिया से अलग होकर चित लेटते हुए कहा।

"कहाँ?" प्रिया ने बगल में लेटते हुए पूछा।

"देह में।"

"हाँ", वह हँसी। "उसे ढूँढ़ना पड़ता है।"

कुछ पल दोनों अपने में गुम रहे। फिर वह बोली:

"मैं यहीं सपना देखती थी।"

"क्या?"

"मैं सोचती थी कि वह दिन कैसा होगा जब हम एक-साथ सोएँगे ओर

एक-साथ जागेंगे।''

"सच", यह कहते हुए असलम ने मुड़कर उसे अँधेरे में चूम लिया। शायद यह इन जाड़ों का सबसे ठंडा दिन था। धूप नहीं निकली थी। हाथ ठिठुर रहे थे। दोनों पीछे के रास्ते से पैदल मॉल के लिए निकले। उनकी साँसें धुएँ-सी दिखाई देती थी। सड़क के दायीं और ऊबड़-खाबड़ झाड़-झंखाड़ थे जो गोमती नदी तक फैले थे। कुछ दूर दायीं ओर एक पगडंडी थी जो मॉल के पिछवाड़े खुलती थी। इस रास्ते से मॉल पड़ोस का घर लगता था जहाँ लोग मन्दिर की तरह जाते थे। बायीं ओर मॉल था, दायीं ओर पानी की तलैया थी जिसमें एक भैंस घुस गयी थी। तलैया के कीचड़ में सुअरों का एक झुंड था। उनके परे बियाबान शुरू हो जाता था जो क्षितिज तक फैला था। बियाबान मटमैला लगता था। उसके परे नदी थी जो अदृश्य थी।

जैसे ही वे मुड़े उन्हें पार्किंग में भीड़ नज़र आयी। सड़क पर एक जीप और एक वैन खड़ी थीं। वे आगे बढ़े। तभी पार्किंग की भीड़ से कोई आवाज़ आयी, "असलम, तुम लोग यहाँ आओ।" उन्होंने फिर बायीं ओर गर्दन मोड़ी। उनका सहकर्मी माथुर उन्हे हाथ के इशारे से बुला रहा था। वे भीड़ की तरफ़ चले। आगे बढ़कर उन्होंने देखा कि मॉल के सारे कर्मचारी एक पंक्ति में खड़े हैं—वह पंक्ति दीवार तक पीछे चली गयी थी। उस पंक्ति के सामने एक छोटी-सी पंक्ति थी जिसमें दसेक लोग थे। जब वे पंक्तियों के क़रीब पहुँचे तो एक अफ़सर-से लगते आदमी ने उनका नाम पूछा। प्रिया को लम्बी कतार में खड़े होने को कहा गया और असलम को छोटी कतार में। छोटी कतार में गफ़ूर और गफ़्फ़ार नज़र आये। उसे बताया गया कि छोटी कतार में ग्यारह लोग मुसलमान थे। जब उसने पूछा कि माजरा क्या है, तो गफूर ने कहा कि सुबह यहाँ एक साइकिल से कुछ विस्फोटक बदामद हुए थे। तुरन्त पुलिस को फ़ोन किया गया । सादे कपड़े पहिने जो आदमी आये, उन्हें साइकिल का मालिक नहीं मिला। साइकिल लावारिस निकली। तब सारे कर्मचारियों को बाहर बुलाया गया और फिर जो हुआ वह तुम देख रहे हो। "क्या कोई धमाका हुआ था?" असलम ने पूछा। "नहीं", जवाब मिला। छोटी कतार में एक नौजवान बढ़ा तो बारह हो गये। पूरे दर्जन। थोड़ी देर बाद दोनों कतारों को अन्दर जाने को कहा गया। दोनों कतारें अन्दर चलीं। जब छोटी कतार मॉल के दरवाज़े की ओर मुड़ी तो अफ़सर कड़क कर बोला—"आप लोग सड़क पर खड़ी वैन की तरफ़ चलें।"

प्रिया अपनी कतार से छिटक कर खड़ी हो गयी और वैन की ओर जाती छोटी कतार को देखती रही। असलम ने एक बार पीछे मुड़कर देखा। प्रिया ने असलम को अपनी ओर देखते हुए देखा : वह सिर्फ़ उसकी आँखें देख रही थी!

आनेवाले दिनों में वह उन आँखों को अपने मन में बार-बार दुहराएगी जैसे वे आँखें उसकी आँखों के सामने हों। मगर असलम के होठों पर कोई मुस्कान थी। क्या वह इसलिए मुस्कराया था कि वैन में घुसने के पहले वह प्रिया को आख़िरी बार देख रहा था? या वह इसलिए मुस्कराया था कि वह भी आशिक़ अली की तरह वैन के अन्दर जा रहा था?

एकाएक प्रिया अफ़सर की ओर दौड़ी जो वैन के पास खड़ा था। वह उसके सामने चीख़ी, ''इन्हें कहाँ लिए जा रहे हो?''

''ये जल्दी वापिस आ जाएँगे'', अफ़सर ने ठंडी आवाज़ में कहा।

वह तुरन्त मुड़ा और उछलकर आगे जीप में बैठ गया। तभी वैन के पिछले दरवाज़े के बन्द होने की आवाज़ आयी जैसे कोई विस्फोट हुआ हो। प्रिया के कानों को यहीं लगा। वह यह विस्फ़ोट कभी नहीं भूलेगी। इस विस्फोट में उसे हमेशा असलम की आँखें नज़र आएँगी।

वह मॉल की तरफ़ नहीं मुड़ सकती थी। वह सड़क पर पीछे की तरफ़ उसी पगडंडी पर बढ़ी जिससे वह अभी असलम के साथ आयी थी जैसे उसे वैन तक पहुँचाने आयी हो। उसके अन्दर कोई बगूला-सा उठा और वह तेज़-तेज़ चलने लगी। तेज़ चलते हुए उसने क्षितिज को देखा जिसके नीचे बियाबान था और तलैया थी और सुअरों का एक झुंड था जो कीचड़ में कुछ सूँघ रहा था। वह और तेज़ चलने लगी जैसे अभी दौड़ पड़ेगी। सड़क पर मुड़कर वह अपने ब्लॉक की सीढ़ियाँ दौड़ते हुए चढ़ी। हाँफ़ते हुए वह पल-भर छत पर खड़ी रही जहाँ पिछली शाम उसने असलम की नज़रों से आसमान और धरती को देखा था। फिर उसने पीछे मुड़कर अपने कमरे का ताला खोला और उसी बिस्तर पर कटे पेड़-सी वह गिर गयी जिस पर वह इसी सुबह असलम के साथ उठी थी।

जब नन्दलाल को प्रिया का फ़ोन मिला तो वह सीधा अपनी हीरो होंडा धड़धड़ाता हुआ गोमती नगर थाने पहुँचा और इंस्पेक्टर के सामने बैठ गया जो फ़ोन पर हँस-हँसकर बतिया रहा था। दोनों के बीच में एक बड़ी मेज़ थी जिस पर कुछ कागज़ थे, टेलीफ़ोन था और एक चाय का कप था जिसे इंस्पेक्टर बार-बार उठाकर एक चुस्की लेता और फिर हँसकर चोंगे में बोलने लगता। बार-बार उसके माथे का लाल टीका चमक जाता। इंस्पेक्टर के हँसते चेहरे पर टीके और टेलीफ़ोन को देखते हुए नन्दलाल को लगा कि जो हीरो होंडा उसे थाने लायी थी वही अब उसके अन्दर चल रही थी। जब चाय का कप ख़त्म हुआ तो इंस्पेक्टर ने फ़ोन रखकर उसे देखते हुए कहा—''कहिए।''

''मैं असलम शाह से मिलना चाहता हूँ'', नन्दलाल ने कहा।

''कौन असलम शाह?''

"जिसे आपने आज मॉल से पकड़ा है।"

"क्यों, क्या उसने कोई चोरी की?"

"नहीं, उसने कुछ नहीं किया। उसे शक़ में धर लिया गया।"

"किस शक़ में?"

"माल के पार्किंग में कुछ विस्फोटक पाए गये।"

"क्या कोई धमाका हो गया?" इंस्पेक्टर आगे झुक आया।

"नहीं।"

"हमें कुछ पता नहीं", इंस्पेक्टर पीछे कुर्सी पर फैलते हुए बोला, "हमारे पास कोई रिपोर्ट नहीं।"

"ऐसा कैसे हो सकता है?" नन्दलाल की आवाज़ ऊपर उठी।

"आवाज़ को नीचे उतारिए", इंस्पेक्टर चिल्लाया, "यहाँ बड़ों-बड़ों की बोलती बन्द हो जाती है।" फिर कुछ रुककर, "आपका नाम क्या है?"

"नन्दलाल।"

"नन्दलाल जी", इंस्पेक्टर के चेहरे पर मुस्कान और टीका एक साथ चमके, "वह मुसलमान आपका क्या लगता है जिसका आपने अभी नाम लिया।"

"दामाद।"

"ओह", इंस्पेक्टर हँसा, "क्या आपने मुझे अपने दामाद को पकड़ते देखा?"

"नहीं। मेरी बेटी ने बताया कि मॉल पर कुछ सादा कपड़े पहिने आदमी आये थे जो एक दर्जन मुसलमानों को पकड़कर ले गये।"

"तो उन सादा कपड़े वालों से पूछिये।"

"वे कहाँ हैं?"

"मुझे पता नहीं", इंस्पेक्टर ने मुस्कराते हुए कहा।

नन्दलाल हैरान था जैसे किसी भूलभूलैया में फँस गया हो।

"एक बात बताइए", मुस्कराते इंस्पेक्टर ने उसका चेहरा देखते हुए पूछा।

"क्या?"

"आपका नाम नन्दलाल है यानी कृष्ण कन्हैया", इंस्पेक्टर हँसा, "आपने मुसलमान को बेटी क्यों दी?"

"आपने वाजिद अली शाह का नाम सुना है?" नन्दलाल ने सामने इंस्पेक्टर की आँखों में देखा।

"हाँ।"

"वह क़ैसरबाग़ में कृष्ण कन्हैया बनके नाचता था।"

इंस्पेक्टर चुप था। फिर वह एकाएक ठहाका मारकर हँसा और ठहाका ख़त्म हो जाने पर बोला : "यहीं तो उसकी चाल थी।"

''क्या चाल थी?''

''कटुआ हमारे धर्म को भ्रष्ट कर रहा था।''

एक क्षण नन्दलाल ने इंस्पेक्टर को घूरा। फिर कुर्सी से उठकर बाहर आ गया और उसने मोटर साइकिल को बहुत ज़ोरदार किक मारी।

फिर असलम के चूतड़ पर एक ज़ोरदार लात पड़ी। वह फिर चौंका। चीख़ा नहीं। वह उल्टा लटका था। कमरे में उजाले से ज़्यादा अँधेरा था। असलम की नज़रें दीवारों पर पड़तीं या छत पर जहाँ अँधेरा जमा था।

''बताओ असलम, तुमने साइकिल मॉल में कब रखी?'' आवाज़ कमरे में गूँजी।

''मुझे किसी साइकिल को हाथ लगाए बरसों हो गये'', वह हँसा।

''तुम हँस रहे हो?'' आवाज़ और ज़्यादा कड़क थी।

''आप बार-बार अलीबाबा की कहानी दुहराएँगे तो मुझे हँसी नहीं आएगी।''

''चलो, माना कि तुमने साइकिल नहीं छुई। पर धमाकेवालों को तो जानते होगे।''

''क्यों?''

''अरे, तुम्हारी बिरादरी के हैं। तुम्हारे शहर के हैं।''

''हो सकता है, ये दोनों बातें ग़लत हों।''

''तो बता दो, सही क्या है? मॉल में एक्सप्लोसिव किसने रखवाये?''

''मैं आपको सब बता चुका हूँ।''

''क्या?''

''यहीं कि पिछले महीने मेरी शादी हुई है। रात-भर मैं प्रिया के साथ था। सुबह हम दोनों मॉल पहुँचे जहाँ मुझे पकड़ा गया।''

चुप्पी। अँधेरे में घुली हुई।

''यार, एक बात बताओ'', कोई हँसा।

''क्या?''

''यह हिन्दू लड़की से शादी करना भी क्या आतंकियों के गिरोह की कोई चाल है?''

''मैं दाद देता हूँ'', असलम ने ठंडी आवाज़ में कहा।

''किसकी?''

''आपके ज़ेहन की।''

''क्यों, क्या यह सच है?''

"आप अपनी माँ से पूछिये।"

"क्या?" कोई चिल्लाया।

"यहीं कि आपको पैदा करने में उसकी क्या चाल थी?"

एक लात फिर उसके चूतड़ पर पड़ी। कमरे में एक चीख गूँजी :

"हरामज़ादे!"

काफ़ी देर चुप्पी छाई रही। इस बीच असलम को उतारकर बिठा दिया गया और उसे एक कम्बल उढ़ा दिया गया। एक चाय का प्याला उसके सामने रखा था जिससे वह चाय सुड़क रहा था।

"पिता का नाम?" सामने बैठे अफ़सर ने पूछा।

"नसीरूद्दीन शाह", असलम बोला।

"काम?"

"रिटायर्ड।"

"वक़्त कैसे गुज़ारते हैं?"

"अख़बार पढ़ते हैं, टी.वी. देखते हैं, और चुप रहते हैं।"

"कहीं आते-जाते नहीं?"

"जाते हैं।"

"कहाँ?"

"मीटिंग में।"

"कौन-सी मीटिंग में?" अफ़सर उत्सुकता से आगे झुक आया।

"अवध के शाही ख़ानदान की मीटिंग में", असलम ने सिर ऊपर उठाया, "उन्हें वसीक़ा मिलता है।"

"कितना?" अफ़सर मुस्कराया।

"मुझे नहीं मालूम।"

"जब घर में इसका पता नहीं चलता," अफ़सर मुस्करा रहा था, "तो तुम्हें चिढ़ होती होगी।"

"हाँ।"

"ग़ुस्सा भी आता होगा।"

"किस पर?"

"शाही ख़ानदान पर।"

"उन पर रहम आता है।"

"क्यों?"

"वे एक मरे सपने में जीते हैं।"

कोठरी में असलम के सामने बैठा अफ़सर इस प्रवचन से निराश हो गया।

उसका अनुमान था कि यह मुस्लिम नौजवान ग़ुस्सा क़बूल कर लेगा तो आगे तफ़्तीश के लिए ज़मीन मिलेगी। गुस्सा उस नींव की आधार-शिला थी जिस पर विस्फोटक-गिरोह टिके थे। लेकिन अफ़सर के सामने बैठा मुस्लिम नौजवान हताश था। उसे वह शज़रा याद आया जिस पर उसके दादा और अब्बा को बड़ा ग़ुमान था और जिसके जलसे में वह खुद नौकर की तरह मेहमानों को हुक्का पेश करता था। उसे यह भी याद आया कि उसके पड़दादा ने क़ैसरबाग़ में एक दोहरा सर्पिल ज़ीना बनवाया था जो वहीं ख़त्म होता था जहाँ से शुरू हुआ था। वह अपने जिस्म में जहाँ-तहाँ दर्द के बावजूद मुस्कराने लगा। अफ़सर की नज़र उसी पर टिकी थी। उसका यह पहला तजुर्बा था कि इतनी मार के बावजूद कोई मुस्कराए।

"क्यों मुस्करा रहे हो?" उसने पूछा।

"आपको एक बात बताना चाहता हूँ", असलम बोला।

"क्या?" अफ़सर उम्मीद से आगे झुक आया।

"मैं अवध के आख़िरी बादशाह वाजिद अली शाह का पड़पोता हूँ।"

अफ़सर हँसने लगा।

"आप लोग तफ़्तीश के लिए मेरे घर जाएँगे", असलम कह रहा था, "मेरे वालिद आपको शज़रा ज़रूर दिखाएँगे जिसमें सबसे ऊपर वाजिद अली शाह का नाम है और सबसे नीचे मेरा।"

अफ़सर की हँसी का साथ देने के लिए असलम ख़ुद भी हँसने लगा।

"शज़रे नकली भी होते हैं", हँसी थमने पर अफ़सर ने कहा।

"क्यों नहीं?" असलम की हँसी नहीं रुकी," आदमी भी नकली होते हैं।"

यह हँसी का अनोखा दृश्य था जो उस कोठरी में पहले कभी घटित नहीं हुआ था।

उस शाम जब नन्दलाल ज़ीने से नीचे उतरा तो कुँवर अपने घर के बाहर बरामदे में खड़े थे। अरसे बाद बीमार कुँवर बाहर नज़र आये थे। नन्दलाल उनकी तरफ़ बढ़ा, "कैसे हैं?" "पहले से बेहतर हूँ", कुँवर मुस्कराए। फिर वे बोले, "मैंने सुना है कि प्रिया के पति को ए.टी.एस. के लोग मॉल से पकड़कर ले गये। क्या यह सच है?" "हाँ" नन्दलाल ने कहा। "प्रिया कहाँ है?" कुँवर ने पूछा। "अपने घर पर" नन्दलाल ने कहा, "मैं उसे लेने जा रहा हूँ। उसका सामान भी लाना है।"

"ये गाड़ी ले जाइए", कुँवर ने मन्नू की बड़ी गाड़ी की तरफ़ इशारा किया

जो महीने-भर से रूठे हाथी की तरह अपनी जगह खड़ी थी क्योंकि मन्नू अमरीका चला गया था।

"मुझे चलाना नहीं आता", नन्दलाल ने कहा।

"तो मैं चलता हूँ। एक सड़क ही तो पार करना है।"

"पर आपकी तबियत?"

"अब ठीक है।"

जैसे कोई सच्चा काम हाथ में आ गया हो, कुँवर ने गाड़ी स्टार्ट की। नन्दलाल उनके बगल में बैठा था। उसे कुँवर से यह उम्मीद नहीं थी। यह ऐसा वक़्त था जब सब कुछ उम्मीद के विरुद्ध हो रहा था। थोड़ी देर पहले प्रिया का फ़ोन आया था। उसने बताया था कि मकान-मालिक मिश्रा ने उससे जल्दी-से-जल्दी मकान खाली करने को कहा है क्योंकि उसे पता चल गया है कि उसका पति मुसलमान है और उसे ए.टी.एस. पकड़कर ले गयी है। मिश्रा जल संस्थान में अधिशासी अभियन्ता थे और मृदुभाषी थे। नन्दलाल को उनसे ऐसी उम्मीद नहीं थी। न कुँवर से ऐसी उम्मीद थी जो अभी बगल में बैठे सड़क पार कर रहे थे। नन्दलाल को मालूम था कि मन्नू के अमरीका जाने के बाद कुँवर बहुत अकेले हो गये हैं और इलाहाबाद के अलावा कहीं नहीं जाते। लौटकर बताते हैं, "अपील चल रही है।"

प्रिया इन्तज़ार कर रही थी। उसके सामान में दो अटैचियाँ थीं—एक उसकी, दूसरी असलम की—और दो पोटलियाँ थीं। वह ख़ुद भी एक पोटली की तरह गद्दे पर बैठी थी। उसका चेहरा सपाट था—कमरे की दीवारों की तरह—जिन्हें वह हैरत से सिर उठाकर बार-बार देख रही थी। हैरत इस बात पर थी कि दीवारें पहले कभी इतनी सपाट नहीं लगी थीं। सपाट और नंगी। जैसे ठंड में ऐंठ गयी हों।

प्रिया को यह सोचकर ताज्जुब हुआ कि उसे ठंड नहीं लग रही थी। फिर उसने जाना कि उसे कुछ भी नहीं लग रहा था। यह ठीक है, उसने सोचा। यदि उसे कुछ लगेगा तो वे सारे विस्फोटक जो मॉल की साइकिल में पकड़े गये थे उसके भीतर एक-साथ फट पड़ेंगे और उसके चिथड़े-चिथड़े हो जाएँगे।

ज़ीना चढ़कर जब वह ऊपर पहुँची तो दरवाज़ा अम्मा ने खोला। वे पल-भर उसे एकटक देखती रहीं। फिर चीखती हुई वे इस तरह दोनों हाथ बढ़ाकर उसकी तरफ़ बढ़ीं जैसे प्रिया बचपन में उनकी तरफ़ दौड़ती थी जब उसे कोई चोट लग जाती थी। प्रिया ने उन्हें अपनी बाँहों में थाम लिया। वे चुपचाप धारासार रो रही थीं।

प्रिया की अटैचियाँ उसके कमरे में रख दी गयीं जैसे वह किसी लम्बी

सैर से लौटी हो। नन्दू ने पहले ही अपना सामान इस कमरे से हटाकर अम्मा के कमरे में रख दिया था। घर वैसा ही था जैसे प्रिया के घर से जाने के पहले था गोया कुछ हुआ ही न हो। देर रात टी.वी. के सामने से उठकर जब वह अपने कमरे में लौटी तो नन्दू टी.वी. के सामने ही बैठा था। टी.वी. के सामने उन दोनों की कोई बात नहीं हुई थी जैसे टी.वी. उन दोनों से एक-साथ बात करता रहा हो। प्रिया ने अपना कमरा बन्द कर लिया। वह पलँग पर जाने के बजाय फ़र्श पर टहलने लगी। कमरे के अन्दर सन्नाटा था। सन्नाटे में उसे अपनी पदचाप सुनाई दे रही थी। फिर उसने अपने कमरे की छत पर वह पदचाप सुनी जिसे वह पहचानती थी : यह ऊपरी मंज़िल पर मेहताजी के पैरों की आवाज़ थी। प्रिया को मालूम नहीं था कि कोई नीचे की मंजिल पर उसके पैरों की आवाज़ सुन रहा है। प्रिया की तरह कुँवर का यह नया शग़ल था। जब उन्हें नींद नहीं आती थी तो वे कमरे में टहलने लगते थे। भूत की तरह! वे खुद अपने से कहते। उनके चेहरे पर मुस्कान आ जाती जैसे कोई भूत अँधेरे में मुस्करा रहा हो।

जब घंटी बजी तो नन्दू ने मोबाइल उठाकर चौकोर रोशनी देखी : राधा का नम्बर चमका। "हाँ", उसने कहा।

"तुम आये नहीं", राधा का उलाहना-भरा स्वर था, "मैं टेकरी पर इन्तज़ार करती रही।"

"मैं भूल गया था", नन्दू को याद आया।

उसने रिमोट उठाकर टी.वी. धीमा कर दिया। टी.वी. की आवाज़ें अब वहाँ अटक गयीं जहाँ वे नन्दू की आवाज़ ढँक लेती थीं और नन्दू इत्मीनान से बात भी कर सकता था। उसे प्रिया के घर में होने का अहसास था।

"कैसे?" राधा चौंक गयी।

"राधा", नन्दू की आवाज़ हताश थी, "सब चौपट हो गया।"

"क्या हुआ?"

"मॉल में कुछ विस्फोटक पाए गये", नन्दू का स्वर सपाट था, " और मॉल के सारे मुस्लिम स्टाफ़ को पकड़ लिया गया जिसमें असलम भी है।"

"ऐसा कैसे हो सकता है?" राधा स्तम्भित थी।

"ऐसा ही हुआ, राधा।"

फ़ोन चुप हो गया। कमरे में टी.वी. के स्वर निर्द्वन्द्व तैरने लगे। मालेगाँव धमाके के सूत्र कुछ हिन्दू लोगों और संगठनों से जुड़ रहे थे। उसी पर बहस चल रही थी। कोई उत्तेजित हो जाता। कोई आवाज़ बर्फ़ की तरह ठंडी रहती। लेकिन धीमी आवाज़ें साफ़ नहीं थीं। परदे पर लोग झगड़ती छायाओं की तरह लग रहे थे।

"प्रिया कहाँ है?" फ़ोन में आवाज़ गूँजी।

"दूसरे कमरे में।"

"वह ठीक है?" फ़ोन में फिर चिन्ता बजी।

"कुछ बोलती नहीं। वक़्त लगेगा।" फिर नन्दू ने कहा, "ठीक तो मैं भी नहीं हूँ।"

"हाँ, मैं भी ग़लत हो गयी।"

"हम सब ग़लत हो गये", नन्दू शायद हँसा। फ़ोन पर यहीं लगा।

"काश, इस वक़्त में तुम्हारे पास होती।"

फ़ोन फिर चुप हो गया।

"हम कल मिलेंगे, राधा। मैं तुम्हें फ़ोन करूँगा।"

"मैं इन्तज़ार करूँगी।"

फ़ोन कट गया। टी.वी. के स्वर कुछ ऊँचे हो गये। परदे पर छायाएँ उलझी रहीं।

नन्दू रिमोट दबाकर अन्दर जाने की सोच ही रहा था कि फिर फ़ोन की घंटी बजी। कोई ऐसा नम्बर था जिसके साथ कोई नाम नहीं था। उसने बटन दबाकर कहा—"हलो।"

"क्या आप नन्दलाल जी बोल रहे हैं?" कोई बुजुर्ग आवाज़ लग रही थी।

"जी, फ़रमाइए।"

"आदाब, मैं असलम का वालिद बोल रहा हूँ।"

"आदाब, कैसे तकलीफ़ की?"

"माफ़ कीजिए, मैं आपको इसलिए ज़हमत दे रहा हूँ कि असलम का फ़ोन नहीं मिल रहा और उसकी अम्मी हलकान है।"

क्षण-भर की चुप्पी के बाद फिर दूसरी तरफ़ से आवाज़ आयी, "लगता है प्रिया का फ़ोन भी बन्द है।"

नन्दू को मालूम था कि प्रिया ने अपना मोबाइल बन्द कर रखा है। उसे अपने अन्दर नये सिरे से हिम्मत जुटानी पड़ी। कोई और चारा नहीं था। वह बोला—

"असलम को उसके फ़ोन से अलग कर दिया है।"

"किसने?"

"सरकार ने।"

"क्यों?"

"उस पर दहशतगर्दी का शक़ किया गया है।"

दूसरी तरफ़ सनाका खिंच गया। फिर रफ़्ता-रफ़्ता आवाज़ उभरी जैसे कोई मरकर जीने की कोशिश कर रहा हो :

"क्या उन्हें मालूम नहीं कि असलम की रगों में अवध के नबावों का ख़ून बहता है जिन्होंने यहाँ की गंगा-जमुनी तहज़ीब को सींचा?"

नन्दू चुप था। उसके पास कोई जवाब नहीं था। जब चुप्पी कुछ और खिंचने लगी तो दूसरी तरफ़ से फिर कुछ भारी-सी आवाज़ आई :

"भला कोई माली ख़ुद अपने चमन को उजाड़ेगा!"

आख़िरी शब्द तक आते-आते आवाज़ काँपी और काँपती लौ की तरह बुझ गयी।

भूत की तरह! दिन में भी अचानक एक दिन बाहर धूप में टहलते हुए कुँवर अपने को भूत की तरह लगे। भरी दोपहर थी। शोभा अन्दर सो रही थी। उन्हें एकाएक अन्दर इतना ख़ाली लगा कि वे बाहर आ गये थे। बाहर भी सन्नाटा था। पहली मंज़िल पर कोई आहटें नहीं थीं। कुँवर ने ऊपर सिर उठाकर देखा। जब से प्रिया लौटकर घर आयी थी, वह दिन-भर घर में रहती थी। उसने मॉल की नौकरी छोड़ दी थी। मगर अब आहटों ने भी उसका साथ छोड़ दिया था। सिर्फ़ रात को उसके फ़र्श पर देर तक चलते रहने की आवाज़ें होती थीं। दूसरी मंज़िल से कभी कोई आवाज़ नहीं आती थी जैसे वहाँ कोई न रहता हो या दूसरी मंज़िल आकाश में हो।

सड़क और सड़क के पार पार्क भी इस समय अलसाये पड़े थे। क्रिकेट खेलने वाले लड़के कहीं चले गये थे। कुँवर ने अपनी नज़रें उठाकर फिर पूरी इमारत देखी। अजीब सन्नाटा था! जैसे कोई मर गया हो और धूप बेकार हो गयी हो। उन्होंने पाया कि उनके दिमाग़ के गोदाम में सिर्फ़ दो जिन्सें थीं : मन्नू और अपील। मन्नू अमरीका में कहीं खो गया था और अपील के दायरे से बाहर हो गया था। उसका हफ़्ते में एक-दो बार फ़ोन आता था। कुँवर ने अपने को बताया कि शुरू-शुरू में फ़ोन हफ़्ते में दो बार आता था और अब एक बार आना शुरू हो गया था। क्या कुछ दिनों में हफ़्ता बड़ा होकर महीना हो जाएगा? कुँवर यह सोचकर बेकार धूप में हँसे। अलबत्ता फ़ोन पर बात बेटे से अधिकतर उसकी माँ ही करती थी। शोभा का स्वर अधीर और आतुर होता था। ये माँएँ भी अजीब शै हैं—कुँवर बेकार धूप में फिर हँसे। इनका मन कभी थकता नहीं। कुँवर ज़्यादातर अपनी अपील के बारे में सोचते थे जैसे सोचने से वे अपील जीत जाएँगे। मन्नू कहता था कि हींग की मंडी के घर की कीमत के कुछ लाख आप भूल जाइए

तो आपकी चिन्ता ख़त्म हो जाएगी। मन्नू समझता नहीं था। यह पैसे की चिंता नहीं थी। मन्नू के पैसों के विपुल वादों के अलावा उनके पास अपना पैसा था जिससे वे लखनऊ या आगरा—कहीं भी मकान ख़रीद सकते थे। लखनऊ तो अब उजाड़ को गया था। यहाँ मन्नू की यादों के सिवा कुछ नहीं था। उन्होंने पिछले हफ़्ते आगरा राजकुमार को फ़ोन किया था कि वे अपने मोहल्ले में ही कोई दूसरा मकान देखें जिसे कुँवर ख़रीद लेंगे यदि वे अपील हारे—जिसका ख़तरा सिर पर मँडराता लगता था। राजकुमार ने अगले दिन बताया था कि मोहल्ले में अब कोई मकान बिकाऊ नहीं है क्योंकि बाज़ार सड़क से मोहल्ले में घुस आया है। उसने कहा कि तुम चाहो तो बाइपास के परे कमलानगर या दूसरी नयी बस्तियों में मकान मिल सकता है। कुँवर ने हँसकर फ़ोन में कहा कि नयी बस्ती से तुमसे उसी तरह बात होगी जैसे अभी हो रही है। लखनऊ या आगरा की नयी बस्ती में कोई ख़ास फ़र्क नहीं था!

उस शाम पान की दुकान से सिगरेट पीकर लौटते हुए उन्हें चक्कर आ गया। यदि वे पास खड़े एक पेड़ को न थामते तो गिर जाते। संयोग से उसी वक़्त नन्दलाल सड़क से गुज़रा और वह उन्हें इस सलाह के साथ घर छोड़ गया, "सिंह सा'ब डॉक्टर को दिखा लीजिए।" डॉक्टर ने पहले नाड़ी देखी, फिर उनका बी.पी. देखने के लिए उनकी बाँह पर पट्टा कस दिया। पट्टा खोलते हुए वह बोला, "आप ख़ुशकिस्मत हैं, सही वक़्त पर आ गये।"

"क्यों?" शोभा ने हड़बड़ाकर पूछा।

"इनका बी. पी. 200 है", डॉक्टर ने कहा, "कुछ भी हो सकता था।"

डॉक्टर ने कुँवर से पूछा कि क्या आपके माता-पिता को ऐसी कोई शिक़ायत थी? "नहीं", कुँवर ने कहा।" क्या आपको पहले कभी ऐसा चक्कर आया?" डॉक्टर ने ठंडी आवाज़ में पूछा। "नहीं", कुँवर ने फिर कहा। डॉक्टर ने एक क्षण एकटक कुँवर का चेहरा देखा और पूछा:

"क्या इधर कोई ख़ास फ़िक्र तो नहीं पैदा हुई?"

"नहीं", कुँवर हकलाए," ऐसा कुछ ख़ास तो नहीं।"

शोभा ने पल-भर पति का चेहरा देखा, फिर बोली, "ख़ास है डॉक्टर सा'ब।"

"क्या?" डॉक्टर ने शोभा की ओर देखा।

"इकलौता बेटा अमरीका चला गया है और हाईकोर्ट में एक मकान का केस फँसा है", शोभा ने कहा।

जब कुँवर ने कुछ तेज़ नज़र से शोभा को देखा तो वह फुसफुसाई, "दाई से क्या पेट छिपाना?"

डॉक्टर मुस्कराये और उन्होंने दवा के साथ यह सलाह भी दी, ''जहाँ तक हो सके, खुश रहिए।''

ख़ुशी को कहाँ खोजूँ? कैसे खोजूँ? घर लौटते हुए कुँवर यहीं सोचते रहे। उस रात शोभा पति से झगड़ी। उसे पता नहीं था, यह आख़िरी बार था। मन्नू के अमरीका जाने को उसने मन्नू के तर्क से ही सही ठहरा दियाः ज़रूरत हो तो वह एक दिन में हवाई जहाज़ से आ जाएगा जैसे एक दिन में कोई मुम्बई से रेल से आता। यह बात दीगर है कि उसे खुद इस बात पर पूरा भरोसा नहीं था। फिर अपील पर वह हँस दी। उसने कहा कि हम बरसों से हींग-की-मंडी से बाहर लखनऊ में रहे। बचे-खुचे दिन यहाँ क्यों नहीं गुज़ार सकते?

''दिन तो गुज़र ही रहे हैं'', कुँवर का स्वर हताशा का था, ''बस, आज चक्कर आ गया।''

''उस वक़्त तुम क्या सोच रहे थे?''

''कुछ नहीं'', कुँवर ने कहा, ''सोचने को कुछ बचा नहीं। मेरा दिमाग़ बर्तन की तरह रीत गया है।''

''डॉक्टर ने कहा है, अच्छी बातें सोचो।'' शोभा कुँवर की ओर देख रही थी।

''जैसे?''

''जैसे एक दिन मन्नू बहू के साथ आएगा और बहू की गोद में एक नन्हा-मुन्ना होगा।'' शोभा की नज़रें पति पर थीं, लेकिन वे कहीं और देख रही थीं।

''तस्वीर तो आ गयी'', कुँवर मुस्कराए।

''उसमें नन्हा-मुन्ना नहीं है।''

''उसकी भी तस्वीर आ जाएगी'', कुँवर हँसे।

शोभा एक झटके से उदास हो गयी।

कुँवर झूठ बोले थे। वे अपने दिमाग़ को बर्तन की तरह ख़ाली करने की कोशिश ज़रूर करते थे। मगर उसमें कुछ-न-कुछ हमेशा बजता रहता था। उच्च न्यायालय में उस मकान की अपील थी जिसे वे अपना समझते थे। उस शाम उन्हें इस शक़ ने जकड़ लिया था कि कहीं अपील खारिज़ हो गयी तो क्या होगा? हींग-की-मंडी उनकी ज़िन्दगी का आख़िरी मक़सद थी।

जीने के लिए कोई सपना चाहिए जैसे जीना ही कोई सपना हो।

मुकदमे की तारीख़ अगले हफ़्ते थी। कुँवर ने डॉक्टर से पूछ लिया था। उसने कहा था कि दवाएँ लेते रहिए और चले जाइए। मगर जाने के ऐन एक दिन पहले उन्हें बुखार हो गया। क्रोसीन खाते तो उतर जाता। उसका असर ख़त्म होते ही फिर आ जाता जैसे कोई घर लौटता है। डॉक्टर ने एन्टीबायोटिक्स भी बताई

थीं। उनसे जिस्म बोझिल हो गया जैसे वह अपने पर ही भार हो। कुँवर जिस्म से अलग नहीं थे। उन्हें अपने पर ही भार हो जाना अजीब लगा। एन्टीबायोटिस तो उन्होंने पहले भी खायी थीं। पर उनका अपने पर ही भार हो जाना पहली बार हो रहा था। जब उन्होंने इस अहसास को झटकने की कोशिश की तो शरीर सुन्न-सा हो गया जैसे उसमें जान ही न हो।

इस हालत में इलाहाबाद जाना सम्भव नहीं था। वे पलँग पर लेटे फैसले का इन्तज़ार करते रहे। जब वक़ील का फ़ोन नहीं आया तो उन्होंने ज्वर-ग्रस्त हाथ से वकील का फ़ोन मिलाया। मुंशी ने बताया कि अपील खारिज हो गयी है। उस क्षण शोभा किचन में थी। जब वह हॉल में आयी तो उसने पाया कि कुँवर सोफ़े पर बैठे हुए कुछ बुदबुदा रहे हैं। ऐसा बुख़ार में होता था।

''क्या बात है?'' शोभा ने कुँवर के कान में कहा।

''कोई अपील नहीं'', कुँवर के गले से कुछ फँसी-सी आवाज़ आयी। फिर उन्होंने आँखें मूँद लीं।

यहीं उनके आख़िरी शब्द थे।

दोहरा सर्पीला ज़ीना

अपनी कृति के बीच में स्वयं कूद पड़ने का एकमात्र बहाना यहीं है कि मैं स्वयं इसका पात्र हूँ। जिन्हें आप मेहताजी के नाम से जानते हैं और जो इमारत की आख़िरी मंज़िल पर रहते हैं—मैं वही हूँ। मेरा नाम धीरेन्द्र मेहता है। पूरा नाम बताना इसलिए जरूरी है क्योंकि मैं एक पात्र हूँ। अभी तक आपने मेरे कुछ छिटकते बिम्ब ही देखे हैं या फिर अँधेरे में हँसना-रोना सुना है जो संदिग्ध है। अब समय आ गया है कि मैं अपने बारे में कुछ और बताऊँ। यों लेखक का पात्र की तरह रचना के बीच में आ जाना कोई बहुत उचित नहीं है। लेकिन मेरी एक दुविधा है। बरसों पहले किसी ने मुझसे पूछा था कि तुम कैसी मृत्यु चाहोगे? लिखते हुए, मैंने कहा था। यह उपन्यास लिखते हुए मुझे लगता रहा है कि यह मेरी अन्तिम कृति है। यदि ऐसा है तो सम्भव है कि मैं इसका अन्तिम शब्द अपनी आख़िरी साँस से लिखूँ। इसीलिए मैं बीच में आ गया।

मैं अभी श्मशान-घाट से लौट रहा हूँ। कुँवर राजेन्द्रसिंह अचानक चल बसे। मन्नू उर्फ़ मानसिंह इतनी जल्दी अमरीका से उन्हें मुखाग्नि देने नहीं आ सकता था। मुखाग्नि नन्दलाल ने दी। और कोई विकल्प नहीं था। हालाँकि एक इमारत के निवासी एक-दूसरे को आग दें—यह कोई अच्छी बात नहीं है। अलबत्ता नन्दलाल को आग देते हुए देखकर मेरा माथा ठनका था। मेरा इकलौता पुत्र भी अमरीका में है। मुमकिन है, नन्दलाल मुझे भी आग दे।

इस इमारत का भूगोल बदल गया है। ऊपरी मंज़िल पर मैं अकेला आदमी शुरू से था। अब निचली मंज़िल पर अकेली औरत शोभा रह गयी है। बीच की मंज़िल की ताज़ी कैफ़ियत अगले अध्याय में देखेंगे।

इकलौते पुत्र प्रद्युम्न से मेरे सम्बन्ध बहुत जीवन्त नहीं हैं। पिछले साल वह लखनऊ आया था। अपनी पत्नी और बेटे के साथ। क्लार्क शिराज़ में रुका था। उसे गोमती का किनारा बहुत अच्छा लगता है। वे रोज़ मुझसे मिलने आते थे। एक शाम वह मुझे जबर्दस्ती क्लार्क्स में डिनर के लिए भी ले गया था। उसने

मुझे बेझिझक बताया था कि उसके नन्हे बेटे को मेरे फ़्लैट में सिवा हवा के कुछ भी माफ़िक नहीं आएगा और वह बीमार पड़ जाएगा। अन्यथा वे लोग मेरे साथ ही रुकते जैसा कि मैंने शुरू में उनसे कहा था। आपको सच बताऊँ, मुझे कोई अफ़सोस नहीं हुआ। मेरी निजी परिवार की आदत छूट गयी है।

मेरा परिवार मेरे प्रेम से आरम्भ हुआ था। मेरा पहला प्रेम प्रयाग विश्वविद्यालय में मेरी सहपाठी एक संगमरमर की मूर्ति-सी लड़की से हुआ जो रोज़ साड़ियाँ बदलती थी और मेरा मौसम बदल देती थी। उन्हीं दिनों मैंने कविताएँ लिखना शुरू किया था। मैंने कई बार कोशिश की कि अपनी कविता उसे थमा दूँ। लेकिन उसे सामने पाकर मेरी ज़ुबान तालू से चिपक जाती और बनियान के अन्दर पसीना झुरझुराने लगता। शायद माथे पर भी पसीना झिलमिलाने लगता था जिसे वह देखती और हँसकर अपनी राह पकड़ लेती। पता नहीं, वह कितनी बार मुझ पर हँसी थी और मैं हॉस्टल लौटकर बन्द कमरे में रोया था। मेरी यह समझ में नहीं आता था कि प्यार मुझे गूंगा क्यों बना देता है। क्या प्यार गूँगे का गुण है? मगर प्रेमिका को चूमने के पहले उससे कुछ कहना तो पड़ेगा! इतना मैंने आहिस्ता-आहिस्ता जाना। जानने से समस्या हल नहीं हुई। और बढ़ गयी। मुझे और ज़्यादा पसीना आने लगा। मेरी देह ही मुझे धोखा दे रही थी।

तीन बरस बाद प्रद्युम्न की माँ कल्पना मेरी ज़िन्दगी में आयी। तब मैं कॉलेज में पढ़ाता था। तीसरी बार मेरी चुप्पी से सामना होने पर उसने हँसकर पूछा, "तुम्हारी जेब में क्या है?" "एक काग़ज़", मैंने कहा। "देखूँ", कहकर उसने काग़ज़ ले किया। अगले दिन उसने कहा, "कविता बहुत अच्छी है।" मेरे चेहरे पर मुस्कान आ गयी। मैं आज तक समझ नहीं पाया कि उस मुस्कान का उत्स कविता की दाद थी या मेरी—कविता के द्वारा ही सही—उससे कुछ कह लेने की सफलता। यह मैंने बाद में जाना कि इसमें उसकी सफलता भी शामिल थी।

यहीं मेरी प्रेम की खोज थी।

मध्यमवर्गीय दाम्पत्य में प्रेम लुका-छिपी का खेल खेलता है। कभी हम उसे ढूँढ़ लेते, कभी हताश हो जाते। हताशा में एक-दूसरे से झगड़ते। कल्पना प्रद्युम्न का अमरीका जाना और वहाँ बस जाना बर्दाश्त न कर सकी। दस साल पहले वह गया था। उसके बाद वह साल-भर भी नहीं जी। मैंने बहुत कोशिश की। वह घुलती गयी। मैं अकेला होता गया। फिर रफ़्ता-रफ़्ता मेरा घरेलू अकेलापन मेरा रचनात्मक एकान्त हो गया जिसका अन्तिम उत्पाद आपके हाथों में है।

प्रद्युम्न की इंजीनियरिंग को पढ़ाई और अमरीका-गमन में मेरे पी.एफ. का बहुलांश ख़त्म हो गया था। जब वह कल्पना के देहान्त के बाद आया और मैंने उसे बताया कि हिन्दी के प्रकाशक़ कहते हैं कि हिन्दी की किताबें नहीं बिकतीं

और इसलिए अख़बार में मैं हर हफ़्ते कॉलम लिखता हूँ तो उसने पूछा कि क्या आपको कॉलम लिखना अच्छा लगता है? नहीं, मैंने कहा। फिर उसने पूछा कि आपका मासिक ख़र्च क्या है? पाँच हज़ार—मैंने बताया। यानी सौ डॉलर—वह बोला और हँस पड़ा। फिर वह बोला :

"पापा, सौ डॉलर मेरे लिए सौ रुपये के बराबर हैं—जो आज कुछ नहीं।"

बात सौ डॉलर की नहीं थी। यह मध्यमवर्गीय सौ डॉलर की बात थी। क्योंकि मध्यमवर्गीय वेतन चाहे पचार हज़ार हो, उसमें सौ का भी एक नियत खाता है। उस खाने में बाप बैठे, यह वक़्त की बलिहारी है। मेरा यह अफ़सोस अभी तक बरकरार है कि मैं जिस काम में मुब्तिला हूँ वह मुझे दो जून की रोटी तक नहीं दे सकता!

पिछले साल प्रद्युम्न मेहता ने क्लार्क शिराज़ की चोटी की मंज़िल पर जगमगाते हॉल में डिनर टेबिल पर कहा, "पापा, अब आपकी काफ़ी उम्र हो गयी। आप हमारे साथ अमरीका चलिए।"

मैंने आँखें उठाकर चारों तरफ़ देखा। छत से फ़ानूस लटक रहे थे और दीवारों पर रोशनी थी। काँच की दीवार के पार शहर दिपदिपा रहा था। लोग अन्दर रईसी परिधान में बैठे थे और बैरे टेबिलों के इर्द-गिर्द घूम रहे थे।

"यहाँ अमरीका जैसा ही लग रहा है", मैंने कहा, "सिर्फ़ काँच के पार बहती गोमती ही जानी-पहचानी है।"

"असली अमरीका चलिए, पापा", बगल में बैठी बहु ऋचा बोली।

"बेटा", मैंने पहले बेटे को देखा, फिर बहू को, "अब मेरी उम्र अमरीका से लौटने की है। अच्छा हुआ, मैं बिना अमरीका गये अमरीका से लौट आया।"

"बिना गये कोई कैसे लौट सकता है?" ऋचा स्तम्भित थी।

"आजकल तो कुछ लोग बिना अमरीका गये अमरीका चले जाते हैं", मेरे मुँह से निकला।

मैंने हँसकर गोमती की तरफ़ देखा जो दूर अँधेरे में चली जा रही थी।

तभी मेरे कानों में आवाज़ आयी—"चलिए न, दादू।"

यह मोनू की आवाज़ थी जो मेरे दायीं ओर बैठा था। उसकी उम्र पाँच साल थी। पहिले दिन ही उससे मेरी बहुत दोस्ती हो गयी थी। एक तो वह मुझे प्रद्युम्न की याद दिलाता था जब वह पाँच साल का था और जब मैं अपनी किताबों की दुनिया से कम निकल पाता था। दूसरे, मोनू को देखकर मुझे लगता कि शायद अब मैं इस क़ाबिल हुआ हूँ कि उससे सच्ची दोस्ती कर सकूँ।

"कहाँ?" मैंने उससे ऐसे पूछा जैसे वह टॉफ़ी माँग रहा हो और मैं उसे गोद में उठाकर गली की दुकान पर ले जाऊँगा।

''अमरीका!'' वह तपाक् से बोला।

मोनू के लिए अमरीका वह जगह थी जहाँ उसका घर था और जहाँ वह अपने नये दोस्त को ले जाना चाहता था। सात समुद्रों की दूरी वह अपनी प्लेन की नींद मे भूल गया था। यह भी है कि उसे दूरियों का अहसास नहीं था।

''बेटा, मेरा काम तो यहाँ है जैसे तुम्हारा काम वहाँ स्कूल जाना है'', मैंने कहा।

वह आँखें उठाए मेरी ओर देख रहा था। उसने सहसा अपनी नज़रें प्लेट की ओर घुमाईं और मुँह में एक निवाला रखा।

उसी शाम को जब ये लोग विश्वास खंड मुझे लेने आये थे तो वह मेरे लिखने के कमरे में घुसकर मेरी मेज़ के सामने कुर्सी पर बैठ गया था। मेज़ पर इसी उपन्यास के पन्ने रखे थे और एक अधूरा पन्ना था। उसने उलट-पुलटकर पन्नों को देखा और अधूरा पन्ना पढ़ने की कोशिश की।

''यह क्या है?'' उसने पूछा।

''मेरा काम'', मैंने कहा। मैं मेज़ के पास खड़ा मुस्करा रहा था।

''तुम बस यहीं काम करते हो, दादू!'' वह हैरान था।

''हाँ।''

''किताबें बनाते हो'', वह बुज़ुर्ग की तरह हँसा।

''हाँ।''

फिर उसने कुछ संशय से कमरों में दीवारों से सटी किताबों की तरफ़ देखा जो अलमारियों से झाँक रही थीं।

''खेलते कब हो?'' उसने अचानक पूछा।

''रोज़ सुबह।''

''कहाँ?'' वह मेरा इंटरव्यू ले रहा था।

''पार्क में'', मैंने मुस्कराते हुए कहा।

''किसके साथ?''

''अपने साथ।''

पहले उसने अचम्भे से मेरी तरफ़ देखा। फिर नज़रें झुकाते हुए कहा:

''कभी-कभी मैं भी अपने साथ खेलता हूँ जब मम्मी कमरे में नहीं होती।''

क्षण-भर बाद उसने मेरी ओर फ़िर नज़रें उठाईं, ''मैं जूडो खेलता हूँ। तुम क्या खेलते हो?''

यह मुश्किल सवाल था। मुझे सोचना पड़ा। फिर मैंने कहा : ''मैं लुका-छिपी खेलता हूँ।''

उसे लुका-छिपी का मतलब समझाना पड़ा।'' हाइड ऐंड सीक'', बोलते

हुए वह हँसा। हँसते हुए उसने पूछा, "यह खेल तुम कैसे खेल सकते हो?"

"क्यों?"

"उसके लिए कोई दूसरा चाहिए जो छिपे और तुम उसे ढूँढ़ो।"

"दूसरा हमेशा मेरे पास होता है", अब मेरे हँसने की बारी थी।

"कहाँ?" वह चौंका।

"मेरी जेब में।" मैंने ठहाका लगाया।

वह कुछ खीझकर कुर्सी से उतरा और हॉल की तरफ़ बढ़ा जहाँ प्रद्युम्न और ऋचा बैठे थे। मैं उसके पीछे-पीछे गया।

अगले दिन दोपहर में हम लोहिया पार्क गये थे। मैं रोज़ सुबह पार्क जाता था जब वहाँ अँधेरा छट रहा होता। मैं पेड़ों के पीछे आसमान में उगता हुआ सूर्य देखता: सूर्य की किरणें पेड़ों के पत्तों पर फिसलती रहतीं। या कभी-कभी मैं शाम डूब जाने के बाद पार्क में घुसता जब पार्क अँधेरे में डूब जाता और एक पगडंडी पर रोशनी की नदी बहती : मैं उस नदी को निहारता हुआ उसमें प्रवेश कर जाता। वे जाड़ों के दिन थे। पार्क में धूप के साथ कुछ लोग भी घास पर यहाँ-वहाँ फैले थे। मैं प्रद्युम्न और ऋचा के साथ टेकरी की घास पर बैठ गया। मोनू टेकरी की ढलान पर लुढ़कने लगा। जब वह नीचे पहुँचता तो उठकर खड़ा हो जाता और टेकरी पर चढ़ता। चोटी पर पहुँचकर वह घास पर आड़ा लेट जाता और नीचे लुढ़कने लगता। कुछ देर में वह इस अन्तहीन खेल से ऊब गया और नीचे खड़ा होकर दूर क्यारियों की ओर बढ़ गया जहाँ गुलाब के फूल खिले थे। मोनू लाल स्वेटर पहने था। दूर गुलाब की क्यारी के पास खड़ा हुआ वह क्यारी के अन्दर गुलाब की तरह खड़ा हुआ लगा! मैं एकदम उठा और लुढ़कता-सा टेकरी के नीचे उतरकर उसी क्यारी की ओर बढ़ा जिसके पास खड़ा मोनू मुस्करा रहा था।

"पार्क तुम्हें कैसा लगा?" मैंने पूछा।

"फूल कितने सुन्दर हैं!" उसने कहा।

मुझे हँसी आ गयी, "तुमने यह किताब में पढ़ा है?"

"हाँ", वह बोला।

मैं उस उल्लास तक पहुँचना चाहता था जिसे बताने के लिए उसने किताब का सहारा लिया था।

"फूल तुम्हारी तरह सुन्दर हैं", मैंने कहा।

"या मैं फूल की तरह!" वह हँसते हुए बोला।

मैं उसकी जानिब अवाक् देखता रहा। चारों तरफ़ रंगबिरंगे फूलों की दहकती हुई क्यारियाँ थीं जिनके बीच एक छतरी बनी थी। कोई छतरी के नीचे बैठकर

दिन-भर घूमती आँखों में रंग भर सकता था।

"मैं फूल की तरह क्यों हूँ, दादू?" उसका अगला प्रश्न था।

"क्योंकि तुम हो", मैंने मुस्कराते हुए कहा।

उसने शायद सुना नहीं। तभी उसे क्यारी के दूसरी तरफ़ एक तितली नज़र आ गयी थी और वह उसी तरफ़ दौड़ा था। क्या होना ही सुन्दरता है? मैंने अपने से पूछा—फूल की तरह होना, पत्ती की तरह होना! जैसे पत्ती सूखकर पेड़ से गिरती है, आदमी उसी तरह मरता है। क्या आदमी उसी तरह जीता है जैसे पत्ती जीती है? पत्ती सोचती नहीं। पत्ती सभ्यताएँ नहीं बनाती।

प्रद्युम्न और ऋचा क्यारी के दूसरी ओर खड़े वह तितली देख रहे थे जो मोनू की उँगलियों में फँसी थी। मोनू हँस रहा था। जब ऋचा ने उससे तितली छोड़ने को कहा तो उसने अपनी हथेली फैला दी। तितली हुलसकर उड़ी और दूसरी ओर चली गयी जहाँ सिर्फ़ फूल थे।

"मम्मी", मोनू की आवाज़ थी।

"हाँ।"

"मैं तितली की तरह क्यों नहीं उड़ सकता?"

"तुम तितली की तरह उड़कर ही अमरीका से इंडिया आये हो।"

ऋचा मुस्करा रही थी।

मोनू तितली की तरह उड़कर इंडिया से अमरीका चला गया था। वह मुझे तितली की तरह याद आता है जब मैं हज़रतगंज की भीड़ों में कोई बच्चा देखता हूँ। हज़रतगंज की भीड़-भरी सड़क पर चलते हुए मुझे कभी-कभी दो सदी पहले इसी सड़क से गुज़रते नवाब सादत अली खाँ याद आते हैं जिन्होंने हज़रतगंज बनवाया था। सड़क के दोनों ओर प्राचीन इमारतें खड़ी हैं जिनके आगे सनातन बरामदे हैं जिनसे कई पीढ़ियाँ गुज़र गयीं। यह एक ऐसी सभ्यता की शुरुआत थी जिसमें अभी भी मुसलमान भिखारी राम के नाम पर भीख माँगता है। मगर अब हज़रतगंज के पीछे भी एक मॉल बन गया है जहाँ लोग चीज़ें खरीदने घुसते हैं और खा-पीकर सिनेमा देखते हैं। मॉल के बाज़ार में भिखारी नहीं घुसते।

अब वह ज़माना नहीं रहा जब मीर तक़ी मीर को दिल्ली में दिक़्क़त हो तो वे लखनऊ में मुर्गे लड़ाते नवाब आसिफ़ुद्दौला से मिलें और उस हुजूम के शोर की पृष्ठभूमि में कुछ नवाब के अशआर सुनें कुछ अपने सुनाएँ और फिर लखनऊ में ही बस जाएँ। हज़रतगंज में एक अकेला कॉफ़ी हाउस है जहाँ लेखक, पत्रकार और राजनेता कभी-कभी मिल-बैठकर कॉफ़ी पीते हुए आपस में झगड़ लेते थे। उस शाम महीने-भर बाद मैं हज़रतगंज गया और ए.टी.एम. से रुपये निकालकर कॉफ़ी-हाउस की ओर चला। हनुमान मंदिर पार करने के बाद बरामदे

में पत्र-पत्रिकाओं की दुकानें थीं। मैं कुछ देर पत्रिकाएँ देखता रहा। फिर आगे बढ़ा। बायीं तरफ़ दरवाज़े से मुझे कॉफ़ी-हाउस में घुसना था। दरवाज़े में काँच लगा था। कॉफ़ी-हाउस में काँच का दरवाज़ा! मैं भौचक्का रह गया। मैंने अन्दर झाँका। जैसे शहर के कुछ मैदानों में अचानक मॉल उग आये थे, उसी तरह कॉफी-हाउस का काया-कल्प हो गया था : अब फ़र्श चिकना था, नयी टेबिलों को घेरे चार-चार कुर्सियाँ थीं और बैरे सफ़ेद कमीज़ और काली पेंट पहिने थे। टेबिल पर पाँचवीं कुर्सी की गुंजाइश नहीं थी। न शोर की गुंजाइश थी। अन्दर कोई नहीं था। टेबिलें खाली थीं। जैसे नये ग्राहकों का इन्तज़ार कर रही हों। बहस करता लखनऊ ग़ायब था। जैसे मॉल से भिखारी।

मैंने बरामदे की सीढ़ीयाँ उतरते हुए कसम खाई कि मैं अब हज़रतगंज कभी नहीं आऊँगा।

लखनऊ मर गया! —उस रात मैंने अपनी डायरी में लिखा।

जब कोई शहर मरता है तो उसे कन्धे पर उठाकर श्मशान-घाट नहीं ले जाते, न उसे मुखाग्नि देकर उसकी कपाल-क्रिया करते हैं। इसी तरह यह शहर 1858 में मरा था जब बेग़म हज़रतमहल हारकर नेपाल चली गयी थीं और लखनऊ गुलाम हो गया था। लेकिन शहर में रफ़्ता-रफ़्ता फिर जान फुँकी और पिछली सदी के आगाज़ के साथ उसने पंख फड़फड़ाना शुरू किया। नब्बे वर्ष बाद यह फिर आज़ाद हो गया। अब इक्कीसवीं सदी में यहाँ अमरीकी तर्ज़ पर मॉल बने जहाँ शहर के भिखारी नहीं जाते और कॉफ़ी-हाउस बन्द हो गया जहाँ लोग मेज़ों के इर्द-गिर्द मिल बैठते थे और शहर के मिज़ाज के बारे में बतियाते थे। अब शहर नहीं चाहता कि उसके बारे में लोग बात करें। घर में भी नहीं। टी.वी. देखो!

टी.वी. पर नन्दू की अम्मा रामायण सीरियल देखती हैं जिसे अब शोभा भी नियमित देखने लगी है। बेटा अमरीका चला गया तो उसे लगा कि उसका घर और दिल ख़ाली हो गये हैं जहाँ रामजी विराज सकते हैं। फिर अभी कुँवर अपील में हाथ उठाए चले गये तो शोभा बिलकुल अकेली हो गयी और घर में रामजी के सिवा कुछ नहीं बचा। और तो और गंगू भी अपनी झोपड़ी में किस्तों पर रंगीन टी.वी. ले आया। टी.वी. लाने से एक फ़ायदा हुआ। हर शाम झोपड़ी में लौटकर अब न ख़ालीपन महसूस होता है, न बाई और लक्ष्मी की याद आती है। गाँव भी याद नहीं आता—जब तक टी.वी. के परदे पर किसी फ़िल्मी गीत में खेत न लहराएँ। झोपड़ी में घुसते ही वह टी.वी. खोल देता है: परदे पर फ़िल्मी गीत चलते हैं या राम-कथा। इन दिनों रात में कभी-कभी मैं बेचैनी से कमरे के फ़र्श पर टहलता हूँ जिसे प्रिया आँखें उठाकर अपने कमरे में चलते हुए सुनती

है। कभी-कभी नन्दू तारों भरे आसमान को देखने के बहाने छज्जे में आ जाता है और ऊपर मुँह-उठाकर रोने की आवाज़ें सुनता है। यह मेरी बेबसी है। मैं समझ नहीं पाता कि गंगू की नियति क्या है! उसे टी.वी. के विज्ञापनों के सामने से कैसे हटाऊँ? यदि वह टी.वी. के परदे से हटा तो उसे बाई या लक्ष्मी याद आएगी और वह टुक रोते-रोते सोएगा। उसे अपना खेत याद आएगा जहाँ फ़सल लहलहा रही होगी और उसे मार पड़ रही होगी जैसे फ़सल उगाना कोई जुर्म हो। वह फिर रोएगा। क्या मेरी आँखों से उसी के आँसू निकलते हैं?

बादलों की छाया में जब आसमान रोता है तब मैं कभी-कभी हँसने लगता हूँ। दिन के शोर में कोई मेरी हँसी नहीं सुनता। रात के सन्नाटे में नन्दू बाल्कनी में खड़ा हुआ बार-बार ऊपर देखता है। वह सोचता है कि यह हँसी यदि मेरी नहीं है तो किसकी है? वह यह भी नहीं जानता कि मैं क्यों हँसता हूँ। शायद जब वह मेरी उम्र में आये तो समझे कि मैं सबसे ज़्यादा अपने पर हँसता हूँ या अपने उन टुकड़ों पर जो जाने-अनजाने मेरे पात्रों में आ जाते हैं। यह हँसना एक चुटकुले पर हँसने की तरह है। दरअसल मुझमें जो भी सार्थक है वह मेरी पुस्तकों के आवरणों के बीच में है। बाक़ी एक सफ़ेद दाढ़ीवाला चुटकुला ही बचता है जो एक दिन चुटकी बजाते ख़त्म हो जाएगा।

मगर पानी बरसने से हँसने का क्या ताल्लुक है? क्या मुझे उस अँधेरे पर हँसी आती है जो पानी में छिपा होता है? असल में बरसों पहले एक दिन जब मैं लोहिया पथ के चौराहे पर बस से उतरा तो झमाझम पानी बरस रहा था। मैं एक रिक्शे में बैठा और मैंने रिक्शेवाले से टप्पर उठाने को कहा। मैं टप्पर की छाया में बैठा रहा। वह पानी की मार सहता हुए पैडिल पर अपने पैर चलाता रहा। घर पहुँचकर मैंने उसे पाँच रुपये दिये। उसने सात माँगे। मैंने जब रेट की बात की तो उसने पानी की दुहाई दी। जब मैं सीढ़ियाँ चढ़कर अपने फ़्लैट में घुसा तो मुझे बेसाख्ता हँसी आयी। पाँच रुपये के रेट में समाज की वर्गमूलक संरचना छिपी थी, रिक्शेवाले का शोषण छिपा था, और मेरी मध्यवर्गीय बौखलाहट छिपी थी। मुझे याद आया कि जवानी में मैंने अपने एक मार्क्सवादी मित्र को इसी तरह रिक्शेवाले से मोल-भाव करते देखा था और मैं मन-ही-मन हँसा था। उस बारिश के दिन मैं अपने-आप पर खुलकर हँसा।

परिवर्तनकामी लोग भी कैसे मध्यवर्गीय चक्रव्यूह में फँसे रहते हैं!

जैसा कि आपको याद होगा, यह उपन्यास नन्दू की अम्मा के धर्म-संकट से शुरू हुआ था। असल में यह मेरा धर्म-संकट भी है। एक सामान्य बच्चे की तरह मैं ईश्वर की घुट्टी चाटते हुए बड़ा हुआ। वह एक सुहाना, मोहक संसार था जिसमें ईश्वर की सम्पूर्ण सुरक्षा थी। उसमे राम मिथक नहीं थे। वे अशोक

और अकबर की तरह जीवन्त थे। बल्कि अशोक और अबकर से ज़्यादा जीवन्त क्योंकि अशोक और अकबर इतिहास के पात्र थे जो किसी भी मनुष्य की तरह अपना संक्षिप्त समय धरती पर बिताकर इतिहास की किताबों में बन्द हो गये थे जबकि राम रेहल पर रखी रामायण के पृष्ठों से रोज़-ब-रोज़ पैदा होते थे और अपनी लीलाएँ करते थे। राम सनातन थे। यदि वे एक क्षण एक रामायण में जल-समाधि लेते तो उसी क्षण दूसरी रामायण में पैदा हो जाते। मैं राम के इसी शाश्वत आकाश तले अपनी माँ की गोद में बड़ा हुआ। मैं राम-लीला में खोया उन्हें रामायण पढ़कर सुनाता था।

राम की दुनिया के अपने तर्क थे जो असली दुनिया से मेल नहीं खाते थे। यह मैंने जवान होते हुए जाना। आहिस्ता-आहिस्ता बचपन की दुनिया में दरारें उभरने लगीं। एक दिन वह अंडा चटक गया और मैं चूज़े की तरह बाहर निकल आया। बाहर अनर्गल संसार था जिसमें मेरे हिस्से में लम्बी बेकारी आयी और मैं अपनी पहली प्रेमिका से प्रेम-निवेदन न कर सका। मुझे यह सोचकर हँसी आती कि राम न मुझे नौकरी दिला सकते थे न प्रेमिका। लेकिन राम मेरी माँ को सब-कुछ दिला सकते थे। यह मेरी माँ का भरोसा था जो गीली लकड़ियों से चूल्हा चलाते हुए, फटी धोती को सिलते हुए और इकलौते बेटे को अपना घर और शहर छोड़कर जाते हुए देखकर भी कायम रहा।

मैंने पाया कि मैं उसका भरोसा नहीं तोड़ सकता था। उसके दिल के जिस अँधेरे कोने में वह मोमबत्ती जलती थी, उसे बुझाकर मैं वहाँ क्या रखता? मुझे रफ़्ता-रफ़्ता पता चला कि हर दिल को ऐसी किसी शमा की ज़रूरत होती है—जिससे टी.वी. के परदे और राजनीति के नारे भी रौशन होते हैं। आख़िरकार, रामायण धारावाहिक या 'मन्दिर यहीं बनेगा' क्या है? आदमी के दिल के कोमलतम तन्तु का इस्तेमाल पैसा या ताकत कमाने के लिए हो—इससे बड़ा गुनाह आदमी नहीं कर सकता। यह सभ्यता के पतन का चरम है। सभ्यता और नीचे कहाँ गिरेगी? इसके नीचे कुछ नहीं है।

वस्तुतः मैं अपनी माँ और उस सार्वजनिक सपने के बारे में सोच रहा था जिसे धर्म कहते हैं—जब इस उपन्यास की शुरुआत हुई। यह सच है कि यह सपना मेरे बचपन में ही साकार हो गया था। मगर यह जगमाया कुछ देर बाद कृष्ण की लीलाओं में। हमारी बैठक में मेरे पिता ने कृष्ण-लीला की एक तस्वीर टाँगी थी जिसमें कन्हैया हाथ में बाँसुरी लिए कदम के पेड़ पर बैठे थे और नीचे जमना में खड़ी नग्न गोपियाँ उनसे अपने वस्त्र माँग रही थीं। कृष्ण के सिर के पीछे जो प्रभामंडल था उसका अर्थ मैंने बाद में जाना। इसी प्रभा-मंडल की करामात थी कि वे पूतना को मार सकते थे और कालिया नाग को नाथ सकते थे। यह

दिव्य जादू था—जिससे सँसार बँधा था। मैं तब आठवें दर्जे में था जब हम वृन्दावन गये थे। मैंने जमना के कछारों में हर पेड़ के पीछे कृष्ण-कन्हैया को ढूँढ़ा था जैसे कोई अपने दोस्त को ढूँढ़ता है। कृष्ण सर्वव्यापी थे। नदी, पेड़ से आदमी के दिल तक—वे हर जगह थे। उनकी मधुर उपस्थिति हर बाल-मन में थी। यह बाल-मन मेरी माँ के भीतर आख़िर तक बना रहा जैसे धरती पर करोड़ों लोगों का मन होता है। ऐसे मन में पैसे और ताकत की खेती करना एक बच्चे का बलात्कार ही है। हमारी सभ्यता बच्चे का बलात्कार हो गयी है!

मेरी माँ जब मरी तो वह चारों धाम कर चुकी थी। अन्तिम रामेश्वरम् उसे मैं ही लेकर गया था। मैं उसका हाथ थामे उसे शिव के मन्दिर में ले गया था। जब उसने हाथ जोड़कर मेरी ओर देखा तो मैंने भी हाथ जोड़ दिये। फिर मैंने उसका हाथ थामकर परिक्रमा कराई। बाहर आकर वह थककर बैठ गयी। मैं देर तक अनन्त समुद्र की ओर मन्त्र मुग्ध-सा देखता रहा... किनारे पर लहरें आती थीं और वापिस समुद्र में लौट आती थीं जैसे वही उनका घर हो। मेरी माँ प्रसन्न-वदन मरी जब मैंने उसके मुँह में गंगाजल डाला। गंगाजल उसने अपने सिरहाने रखवा लिया था जब उसने खाट पकड़ी।

इन दिनों जब मैं अपनी लिखने की मेज़ से उठता हूँ तो मुझे अकसर दोहरा सर्पीला ज़ीना याद आता है जो वाजिद अली शाह ने क़ैसरबाग़ में बनवाया था और जिसका अभी कैसरबाग़ में कोई नामोनिशान नहीं है जैसे अगली सदी में हज़रतगंज के कॉफ़ी हाउस का हज़रतगंज में कोई अवशेष नहीं होगा। कॉफ़ी-हाउस बनाने के पीछे तो मक़सद था, मगर दोहरे ज़ीने के पीछे क्या मक़सद था जो हवा में घूमकर वहीं लौट आता था जहाँ से शुरू होता था? कुछ इतिहासकारों का मत है कि यह ज़ीना अंग्रेजों की गिरफ्त में फँसे नवाब की नियति का रूपक था जिसे अँग्रेजों ने लखनऊ पर काबिज़ होते ही मिस्मार कर दिया। मैं क्या करूँ, मुझे तो इसमें कभी-कभी अपना होना नज़र आता है। और न होना भी । मैं इसकी तस्वीर देखना चाहता हूँ। मैंने लखनऊ में हर दोस्त से पूछा, हर लाइब्रेरी में तलाश किया, हर किताब की दुकान पर देखा—दोहरे ज़ीने की कोई तस्वीर नहीं मिली जैसे वह ईश्वर की तस्वीर हो। कभी-कभी मुझे शक़ होता है कि क्या सचमुच कोई ऐसा ज़ीना था या यह भी आख़िरी नवाब के साथ जुड़ी एक किंवदन्ती है, दूसरी कई किंवदन्तियों की तरह।

इस उपन्यास के पात्र की तरह जब मैं अपनी ज़िन्दगी के बारे में सोचता हूँ तो मुझे लाल-टोपी पहने लाल गुलाबों के साथ मोनू की छवि याद आती है। वह फूलों के साथ फूल की तरह खड़ा हँस रहा था। तब ऋचा ने उसकी एक तस्वीर खींची थी जो मेरी किताबों की लम्बी अलमारी पर रखी है। अगर कभी

गोमती में बाढ़ आये या इमारत में आग लगे तो मैं उसी तस्वीर को उठाकर भागूँगा। भागूँगा या छत पर चढ़ जाऊँगा? इसका निर्णय मेरे पैर करेंगे जब मैं घर से बाहर निकलूँगा। कभी-कभी मैं सपना देखता हूँ कि मोनू पार्क में खिलखिलाता हुआ फूलों की क्यारियों के पार दौड़ रहा है और मैं उसके पीछे भाग रहा हूँ। सपने में मैं जैसे दौड़ता हूँ वैसे जवानी में दौड़ता था।

खाना जन्नत में खाऊँगा!

कुछ दिन पहले अख़बार की इस ख़बर पर मेरी नज़र पड़ी थी : यह एक आतंकी ने दूसरे आतंकी से फ़ोन पर कहा जब मुम्बई का ताज होटल उनके कब्जे में था और वे वी.टी. स्टेशन पर काफ़ी जानें ले चुके थे जैसे शिक़ारी चिड़ियों को मारते हैं। विडम्बना देखिए, जन्नत में दावत उसी बाल-मन का उल्टा पहलू है जिसका ज़िक्र ऊपर हुआ है। इस दावत को जिस बीस बरस के लड़के ने क़ुबूल किया उसने घर इसलिए छोड़ा था क्योंकि ईद के दिन उसे नये कपड़े नहीं मिले, न ही मुर्ग़-मुसल्लम मिला। भूख और ग़रीबी ने उसे कहीं का नहीं छोड़ा था। तभी कुछ लोगों ने उसे जन्नत में दावत का दावतनामा थमा दिया जिसका रास्ता ख़ून की गली से होकर जाता था। वह ख़ुशी-ख़ुशी उस जेहाद की गली में निकल गया जो जन्नत की तरफ़ जाती थी। उसे पता नहीं था कि उसका भी शिक़ार हो रहा है जैसे उसने गली में दूसरों का शिक़ार किया। इसी उधेड़-बुन में मैं कभी-कभी रात के पहले पहर टहलता रहता हूँ। मेरे लिखने के कमरे के नीचे प्रिया का कमरा है जिससे निकलकर वह शादी के पहले गयी थी और जिसमें वह शादी के बाद लौट आयी जब असलम को ए.टी.एस. की गाड़ी ले गयी। शादी के पहले प्रिया के पास कमरे में टहलने के लिए वक़्त नहीं था। शादी के बाद उसके पास कोई काम नहीं! एक रात मैं हैरान रह गया जब मेरे कानों में प्रिया की पदचाप की आवाज़ें आयीं। मैं जानता था, प्रिया अपनी छत पर उल्टी लटक कर नहीं चल सकती थी। लेकिन उसके पैरों की आवाज़ मैंने सुनी। फिर यह कई बार हुआ। प्रिया अपने कमरे में एक दीवार से दूसरी दीवार तक चलते हुए लौट पड़ती जैसे किसी लम्बी यात्रा पर हो जिसका गन्तव्य उसे खुद मालूम न हो। वह एक सवाल से उलझी रहती थीं : मैंने क्या ग़लत किया जिसकी मुझे सज़ा मिली? क्या असलम को इसलिए चाहना ग़लत था कि वह मुसलमान है? उसने असलम को चाहकर अपने स्त्री होने के मतलब को जाना था। क्या उसने अपने होने का जो अर्थ जाना वह ग़लत था? क्या उसका होना गलत था? जब ये प्रश्न उसके ज़ेहन की दीवारों से टकराते तो दीवारों से ऐसी अनुगूँज आती : ये प्रश्न ही न उठते यदि असलम का नाम आनन्द होता। तब ए.टी.एस. के लोग उसे उसी क़तार में खड़ा करते जिसमें प्रिया खड़ी थी और वह प्रिया के

साथ मॉल में लौट जाता। यदि असलम उर्फ़ आनन्द प्रिया के साथ क़तार से लौटता तो प्रिया बदहवास मॉल के बजाय नेहरू एन्क्लेव क्यों लौटती?

प्रिया अँधेरे कमरे में ख़्यालों के ऐसे ही चक्कर लगाती रहती।

घास का पुल

ममकृत सेतु जो दरसन करिही,
सो बिनु श्रम भवसागर तरिही।

अम्मा के होठों पर इन दिनों यहीं चौपाई रहती थी जबसे वे बाथ-रूम में फिसलीं ओर उनके दाएँ कूल्हे की हड्डी चटकी। डॉक्टर मेहरोत्रा ने उन्हें फ़िलहाल आराम करने और गिज़ा खाने की सलाह दी थी। जब उसने अम्मा से पूछा कि क्या आप अंडा खा सकती हैं तो अम्मा हँसी। नन्दलाल ने डॉक्टर को जवाब दिया। डॉक्टर ने विकल्प के तौर पर काजू-बादाम खाने को कहा। उसने कहा कि अम्मा कितनी ख़ुशनसीब हैं कि उनकी हड्डी जाड़ों में दरकी जब वे मज़े से काजू-बादाम खा सकती हैं। बिस्तर पर लेटे हुए अम्मा ने पूछा कि वे कब तक ठीक हो जाएँगी। डॉक्टर उनके झुर्रीदार चेहरे को देखकर मुस्कराया और बोला—"जल्दी।" फिर उसने कुछ रुककर कहा, "कुछ दिनों आराम करिए। ऐसी क्या जल्दी है?"

"मुझे रामेश्वरम् जाना है", अम्मा ने ऐलान किया, "मैं शिवजी के मन्दिर में जाऊँगी और राम-सेतु के दर्शन करूँगी।"

ऐलान करते हुए अम्मा की आँखें छत पर टिक गयीं। फिर आहिस्ता-आहिस्ता बन्द हो गयीं जैसे उन्हें नींद आ गयी हो। वे कभी-कभी करवट लेते हुए दर्द से अचानक चौंककर जाग जातीं और दोनों हाथ जोड़ते हुए आँखें खोलकर कहतीं :

सो बिनु श्रम भवसागर तरिही

अम्मा को रामायण की चौपाइयाँ और दोहे इस तरह याद थे जैसे कुएँ के पत्थर पर रोज़-रोज़ रगड़ने से रस्से के निशान पड़ जाते हैं। प्रिया ने इसलिए पलँग पर लेटी हुई अम्मा से कहा कि तुम्हें रोज़ सुबह पाठ के लिए उठने की ज़रूरत नहीं है। "अम्मा", वह बोली, "तुमने ज़िन्दगी-भर बैठकर आँखें खोले

पाठ किया। अब तुम लेटे हुए आँखें मुँदकर पाठ करो।'' सचमुच अम्मा कुछ पदों को कुछ बिम्बों से जोड़कर पाठ कर लेतीं थीं। आँखें बन्द करके पाठ करते हुए उन्हें कोई दर्द महसूस नहीं होता था।

रामेश्वरम् में रेत के शिवजी और कुछ दूर रामसेतु का तसव्वुर करते हुए उन्हें नन्दू का वादा याद आता था कि प्रिया की शादी के बाद चौथा धाम करने चलेंगे। प्रिया की शादी हो गयी थी। मगर उसका पति ग़ायब था और प्रिया घर लौट आयी थी। क्या इसे विवाह सम्पन्न होना कहेंगे? अम्मा के मन में यह सवाल उठता था कि प्रिया का एक मुसलमान से ही शादी करना क्यों ज़रूरी था? फिर ऐसी शादी को क्या शादी कहा जाए जिसमें दूल्हा भाग गया हो और दुल्हिन वापिस घर लौट आयी हो। गोया वह कहीं गयी ही न हो? उन्हें प्रिया का सूखा चेहरा देखकर लगता था कि सचमुच उसका ब्याह नहीं हुआ था। वे ख़ुद कचहरी नहीं गयी थीं। भला कचहरी में भी ब्याह होता है? कचहरी में मुक़दमा चलता है।

अम्मा कचहरी के मुक़दमे को झाड़ू से मन के एक कोने में बुहार देती थीं। तब चौथा धाम बचता था जिसका नन्दू का वादा था। फिर उन्हें एकदम अपने दाहिने कूल्हे का धोखा याद आ जाता और वे उदास हो जातीं। कम्बख़्त इस कूल्हे को भी चौथे धाम के रास्ते में टूटना था! अम्मा ने खीझकर यह अपने से कहा। डॉक्टर मेहरोत्रा ने एक्स-रे देखकर नन्दू से भी यहीं कहा जब नन्दू ने उसे चौथे धाम के बारे में बताया। डॉक्टर ने कहा कि हड्डी टूट गयी है और इस उम्र में ऑपरेशन नहीं हो सकता। अम्मा को बिस्तर पर ही लेटना होगा। ''कब तक?'' नन्दू ने पूछा। ''जब तक उन्हें रामसेतु ख़ुद न बुलाए'', डॉक्टर मुस्कराया। डॉक्टर की मुस्कान के दो अर्थ थे : एक, जब तक कोई दैवी चमत्कार न हो; दो, जब तक उनकी मृत देह को धरती पर न उतारा जाए। तब तक अम्मा बिस्तर पर ही रहेंगी। बिस्तर ही उनका रामेश्वर था, बिस्तर ही रामसेतु था। बिस्तर अम्मा का चौथा धाम था।

अलबत्ता डॉक्टर मेहरोत्रा ने नन्दू को मना किया कि वह अम्मा को उनकी कैफ़ियत न बताये।

''मतलब उनके कूल्हे की कैफ़ियत?'' नन्दू ने पूछा।

''हाँ।''

''क्यों?''

''उम्मीद का नाम रामभरोसे है'', डॉक्टर हँसा।

नन्दलाल को उम्मीद नहीं थी। उसे उम्मीद नहीं थी कि असलम लौट आएगा। इस नाउम्मीदी से उसकी तिनका ख़लिश पहाड़ हो जाती थी। दरअसल

उसे यह शक़ था कि उसने प्रिया के दिल में असलम से विवाह तुरन्त करने की जो हिम्मत जगाई थी उसके पीछे कहीं न कहीं उसका अपना सपना भी था जिसकी एक झलक उसे बाद में मिली जब राधा एक इतवार को उसके सूने घर में ऐसे रही जैसे यह उसी का घर हो। जिस दिन असलम पकड़ा गया उसके अगले दिन शाम को बाग़ की उसी टेकरी पर वे मिले जिस पर इस बार वे पहली बार अचानक मिले थे जैसे फ़िल्मों या उपन्यासों में प्रेमी-प्रेमिका मिलते हैं। उस शाम वह टेकरी नन्द को मलबे का ढेर लगी जिस पर नकली घास भी उसे चिढ़ाने को ही उग आयी थी। जब नन्द ने तीसरी बार घास की पत्तियाँ उखाड़ीं तो राधा ने पूछा, "बार-बार घास उखाड़कर क्या देख रहे हो?"

"यह देख रहा हूँ कि घास नकली है या असली", नन्द ने घास पर आँखें गड़ाए कहा।

"क्या घास भी हीरा है जो नकली हो?"

"यह घास मेरे लिए हीरा ही है", नन्द ने नज़रें घास से हटाकर राधा पर टिका दीं।

"हीरा कभी नहीं बदलता", राधा ने नन्द का हाथ घास से उठाकर अपने हाथ में लेते हुए कहा।

सूरज अभी-अभी फ़न रिपब्लिक के पीछे डूबा था। कुछ देर आसमान के उस कोने में लाल रंग ख़ून की तरह फैला रहा। फिर एकाएक मॉल की बत्तियाँ जल गयीं जैसे किसी शादी का कोई विराट पंडाल हो।

"कितना अजीब है?" नन्द ने कहा।

"क्या?" राधा ने आँखें ऊठाईं।

"मेरा घर कितना अजीब है!"

"क्यों?"

"फिर वैसा ही हो गया जैसा प्रिया की शादी के पहले था", नन्द ने साँवले आसमान को देखते हुए कहा।

नन्द का हाथ राधा के हाथ में था।

अगली बार जब वे मिले तो नन्द ने उसे बताया कि घर में एक अन्तर आ गया है : अम्मा जो पहले घर-भर में घूमती थीं अब अपने बिस्तर तक सिमट गयी थीं।

"असलम का कुछ पता चला?" राधा ने पूछा।

"नहीं", नन्द ने उसकी ओर देखा।

उसे फिर लगा कि वह मलबे के टीले पर बैठा है और उसके सामने एक कतार में मलबे के दो टीले और खड़े हैं। एक क़तार में मलबे के तीन ढेर थे।

यह मलबे के तीन ढेरों का तिगड्डा था जिस पर नकली घास उगी थी। राधा ने उसकी आँखों में ऐसी वीरानी नहीं देखी थी।

"मैं नसीरूद्दीन शाह से भी मिल आया" नन्द एकाएक बोला।

"कौन नसीरूद्दीन शाह?" राधा की आँखें फैल गयीं।

"असलम के वालिद।"

"अच्छा।"

नन्दू ने कहा कि जब वह पुराने लखनऊ की गली में असलम के घर पहुँचा तो बुजुर्ग पिता अपना शज़रा और माँ अपने आँसू लिए बैठी थी। नसीरूद्दीन ने बताया कि पिछले हफ़्ते दो लोग उनसे मिलने आये थे और देर तक असलम के कमरे में उसका सामान उलटते-पलटते रहे थे। सामान क्या, कुछ किताबें और कुछ कपड़े थे। उन्होंने कपड़ों की तहें खोलीं और किताबों के पन्ने टटोले। शायद वे जो ढूँढ़ रहे थे, उन्हें नहीं मिला। एक ने दूसरे से कहा, "वह बेवकूफ़ नहीं है। असली चीज़ घर में नहीं रखेगा।"

"असली चीज़ क्या है?" पीछे खड़े नसीरूद्दीन ने पूछा।

दोनों हँसे। उन्होंने कुछ नहीं कहा।

दोनों फिर हँसे जब नसीरूद्दीन ने उन्हें अपना शज़रा दिखाया जिसमें सबसे ऊपर नवाब वाजिद अली शाह का नाम था और सबसे नीचे असलम शाह लिखा था। दोनों इसलिए हँसे थे कि असलम से उन्हें पहले ही इस शज़रे का पता लग चुका था। जब दोनों ने नसीरूद्दीन से वही पूछा जो असलम से पूछा था तो उनका खिचड़ी बालों से घिरा चेहरा लाल हो गया।

"क्या सबूत है कि यह शज़रा असली है?" दोनों में से एक बोला।

लाल आँखों से एक क्षण नसीरूद्दीन ने दोनों को देखा फिर वे बोले :

"क्या आप अपने माँ-बाप बदल सकते हैं?

दोनों मुस्कराते हुए घर के बाहर चले गये जैसे घर के अन्दर आये थे।

उस रात नसीरुद्दीन बिस्तर में अकेले रोए थे। उन्होंने यह नन्दलाल को नहीं बताया। यह जरूर बताया कि वे शाही ख़ानदान संघ के मार्फ़त सरकार से इसकी शिक़ायत करेंगे और असलम के ग़ायब हो जाने की भी थी। जब नसीरूद्दील ने यह कहा तो असलम की अम्मी चीख़ मारकर रोईं और अन्दर भाग गयीं। अन्दर से उनकी रोने की आवाज़ें आती रहीं।

अगले दिन वे दोनों लोग प्रिया से मिलने घर आये थे, जब नन्दलाल ऑफिस में था। प्रिया उस समय बाथरूम से नहाकर निकली थी जब घंटी बजी।

"आप सुन्दर हैं", सामने बैठा एक आदमी बोला, "आपको मुसलमान लड़के से शादी करने की क्या ज़रूरत पड़ी?"

''क्या सुन्दर लड़की मुसलमान लड़के से शादी नहीं कर सकती?'' वह कन्धे पर पड़ा शॉल सँभालते हुए हँसी।

''ऐसा कोई क़ानून तो नहीं है'', बगल में बैठा आदमी बोला, ''पर हिन्दुओं में भी सुन्दर लड़कों की कमी नहीं।''

जब प्रिया ने इस बकवास पर एतराज़ किया तो उन्होंने अपने सरकारी पहचान-पत्र दिखाये और कहा कि उन्हें कोई भी बकवास करने का हक़ है। फिर सामने बैठे आदमी ने पूछा कि असलम क्या किसी मुस्लिम संगठन का सदस्य था? ''नहीं'', प्रिया ने कहा। फिर बगलवाले ने पूछा कि क्या असलम कभी सरकार के ख़िलाफ़ कुछ बोलता था? ''सभी बोलते हैं'', प्रिया ने कहा, ''जब हद हो जाती है।''

''क्या उसने कभी हिन्दुओं के लिए कुछ कहा?'' सामनेवाला आगे झुक आया।

''हाँ'', प्रिया मुस्कराई।

''क्या?'' सामनेवाला कुछ और झुका।

''मैं तुम्हें बेइन्तहा प्यार करता हूँ'', प्रिया हँसी, ''यह उसने मुझसे कहा था।''

एक पल हॉल में चुप्पी छाई रही। फिर बगलवाला आहिस्ता-आहिस्ता शब्दों को चबाता हुआ बोला, ''हम आपका प्रेमालाप सुनने नहीं आये हैं। जो पूछा जाए, सीधा-सीधा बताएँ।''

''पूछें।''

''उस दिन मॉल में साइकिल पर जो विस्फोटक पाए गये, उसकी क्या कोई ख़बर आप लोगों को थी?''

''नहीं'', प्रिया ने सख़्त आवाज़ में कहा, ''हमें तभी पता चला जब आप लोगों ने बताया।''

वे दोनों जो एक ही लगते थे, पैर पटकते हुए ज़ीने से नीचे उतर गये। उन्होंने प्रिया के इस सवाल का कोई जवाब नहीं दिया कि असलम कब लौटेगा?

जब नन्द ने कई बार दुहराया तो राधा को भी बाग़ की टेकरी मलबे का ढेर लगने लगी। वे दोनों कड़कड़ाती ठंड की धिरती शाम में टेकरी पर बैठे चारों ओर निहारते तो उन्हें बाग़ कम अँधेरा ज़्यादा नज़र आता। इन दिनों फ़व्वारे भी बन्द हो गये थे और दोनों तालों में पानी नहीं था जिन्हें एक नन्हा-सा पुल जोड़ता था जिस पर आते-आते वे दोनों ओर सूखे तालों की तरफ़ झाँकते।

जब राधा ने पूछा कि असलम का कब पता चलेगा तो नन्द को अपने ही शब्द खोखले लगे : ''हम कोशिश कर रहे हैं।'' इसी कोशिश से खीझकर वह

राधा को फ़ोन करता और वे इसी टेकरी पर मिलते जहाँ अभी बैठे थे। वह बात बदलने के लिए कुछ और बात करना चाहता था।

"राहुल की क्या ख़बर है?" उसने पूछा।

"अच्छा है", राधा ने कहा, "उसका इस सेशन के बाद अमरीका जाना तै है। उसकी दोस्त के पिता अमरीका में हैं। वे दोनों अमरीका जाएँगे, शादी करेंगे, और वहीं बस जाएँगे।"

वह हँसी। उसकी हँसी टेकरी के अँधेरे में बिखर गयी।

"गंगू कैसा है?" राधा ने पूछा।

"अच्छा है", नन्द हँसा, "उसने टी.वी. ले लिया है।"

नन्द की हँसी अँधेरे में बिजली की तरह चमकी जैसे अगले क्षण तेज़ हवाएँ चलेंगी, धरती हिलेगी और प्रलय का पानी गिरेगा। कुछ नहीं हुआ। मलबे के तीनों ढेर अपनी जगह बैठे रहे।

जब वह घिरती शाम टेकरी की तरफ़ आती तो राधा को वह इतवार याद आता जो उसने नन्द के घर गुज़ारा था जैसे वह उसका घर हो। रफ़्ता-रफ़्ता वह इतना दूर होने लगा जैसे कोई असम्भव सपना हो। उस शाम नन्द के साथ टेकरी पर अँधेरे में बैठे हुए उसे एकटक लगा कि सचमुच ऐसा कोई इतवार नहीं था, उसने दिन-दहाड़े सपना देखा था जो न जाने कैसे स्मृति में अटक गया था।

"नन्द।" राधा की आवाज़ कहीं दूर से आती लगी।

"हाँ।" उसने राधा की तरफ़ देखा।

"क्या मैं किसी इतवार को तुम्हारे सूने घर में आयी थी?"

"सपने की तरह", वह राधा का चेहरा देख रहा था जो अँधेरे में चमकता था।

आसमान में तारे निकल आये थे। तारे ठिठुर रहे थे। लेकिन वे बहुत पास लगते थे।

"तुम तारे की तरह हो", नन्द सहसा बोला।

"कैसे?"

"अँधेरे में चमकती हो।"

मलबे के उस ढेर पर कोई हँसी गूँजी।

उस रात राधा को हॉस्टल छोड़कर नन्दू घर पहुँचा और उसने घंटी का बटन दबाया। घंटी घर में ऐसे गूँजी जैसे घर ख़ाली हो। प्रिया कुछ देर से आयी। या शायद नन्दू को ही ऐसा लगा, उसने सोचा। किवाड़ खोलकर वह फ़ौरन पलट गयी। ऐसा कभी नहीं होता था। नन्दू उसके पीछे-पीछे चलता हुआ उसके कमरे में पहुँच गया जहाँ पहुँचकर वह धम्म से फ़र्श पर बैठ गयी। नन्दू ने देखा कि

फ़र्श पर एक खिलौना-सा अधबना पुल था जो नन्ही-नन्ही छतरियों पर टिका था। वह चौंका जब उसने पुल के दोनों ओर घास भी देखी। उसे याद आया कि प्रिया बचपन में खिलौनों से ऐसे ही अकेले खेलती थी।

"यह क्या है, प्रिया?" नन्दू मुस्कराया।

"वाजिद अली शाह का पुल", प्रिया संजीदा थी। वह पुल के नीचे एक और छतरी रख रही थी।

"पहली मंज़िल पर?" नन्दू हैरान था। उसे लग रहा था कि प्रिया कोई बचपन का खेल खेल रही है।

"नहीं, पापा", प्रिया पहली बार मुस्कराई", असल में यह कैसरबाग़ के लॉन पर बन रहा है। आपने घास नहीं देखी?"

"हाँ, देखी। यह पुल कहाँ से कहाँ जाता है?"

"यह घास से घास तक जाता है।"

"पर ऐसा कोई पुल कैसरबाग़ में नहीं है।"

"उसे अंग्रेज़ों ने ज़मींदोज़ कर दिया था।" प्रिया ने कुछ रुककर कहा, "असलम ने बताया था कि अँग्रेज़ हिन्दुओं और मुसलमानों के बीच कोई पुल नहीं चाहते थे।"

प्रिया की नज़रें पुल पर थीं और हाथ पुल बना रहे थे।

नन्दू की आँखें भी पुल पर टिकी थीं। वह समझ नहीं पा रहा था कि प्रिया एकाएक छोटी हो गयी है या बड़ी हो गयी है। वह प्रिया के सामने पुल के दूसरी तरफ़ बैठ गया और आँखों से प्रिया का चेहरा टटोलने लगा। चेहरे पर पुल बनाने की तन्मयता के सिवाय कुछ नहीं था। उसने अभी तक उस रात एक बार भी नन्दू की तरफ़ नहीं देखा था। सहसा उसकी नज़रें ऊपर उठीं:

"असलम का कुछ पता चला?"

नन्दू को लगा जैसे प्रिया की आँखें बोलीं। वह हड़बड़ा गया।

"बेटा", वह सुस्थिर होकर बोला, " मैंने डी.आई.जी. ए.टी.एस. को अर्ज़ी दे दी है। इन्सपेक्टर कुछ नहीं बताता।"

यह चमत्कार था। प्रिया की नजरें नन्दू पर थीं और हाथ पुल बना रह थे।

"अर्ज़ी!" वह टेढ़ा मुस्कराई, "अर्ज़ी से कुछ नहीं होगा।"

"मैंने थाने में एफ.आई.आर. भी लिखा दी थी।"

"कैसी एफ.आई.आर?"

"असलम के गुम हो जाने की।"

क्षण-भर चुप्पी तनी रही। फिर प्रिया ने कहा :

"क्या आपने लिखा कि उसे पुलिस उठा ले गयी?"

''इंस्पेक्टर बोला'', नन्दू की आवाज़ कमज़ोर थीं, ''कि जो देखा गया वही लिख सकते हैं। पकड़नेवाले वर्दी नहीं पहने थे। सादे कपड़े वाले कोई भी हो सकते थे।''

''दूसरे आतंकवादी!'' प्रिया की टेढ़ी मुस्कान बरकरार थी।

प्रिया के हाथ लगातर चल रहे थे जैसे उसे जल्दी-से-जल्दी पुल पूरा करने का ठेका मिला हो।

वाजिद अली शाह ने यह पुल क्यों बनवाया जो घास से घास तक जाता था? नन्दू सोच रहा था। वह कहता था कि शिया-सुन्नी मेरी दो आँखें हैं। उनके बीच का झगड़ा ऐसी विरासत है जो आज तक शहर में चली आती थी। क्या यह पुल हर फ़िरकापरस्ती को पाटने का मंसूबा था? मुसलमान और हिन्दू के बीच भी! इस पुल को लंका कहते थे। क्या रामसेतु की तर्ज़ पर? नन्दू ने सोचा जब प्रिया ने उसे पुल का नाम बताया। रामसेतु अम्मा का मोक्ष था। नन्दू के कानों में अकसर इस चौपाई के बोल पड़ते जो अम्मा बुदबुदाती रहती थीं : ममकृत सेतु जो दरसन करिहीं....

अम्मा का कूल्हा कुछ ठीक हो रहा था। डॉक्टर ने उन्हें बाथ-रूम में जाने की इजाज़त दे दी थी। मगर वे फिर थोड़ा फिसल गयीं। तब डॉक्टर ने सलाह दी कि कोई उनको बाथरूम में ले जाए और उन्हें नहलाकर साथ लाए। प्रिया ने कुछ दिन यह काम किया। लेकिन सुबह वक़्त की किल्लत थी क्योंकि उसके ऑफ़िस जाने के पहले नन्दू का नाश्ता और टिफिन भी तैयार करना पड़ता था। तब प्रिया की नज़र एक सुबह कामवाली कमला पर पड़ी जो बर्तन माँज रही थी। वह अब सुबह सबसे पहले यहीं आती थी क्योंकि नीचे शोभा अकेली रह गयी थी—ऊपर मेहताजी की तरह। दोनों काम पर नहीं जाते थे—उन्हें समय का कोई झंझट नहीं था। शोभा तो अकसर आधे बर्तन खुद ही माँज लेती थी। सौ रुपये पगार बढ़ा देने पर कमला अम्मा को रोज़ बाथ-रूम ले जाने पर राज़ी हो गयी।

कमला ने ऊपर मेहताजी को कभी हँसते नहीं देखा था। नीचे के घर में मन्नू के साथ हँसी भी अमरीका चली गयी थी। फिर जब कुँवर गये तो घर में आँसू आ गये जो अभी भी शोभा की आँखों में दीख जाते थे। बीच के इसी घर में हँसी-खुशी थी—तब भी जब प्रिया शादी करके अपने घर में रहने चली गयी थी। कमला एक बार प्रिया से मिलने गयी थी जब असलम भी घर में था। कैसी राम-सीता की जोड़ी थी! फ़र्क यहीं था कि यहाँ राम गोरा और सीता साँवली थी। फिर राम अकेले बनवास चले गये और सीता पिता के घर लौट आयी। इस बार उसके लौटने से घर का सूनापन और बढ़ गया। प्रिया अब कमला की बातों

पर हँसती नहीं थी। चुप रहती थी। हमेशा। जैसे बोलने के भी पैसे लगते हों।

कामवाली कमला को लगता जैसे इस तिमंजिली इमारत को लकवा मार गया है।

क्या इसीलिए अम्मा का कूल्हा टूट गया था? वह बहुत ध्यान से सहारा देकर उन्हें बाथरूम ले जाती जैसे किसी बच्चे को ले जा रही हो। अम्मा फिर बच्ची हो गयी थीं। उन्हें खुद भी यहीं लगता। यहीं सोचकर वे अधनँगी बाथ-रूम में हँस पड़ीं।

"क्या हुआ, अम्मा?" कमला ने पूछा।

"मैं फिर बच्ची हो गयी। जैसे प्रिया थी। जिसे मैं बाथ-रूम में ले जाती थी।"

अम्मा की पीठ मलते हुए कमला ने पूछा :

"अम्मा, एक बात पूछूँ?"

"पूछो।"

"बिटिया इतनी चुप क्यों रहती है?"

अम्मा चुप रहीं। कमला फिर बोली :

"बिटिया बृहस्पत का उपास क्यों नहीं रखतीं?"

"वह उपवास क्या रखेगी।" अम्मा कुछ खीझकर बोलीं, "सुन्दरकांड का पाठ तक तो बना नहीं। कुछ दिन किया, फिर छोड़ दिया।"

जब कमला अम्मा की धोती बदल रही थी तो अम्मा ने एक गहरी साँस लेकर कहा—"पता नहीं, रामजी को क्या मंजूर है!"

"खेल," कमला कुछ हँसकर बोली, "बिटिया ने एक नया खेल निकाला है।"

"क्या?" अम्मा ने कमला की जानिब देखा।

"बिटिया ने अपने कमरे में फ़र्श पर खिलौने-सा एक पुल बनाया है। उधर वह झाडू भी नहीं लगाने देती। पुल के दोनों तरफ़ घास फैली है। वह कहती है, यहाँ झाडू की ज़रूरत नहीं। घास को अपनी जगह रहने दो।"

अम्मा ने एक पल सोचा, फिर कहा, "वह ऐसा कोई खेल बचपन में नहीं खेलती थी।"

अम्मा के कपड़े बदल गये थे। वह कमला के कन्धे पर हाथ रखे बाथ-रूम से बाहर निकल आयीं और बिस्तर पर लेटकर आँखें बन्द किये हुए पाठ करने लगीं। पाठ करते हुए उन्हें कोई दर्द महसूस नहीं हुआ। जैसे ही आँख खुली, उनके मुँह से एक कराह निकली। उन्होंने तुरन्त दूध-दलिया खाया और दवाई खा ली। दलिया की कटोरी के बगल में एक और कटोरी थी जिसमें कुछ काजू

और तीन भीगे हुए बादाम रखे थे। दूसरी कटोरी अनछुई रही। बहुत दिनों से यहीं हो रहा था। ऑफ़िस के लिए तैयार होकर नन्दू रोज़ देखता और टोकता। रोज़ अम्मा कह देतीं, ''तू जा। मैं थोड़ी देर बाद खा लूँगी।''

बहुत देर हो जाती। तब भी अम्मा दूसरी कटोरी को हाथ नहीं लगातीं।

''अम्मा, तुम्हें क्या हो गया है?'' एक दोपहर कुछ झुँझलाकर प्रिया ने पूछा।

''क्यों?'' अम्मा ने आँखें उसकी ओर घुमाईं।

''क्या तुम ठीक नहीं होना चाहतीं?'' प्रिया ने आगे झुककर कुछ तेज़ स्वर में कहा, ''क्या तुम अपने पैरों पर खड़ी नहीं होना चाहतीं?''

''बेटा'', अम्मा की आवाज़ बर्फ़-सी ठंडी थी, ''मैं तुमसे भी यहीं सवाल करना चाहती हूँ।''

''दोनों सवाल अलग-अलग हैं, अम्मा।'' प्रिया हताश थी।

''अलग नहीं हैं।'' स्वर दृढ़ था।

''क्यों?''

''जब तक तुम अपने कमरे में खेल खेलोगी, मैं चौथा धाम कैसे करूँगी?''

प्रिया पलँग के बगल में खड़ी थी जिस पर अम्मा लेटी थीं। सहसा वह कटे पेड़-सी अम्मा पर गिरी। अम्मा ने उसे दोनों हाथों से थामकर छाती से लगा लिया। वह रो रही थी। वह हिचकियाँ ले-लेकर रो रही थी। वह इस तरह रो रही थी जैसे वह बच्ची हो और उसे बेसबब मार पड़ी हो— जैसे बच्ची ख़ुद न जानती हो कि उसकी क्या ग़लती है। प्रिया टूटी प्रिया की तरह रो रही थी। उसका रोना इतनी गहराइयों से उठा था कि अम्मा खुद रोने लगीं। उनके हाथ प्रिया को घेरे थे और आँखों से लगातार आँसू बह रहे थे। उनका जुड़वाँ रोना किसी मातम की तरह देर तक चला। ऐसा लगा जैसे एक औरत रो रही है... धरती पर अकेली औरत रो रही है।

यह तिमंज़िली इमारत खुली धूप में पहली बार इस तरह रो रही थी। एकाएक वह अपनी जगह खड़ी कुछ काँपती-सी लगी।

अँधेरा घिर आया था जब नन्दू लौटा। दोनों औरतें अपने-अपने कमरों में थीं जैसे कुछ हुआ ही न हो। दिन में धूप निकलने से पहले ठंड और बढ़ गयी थी। बाहर हवा बर्फ़ की तरह ठंडी थी। नन्दू दस्ताने उतारकर अपने हाथ आपस में रगड़ने लगा। वह हॉल में बैठा था। प्रिया उसके सामने चाय रखकर फिर अन्दर चली गयी थी। फ़ोन की घंटी बजी।

''हलो'', नन्दू ने फ़ोन उठाकर कहा।

''कैसे हो?'' रमेश की आवाज़ थी।

''ठीक हूँ। झाँसी के क्या हाल हैं?

''बहुत ठंड है। कल मुक्ताकाशी मंच पर विहिप की रैली थी।''

''मुक्ताकाशी मंच!'' नन्द हँसा, ''यह कहाँ है?''

''किले के पीछे। अब जनसभाएँ वहीं होती हैं।''

''किले के आगे का मैदान?'' नन्दू को पुराने दिन याद आये।

''बन्द है। लोग किले के पीछे जमा होते हैं।''

एक नन्ही-सी चुप्पी।

''खुले आकाश तले विहिप की सभा!'' नन्दू हँसा।

''हाँ'', रमेश भी हँसा।

नन्दू ने तसव्वुर किया कि फ़ोन पर उसकी खिचड़ी दाढ़ी भी हँस रही है।

''सभा में क्या हुआ?'' नन्दू ने पूछा।

रमेश ने आगामी लोक सभा चुनाव से बात शुरू की। उसने बताया कि चुनाव पास हैं, संघ परिवार अपने हथियार पैने कर रहा है। रैली का मुख्य नारा था, 'राम-मन्दिर बनाओ। रामसेतु बचाओ।' मंच से घोषणा हुई कि पहले राम-जन्मभूमि बचाई गयी थी, अब राम कर्मभूमि बचाने का समय आ गया है। एक नेता ने कहा कि केन्द्र में जो सरकार है वह राम को राम नहीं मानती—वह राम को चुटकुला मानती है। इस बार 'जैश्रीराम' के खूब नारे लगे।

''अम्मा का चौथा धाम बाकी है'', नन्दू का स्वर हताश था, ''राम-सेतु उनका मोक्ष है।''

दूसरी ओर से हँसी तैरती हुई आयी। फिर रमेश ही आवाज़ :

''तुम उन्हें समझा नहीं सकते?''

नन्दू ख़ुद समझता था कि राम-सेतु दस साल पहले मुक्ति का पुल नहीं था जब राजग की सरकार ने स्वयं रामसेतु समुद्र की योजना स्वीकार कर ली थी जिसमें पुल टूटना था। अब यहीं मुक्ति का पुल हो गया था जो असल में राजग के लिए सत्ता का पुल था। विहिप के कुछ चन्दा वसूलते लड़कों और टी.वी की टी.आर.पी. ने मिलकर इसे अम्मा के मन में बिठा दिया था। चौथा धाम पहले रामेश्वरम् में शिव-मन्दिर था। अब उसमें राम-सेतु भी जुड़ गया था।

अम्मा, रामसेतु दस लाख साल पुराना है जब राम नहीं थे। यह तस्वीर देखो : रेत और चूना-पत्थर की एक टूटी पट्टी समुद्र में तैर रही है। ग़ौर से देखो तो ऐसा भ्रम होता है कि यह लंका को भारत-भूमि से जोड़ती नाभि-नाल है—कभी लंका छिटक कर अलग हो गयी होगी! शायद वाल्मीकि रामायण रचते हुए समुद्र-तट तक गये हों और उन्होंने पानी में तैरती इस रेत की पट्टी को देखा हो—और उन्होंने रामसेतु की परिकल्पना कर ली हो। यों उन्हें समुद्र-तट तक

जाने ही ज़रूरत नहीं थी। हो सकता है उन्होंने इसकी कोई दन्तकथा सुनी हो। सब मनगढ़न्त है, अम्मा। कपोल-कल्पना। मोक्ष भी। भला पेड़ की पत्ती का क्या मोक्ष होता है? वह अपना समय जीती है और हवा में लहराती हुई मिट्टी में मिल जाती है। उसकी जगह एक ख़ालीपन ज़रूर रह जाता है—जिसे अन्ततः दूसरी पत्तियाँ भर देती हैं। यह मोक्ष-वोक्ष आदमी का अहंकार है। वह खालीपन बर्दाश्त नहीं कर पाता।

यह खालीपन विराट् है।

सोफ़े पर आधी आँखें मूँदे और सिर पीछे टिकाए नन्दू जानता था कि उसके पास इस ख़ालीपन का कोई जवाब नहीं है जिसे वह अम्मा के सामने पेश कर सके। वह यह भी जानता था कि वह अम्मा से कुछ नहीं कहेगा।

एक सुबह उसने देखा कि अम्मा धीरे-धीरे सिकुड़ रही हैं। वे पलँग पर लेटी थीं और लग रहा था कि सूनी रजाई पलँग पर फैली है। यह सिकुड़ना कुछ पेड़ पर टँगी पत्ती की तरह था जैसी वह टूटकर गिरने से पहले हो जाती है। कोई उन्हें काजू-बादाम नहीं खिला सका था। वे कटोरी एक ओर खिसकाकर स्थाई चौपाई दुहरा देतीं : सो बिनु श्रम भवसागर तरहीं। नन्दू ने डॉक्टर मेहरोत्रा से सलाह ली थी। डॉक्टर मेहरोत्रा ने कहा था—यह असम्भव है। अम्मा को राम-सेतु तक ले जाना सम्भव नहीं था। उनकी काया उनका साथ छोड़ रही है, डॉक्टर ने कहा, अब प्रार्थना का समय आ गया है। अम्मा रोज़ मन-ही-मन प्रार्थना करती थीं कि उनकी टाँग ठीक हो जाए और वे चौथा धाम पूरा कर लें। उनका मन टाँग के मार्फ़त राम-सेतु पर टँगा था। वे रामसेतु के सपने देखती थीं। इस सपने का आधार वह तस्वीर थी जो नन्दू ने उन्हें दिखाई थी जिसमें कोई फुटपाथ-सी पट्टी समुद्र के पानी में डूबी थी। उसने उन्हें रामेश्वरम् के शिव-मन्दिर की तस्वीरें भी दिखाई थीं जिनमें भीतर रेत का शिव-लिंग था और बाहर पत्थर का लिंग था जिसे लेकर हनुमानजी देर से पहुँचे थे जब तक रेत के लिंग की स्थापना हो चुकी थी क्योंकि राम, सीता और लक्ष्मण को पुष्पक विमान की अयोध्या-उड़ान के लिए देर हो रही थी। चौथे धाम की तस्वीरें देखकर अम्मा के चेहरे पर ख़ुशी आयी थी और चली गयी थी। चेहरा फिर से काठ हो गया था और उस पर अवसाद की गहरी लक़ीरें नज़र आने लगी थीं। जैसे-जैसे अम्मा की देह सिकुड़ी थी उनके चेहरे की लकीरें गहरी होती गयी थीं गोया कोई शिलालेख हो।

न्यूरोबिन का इंजेक्शन देने के लिए डॉक्टर ने सुबह-सुबह जब अम्मा की बाँह थामी तो उसे उनकी खाल भुरभुरी लगी जैसे दीमक के घर की मिट्टी हो। एक हाथ से बाँह थामे उसने नन्दू की ओर देखा।

"अब इंजेक्शन देने की भी गुंजाइश नहीं", डॉक्टर बोला। "देह बुझ रही

है।''

उनकी आँखों पर टँगा चश्मा चमका और खिचड़ी चोंच दाढ़ी हिली जब अम्मा की बाँह छोड़ते हुए डॉक्टर मेहरोत्रा ने कहा, ''अम्मा की जान चौथे धाम में अटकी है।''

अम्मा की आँखें बन्द थीं। कोई जुम्बिश नहीं हुई। पता नहीं, उन्होंने कुछ सुना या नहीं।

काजू-बादाम की जो कटोरी पलँग के पास तिपाई पर रखी रहती थी, उसे दोपहर में कामवाली कमला उठाती थी। उस वक़्त रसोई में यदि प्रिया होती तो उससे कहती, ''तू ही खा ले।'' एक दोपहर कमला ने देखा कि तिपाई पर कटोरी नहीं थी। फिर उसने देखा कि रसोई में वही कटोरी ख़ाली रखी थी। उसने मुस्कराते हुए प्रिया से पूछा—''काजू-बादाम अम्मा ने खा लिए?''

''नहीं।''

''तो।''

''मैंने खा लिए'', प्रिया ने मुस्कराते हुए कहा।

कामवाली कमला हँसने लगी।

हँसी घर में बहुत दिनों बाद लौटी थी।

जब वह झाड़ू लेकर प्रिया के कमरे में घुसी तो उसने देखा कि फ़र्श पर पुल और घास की झाँकी नहीं थी।

अगली सुबह प्रिया ज़ीने से नीचे उतरी। नन्दू ज़ीने पर खड़ा उसे गेट के बाहर जाते हुए देख रहा था। वह जानता था कि प्रिया ने उस रात के बाद पहली बार पैर घर से बाहर निकाले हैं जब वह नेहरू एन्क्लेव से अपना वीरान घर छोड़कर आयी थी।

❑❑❑

णाणं पयासयं

वी. नि. सं. 2470

भारतीय ज्ञानपीठ

ई. सन् 1944